有多深爱就有多美好

凌翔阅读丛书

张亚凌 著

中国社会出版社
国家一级出版社·全国百佳图书出版单位

图书在版编目（CIP）数据

有多深爱　就有多美好 / 张亚凌著. —北京：中国社会出版社，2018. 4

（凌翔阅读丛书 / 凌翔主编）

ISBN 978-7-5087-5946-3

Ⅰ. ①有…　Ⅱ. ①张…　Ⅲ. ①散文集—中国—当代
Ⅳ. ①I267

中国版本图书馆 CIP 数据核字（2018）第 077580 号

丛 书 名：凌翔阅读丛书
丛书主编：凌　翔
书　　名：有多深爱　就有多美好
著　　者：张亚凌

出 版 人：浦善新
终 审 人：王　前
责任编辑：张　迟

出版发行：中国社会出版社　**邮政编码**：100032
通联方式：北京市西城区二龙路甲 33 号
电　　话：编辑室：（010）58124856
　　　　　销售部：（010）58124848
网　　址：www.shcbs.com.cn
　　　　　shcbs.mca.gov.cn
经　　销：各地新华书店

中国社会出版社天猫旗舰店

印刷装订：北京楠萍印刷有限公司
开　　本：147mm×210mm　1/32
印　　张：9.75
字　　数：203 千字
版　　次：2018 年 6 月第 1 版
印　　次：2018 年 6 月第 1 次印刷
定　　价：49.80 元

中国社会出版社微信公众号

目 录

Contents

第一辑　抱抱曾经的自己

第二辑　记住扔你到悬崖边的人

第四辑　有种茫然是大爱

第五辑　裁剪一段时光

|第一辑|

抱抱曾经的自己

照相的快乐

一天，春草风一般地从家里跑出来，她看看旁边没别的人，就从兜里掏出一张纸片，很神秘地说，给你们看我的相片。

那纸片上真有一个春草。那个春草捧着个大苹果，咧着嘴巴——是在笑，可龇牙咧嘴的，一点也不像平日里那样自然好看。我们一群小伙伴，你扯我拉，都争着抢着要看，以致那纸片给弄得皱皱巴巴的。春草后来摸着变皱了的纸片直掉眼泪，说她娘要是看到相片弄皱了，非揍她一顿不可。

我的脑子里第一次有了“相片”这个词儿，也才知道把自己变成这么一个平面纸片的过程叫“照相”。

我跑回家给娘说我见到春草的相片了，我也想照相。娘瞪了我一眼，说照个相死贵死贵的，吃都吃不饱，还想照相，得是想挨揍了？

我立马闭了嘴。娘的厉害我是知道的，吐个唾沫是个钉，绝不是吓唬人的。她说啥就是啥，连爹也不敢跟她理论。

我常常在大镜子前一站就是大半天，以至于娘狠狠地拍了一下我的后脑勺训斥道，得是想把自家贴到镜子上？

对呀，把自己贴在镜子上不就是照的相吗？

于是偷来哥哥的钢笔，脸贴在镜子上，手估摸着顺着脸的轮廓画了个圈。再看着镜子前的自己，描着眼睛眉毛，画着鼻子嘴巴，还忘不了那个眉心痣。

就这样，我给自己用镜子照了张相。虽然越看越难看，还是舍不得擦，在娘没发现前，喊来春草看我自个照的相，春草笑得直不起腰。

后来呀，我发现，给自己“照相”其实蛮简单的，随时都可以。

瞧——

娘让我舀瓢水，在水缸上一闪，就照了一张相。没事就趴在水缸上，给自己照相。我的小秘密还是被娘发现了，她揪着我的耳朵训斥道，死女子，哈喇子都掉缸里了。

蹲在池塘边，做着各种各样的姿势，池塘里便有一个又一个活脱脱的我。那么清晰那么调皮，比春草的相片好看多了。

下过雨后，到处都是积水，不用跑到池塘边就可以照相了：龇牙咧嘴地扮鬼脸，或是做着种种滑稽可笑的动作，每一个自己都是那么可爱。

遗憾的是，我的“水影相片”无法保存，人走相无。而下过雪，就不一样了。

眼前一片洁白。姿势摆好后扑倒在雪地上，小伙伴们小心地将我拉起来，雪地上就留下了一个我。反反复复，姿态各异，生动活泼，乐此不疲。

很长时间，我都陶醉在给自己照相的快乐里。直到三十多年前初中毕业，我才拥有了真正意义上的第一张相片。

如今忆起，竟然发现自己是“自拍”的鼻祖，不禁莞尔。

乡间小路与乡里娃娃

乡间小路熟悉每个乡里娃娃的乳名，乡间小路深知每个乡里娃娃的秘密。

乡间小路知道跑得跟风一样快的是狗剩。她知道狗剩一放学就生火馏馍，还得用搌布包裹着馏热的馍送给在地里干活的娘，而后再跑回家拿个馍喝瓢水又去上学。乡间小路很心疼狗剩，可她什么也帮不上，只能让自己的身子舒展到极限，不要硌疼了狗剩的脚。

乡间小路也知道最会偷懒的是拴柱。爹让拴柱取把锄头也来锄地，可拴柱却拐进苜宿地捉蚂蚱玩，用草儿串了几个蚂蚱，挥舞着蚂蚱又跟着风闹腾，以致忘了取锄头的事。乡间小路直摇头，却也奈何不了，她想提醒拴柱，嘴巴张了几张，才意识到自己不能发出一点声音。

乡间小路还知道黑妞的秘密。黑妞嫌胖婶打了铁牛哥，满肚子的怨气，就在晌午时偷偷跑到菜园子里，把胖婶家的三排葱一根一根踩倒。还没转身又觉得自己做得不对，再一根一根地扶起来。乡间小路抿嘴笑了，这小丫头还想掺和人家母子的事，谁让她喜欢铁牛哥呢。

乡间小路更知道丑蛋仗着人高马大欺负瘦猴的事，知道大毛带着几个野小子偷生产队的玉米，知道狗蛋喜欢菊花老帮菊花割猪草……

乡间小路知道的很多很多，可她的嘴儿很严实，谁也不告诉。实在憋不住了，就说给风，说给满地的花花草草。她知道，风跟花花草草的嘴巴也很严实。

乡间小路很喜欢那些小家伙，喜欢他们在自己怀里撒欢儿闹腾。

乡里娃娃个个都是“精猴”，对乡间小路更是了如指掌。

乡里娃娃早就知道哪条小路脾性好，哪条小路脾气倔；哪条小路会严守秘密，哪条小路是把不住门的大嘴巴。

乡里娃娃喜欢走东边那条小路。厚厚的浮土，就是光着脚丫子走上去也会很舒服，从来不会冒出来荆棘籽、刺角、小石块，扎痛他们的脚板。脚丫子，小手儿，都在浮土上拍打，柔绵绵，凉飕飕，和娘亲的怀里一样舒服。

乡里娃娃也喜欢去西沟边的小路上玩。沟里有几个大洞，晒得受不了了或下雨了，就可以躲进去。更重要的是，路边的地里种着豌豆角，偷一大捧就能解馋。沟沿上还可以摘野葡萄、驴奶奶、刺泡、马豌豆，吃得满嘴流汁。

乡里娃娃不喜欢走最西边的那条路。那条路尽是坑坑洼洼，快跑怕绊倒，慢走硌得脚板疼。乡里娃娃也想不明白，路是为了让人顺畅地走，他咋好意思像老人满是褶子的脸？一条讨人嫌的路，一见娃娃们就龇牙咧嘴满脸狞笑。

乡里娃娃更不会去中间那条宽展的路上玩。人多，嘈杂，连蚂蚁都会吓跑。你推了毛蛋一把，毛蛋都没言语，就有大人训斥你“手贱”。那条大路真像个长舌妇，把你的事抖落得无人不知，往往还没回家，就想象着娘揪着耳朵的凶样。

乡里娃娃还知道哪条路宽容，路边开满了好看的花儿，走在路上花香扑鼻；乡里娃娃还知道哪条路不厚道，一下雨就泥泞难走；乡里娃娃还知道……

乡里娃娃其实也很皮实。被小路上的荆棘籽刺得流了血，马上把刺角的汁儿滴上去，再用浮土抹一抹，就跟没事儿人一样，自然也就不跟小路计较了。

乡里娃娃最离不开乡间小路了，小路延伸多远，他们的小腿儿就能跑多远。

乡间小路跟乡里娃娃，更像乡间上空一直飘荡着的最绵长的歌谣。

西瓜，西瓜

也不知那个大西瓜是父亲用几碗麦子换回来的。我叫它“大西瓜”，是因为我试着蹲下去抱它，没抱动。真的好大好大，以至于我跑到巷子里叫来我的小伙伴们，她们也没人抱得动。

跟小伙伴们玩时，谁要是不好好配合我，我就会很骄傲地宣布，“不让你吃我家的大西瓜”，她立马就跟我成了一伙。看着我老惦记那个西瓜，父亲就说，等家里来了金贵的客人，咱们就吃它。于是我最最重要的任务就是坐在门口等亲戚。

亲戚也不是你想让她来她就来的，再说了，还得是金贵的客人。想想我那时的傻样吧：

一个五六岁的小丫头，整天坐在门口的大石墩上，看见熟识的人就炫耀，“我家有个大西瓜，不让你吃”。后来呀，经常从我家门前经过的巧嘴大妈打趣起我来：翘翘辫翘翘辫，坐在门前等女婿。女婿女婿赶紧来，给你留着大西瓜。你吃瓤儿我啃皮……气得我一扭屁股跑回了家，对着镜子，一把就弄乱了朝天辫。

不好意思坐在门前望眼欲穿地等亲戚了，就只能在家里死守着西瓜。

西瓜就放在堂屋的角落里。没人时，我常常将它滚到房子中间，鼻子贴到瓜皮上使劲地闻，或者学着大人拣瓜时的样子，用手指敲敲，听听。快乐是需要分享的，家里没人时，我会喊来几个小伙伴，我们甚至把西瓜当玩具般满脸欢喜地在房子里滚来滚去，笑声就抖落一地。那神情，好像已经大口大口地啃着甜滋滋的西瓜了。

一次，我跟几个小伙伴正滚着西瓜，被突然回家的父亲看到了，他的巴掌举得老高老高，吼道：西瓜一滚，瓤就散了，就成水了！吓得我跟小伙伴们撒腿就跑了出去。

被父亲吼过，我就收敛多了，实在忍不住了，才动动它。毕竟，对一个实在没有什么好东西可吃的小孩来说，大西瓜的诱惑真的无法抗拒。

每天都期盼着来客人……

暑假快完了，外婆来了。

父亲骄傲地将大西瓜抱到房子里的桌子上，先用湿搌布擦拭了一遍西瓜皮。我跟哥哥们哗啦一下都围了上来，单单等着父亲挥刀！

一刀下去，一摊臭水迫不及待地涌了出来，着实难闻。见此情形，我撒腿就跑。

直到天黑，我才溜到离家还有一大截的地方，母亲正在门口伸长脖子瞅呢。我就耷拉着小脑袋走了过去。母亲揽过我的头，很是疼惜，说西瓜哪有我闺女金贵，看把我闺女吓成啥样了。我仰起脸接了句，我还是想吃西瓜。母亲嗔怒道，得是没挨打心里不踏实？

我们，都笑了。

我常常想起童年的那个大西瓜，它一定是很委屈的：作为西瓜没被人吃掉而是被很嫌恶地直接扔掉，该是多么憋屈啊！而在我，大西瓜给了我一个暑假的快乐。四十年后的今天，我还常常想起它，大西瓜也算物有所值了吧。

红领巾的记忆

儿子将升入初中的那年暑假，将家里的红领巾整理了一下，三十八条。对，你没有听错，三十八条。忘戴了，进校门前就在小商店里买一条，如此反反复复积攒下来的。一种怪怪的很不舒服的感觉涌上心头，深藏在记忆里的那条红领巾向我飘了过来。

四十年前，上到小学三年级才有资格加入少先队，每个孩子都渴望戴上红领巾，——那是烈士的鲜血染成的，是五星红旗的一角。而那些戴着红领巾的大哥哥大姐姐，咋看都觉得精神抖擞神采飞扬，更不会有一个戴红领巾的孩子违反纪律站在教室外面。不知道别人如何，反正我在进入二年级后，就对戴上红领巾有了强烈的渴慕，只要看见戴红领巾的孩子走过，总会目送其远去。

我也上三年级了，心里欢喜迫切得好像伸手就能扯个红领巾戴在自己脖子上。“六一”前，老师说，每个班可以有两名学生加入少先队，必须是各方面最好的。

我是多么希望自己能戴上红领巾啊。其实在此之前，我是“戴”过红领巾的，我哥的。他一回家，我就蹦着跳着闹着要戴他的红领巾。只是从不敢戴出大门，只是在没有外人进来时自家院子的后院里戴着走来走去。只能悄悄戴，被人看见感觉如同做了坏事。谁说不是，红领巾是最好的孩子才能佩戴，自己够格吗？

班主任说，这两个人必须是你们自己选出来的，一直给大家做榜样的最好的学生。开始吧，每个人只能写两个人名。

握着笔，写谁呢？

比我学习好的，只有一个，那个叫卢培智的男生。老师的题还没有出完他的答案就蹦出来了。他聪明而沉默，每次考试遥遥领先。而我，一直是没有悬念的第二名。我没有迟到过，也没有上课破坏纪律被老师罚站……两个人里应该有我的。如此想着，我就写了那个男生和自己的名字。

班主任让学生帮忙当堂在黑板用写“正”字来统计票数。黑板上出现了六个人名，那个男生是票数最多的。我跟另一个同学票数相同，都是第二。班主任又说，我再征求一下其他老师的意见，看你们上课的表现，再决定谁更合适。老师还强调，上了黑板的都是很优秀的，这次没有戴上一定不能泄气。

我不知道那一轮我的胜出是否有后门的成分。我的母亲就是学校里的老师，我的班主任还是我母亲的学生。我却惭愧第一轮得益于我给自己投的一票，否则，就不会有机会。

是心里有鬼吧，总觉得自己不应该戴上红领巾，遇事常常问自己：我戴着红领巾，这事能不能做？

说真的，戴上红领巾后，我自个都觉得彻底变了一个人：文静起来了，为班里做啥事都毫无怨言，喜欢帮助同学，不会计较别人对自己的好坏……在家里也不再任性地顶撞大人。

真神奇，一条红领巾，竟然幻化为我成长路上自觉亮起的必须遵守的红绿灯！

记得刚戴上红领巾那天，晚上睡觉都舍不得解下来。在被窝里光着身子戴着红领巾，如今一想起就能笑出声来。还是母亲以“在被子里会压皱红领巾的，那样明天就不好看不新了”为由，说服我解下来。解下来后就放在枕头边，入睡前我一直摸着它，满脸欢喜，就是你骂我“傻子”，我都不会介意的。

周末也戴，天再热都戴，走亲戚也戴，寒暑假都想戴，照相更得戴。那骄傲的神情，好像自己就是全世界最棒的孩子！

记得有一次割猪草，春草怂恿我：咱俩偷一窝红薯，在沟下面那个洞里一烤，咋样？说话间，春草还从兜里取出火柴给我看。我没有像往日那样立马响应，而是下意识地摸起红领巾。春草脸一红，弯下腰继续割起草来。

只是，从那以后，她再也没有喊我一道去地里了。

打心底里感谢那条红领巾，它提醒我抵制了很多类似的诱惑，在我很小的年龄里，才没有走太多的弯路。

那时没有卖红领巾的，就是参加少先队那天佩戴的那条，得戴到小学毕业，对红领巾的珍惜可想而知了。绝对不会为了方便把红领巾解下来坐在屁股下，也不会把红领巾变成斗鸡用的物件，更不会上学忘了戴红领巾。记忆里，从未见过谁到学校忘了戴红领巾。直到小学毕业，每个班不到十名少先队员，真的是成长中的骄傲。

后来入团了，团徽也一样让我骄傲。上大学了，校徽同样被我珍惜。红领巾，团徽，校徽，其实就是成长中守护我的一道道堤岸。

学会看守自己吧，哪怕只有“学生”的身份，哪怕只剩下“人”这个称呼。

流淌着快乐的小河

村边有条沟，沟里有条河，叫徐家河，儿时的快乐离不开她的滋养。

不过我一直觉得这个名字很无理很霸道——无视我们村的存在。河在沟底，沟沿儿东边的村子叫徐家村，沟沿儿西边就是我们聂家庄，咋不叫聂家河而叫徐家河？真的好过分。好在河并不在乎自己叫什么，也不会因为自己叫什么而厚此薄彼，一样地滋润方便着两个村子。

每每到了星期天，一大早吃饱喝足后，丫头们就忙活起来了。有的将要洗的衣物放在一个大笼里压得瓷瓷实实，有的则塞进蛇皮袋子里口儿扎紧，也有的一手拎着装衣物的笼一手拎着空笼，准备好了，就站在自家门口开始吆喝，“走喽——”“下徐家河喽——”，叫声喊声此起彼伏。大伙儿很快就聚集到了巷子中间，而后浩浩荡荡直奔徐家河。

一到沟沿上，自然停住。下沟的路有五六里，一声“开始——”，撒腿就跑。想想吧，拎着重重的笼，背着满满的蛇皮袋子，飞快地摇摇晃晃。至于跑第几是没人在乎的，在乎的是负重中飞奔的感觉。再想想，陡坡，放开地跑，就有人卅足了马力收不住闸直接冲进河里，惹得其他人哈哈大笑。

到了河边，立马手脚利索地营造起个人的空间。

脱下鞋袜，下到河里，先找来大小石头，将自己准备洗衣服的那块水面围起来。不能太严实，得保证水顺畅流淌，只要衣服倒在里面不会随水流出就可以了。为了确保万无一失，还得找几块圆溜点的石头压在衣服上。

说是洗衣物，其实就是将浸泡湿了的衣物放在大石头上用棒槌敲敲打打，至于洗得干净不干净，那就看各人的耐心及母亲的要求了。丫头们更感兴趣的是神侃。不看衣物，只是有一下没一下或快快地抡着棒槌，小嘴吧啦吧啦像机关枪。谁说三个女人一台戏？三个小丫头片子就可以上演热热闹闹的大戏了。

衣物洗好后，就晾晒在身后的草丛上。远远看去，河边很是好看：不同布料不同颜色，一片一片。好了，剩下的时间就属于丫头们了，恐怕这才是她们欢呼雀跃般奔赴徐家河的真正原因。

有在河里捞螃蟹的，有在沟边找野果子吃的。最富有挑战性的游戏是顺着沟边的羊肠小路往下滑溜：或蹲下抱住双膝用脚来滑动，或干脆一屁股坐在地上冲俯而下。想想吧，羊肠小径盘来绕去，惊险又刺激。

不过新问题又来了：次数多了，抱住双膝用脚的，鞋底就磨薄了；直接坐地上用屁股的，裤子就磨破了。挨打是小事，乡下孩子皮实，哪个不是挨打长大的？没鞋没裤子穿了害得母亲劳累，多心疼啊！

既要玩得开开心心又得消除后顾之忧，咋办？

——屁股下面坐个瓦片试试？

瓦片两边翘起，下面着地部分少，还便于滑动。只是，那得多小的屁股？瘦小的可以，肥硕的就不行了。

再后来啊，每次去河边洗衣物，笼下就带着“玩具”：或是切割得方方正正不能用了的凉席片，或是奶奶编的圆形草垫，还有自己用柳条儿编的歪歪扭扭的丑家伙，反正能坐在屁股下就行。没了后顾之忧，一个坐上去，双腿翘起，另一个在身后使劲一推，顺势而下，还多了一种飞起来的感觉。

自然也有乖巧懂事的丫头，就是多带了空笼的，她们是不参与玩耍的。

有的在沟边爬上爬下的捡拾羊屎蛋蛋，可别笑，就是满脸欢喜地用手一粒一粒捡起来放进笼里。那时化肥什么的都很稀缺，地里基本上是农家肥，捡拾羊屎蛋蛋是很普遍的事。活不重，又耗时间，自然多是小孩子。

有的找野菜。那时粮食也少，还多是杂粮充饥，自然少不了野菜。荠菜，灰菜，马齿苋，野蒜，婆婆丁……凡是能吃的，都会挖回家。在开水里一焯，可以做成凉菜；切碎后加点面，再拌点盐、花椒，锅里一蒸，就做成了好吃的菜疙瘩；可以做野菜馅的包子吃，孩子们才不会理会包子皮儿是什么面做的；还可以烙菜饼吃，做菜面吃……也只是野菜，聪慧的母亲们却能做出种种吃法。

有的挖中药，挖的中药晒干后自然有人来村子里收购，或者干脆拿到镇上的中药铺子卖。别小看穷山沟，值钱的东西可不少：最多的是远志，还有麻黄、地骨皮、柴胡、黄芩等。卖的钱大部分交给母亲补贴家用，自己只留点买学习用具。

日落西山了，玩得差不多了，也饿了，就开始收拾晾晒的衣物准备回家。

回去是五六里的上坡路，加之又累又饿，就显得松松垮垮，前前后后拉开了很远。你呻吟着“腿好疼”，她叫喊着“累死了”，以至于我赖皮般扯着你的笼，她又拽着我的衣角，一拉一串，俨然残兵败将溃不成军。不过疲惫的脸上，依旧是无法躲藏的欢喜。

寒冬了，结冰了，徐家河更热闹了，——天然的溜冰场。活跃的自然是野小子们，丫头们就成了看客。

没带家伙的显得很是潇洒。有的站在冰上，飞起助跑，随后“哧溜”滑出好长一段距离。有的仰起头，舒展着手臂，金鸡独立般在冰上旋转。更多的是几个人，或并排手拉手，或一个搭一个的后背，一起滑动。还有几个不甘示弱的真正的疯丫头，竟然在冰上扔沙包玩。

有的带着家伙，比如铁锨，熟悉吧？用铁锨玩需要两个人的配合：一个蹲在锨头，双手把牢锨把，另一个远在锨把前，探身过来，可着劲儿猛地推一下锨把，“哗——”就转动起来，能转好些圈呢。干吗要远离锨把探着身子推？因为曾有个傻小子，他给人家推动锨把时没有远离，飞转过来的锨把一下子把他打趴下了。

还有更贪玩的，几个人把家里整理地用的磨抬来，平放在冰上。磨上几个人，或站或蹲，另外几个人用绳子拉起磨飞跑。想想，是在冰上啊，能顺溜地跑吗？于是滑倒一片，摔倒一片，也笑倒一片。如此反反复复，乐此不疲。

玩嘛，要的就是抖落一地的笑声。

徐家河是仁慈的，她把夏天的快乐给了疯丫头，把冬天的开心留给了野小子。因了徐家河的慷慨施予，童年里的快乐也就奔流成了一条会唱歌的河。

水果的香味

小时候似乎没有什么水果，印象最深的，就是苹果和香瓜。

我家院子里有棵苹果树。每年，母亲总在树下数来数去。她的严厉是出了名的，我还没到为了嘴舍得挨打的份儿，也就从不敢打苹果的主意。

摘苹果时，母亲架着梯子，很小心地一个一个不磕不碰地摘，轻轻地放。那时，我眼巴巴地瞅着母亲，只盼着她不小心撞掉一个，摔得不好了，我就可以捡起来吃了。可母亲不管做啥，都是很小心的。

想想，小小的我，就一直流着口水，仰着脸，直到脖子酸痛，直到母亲一脸满意地下来。又看着母亲取出五个苹果，锁进炕头的箱子里，把剩下的全部放进铺满麦秸的笼里，挎着去镇上卖。

起初，我经常趴在箱子边，皱着鼻子使劲闻，就是闻不出苹果的味儿。深秋了，苹果淡淡的香味儿竟然自己钻出了箱子。于是我开始变得安静起来，喜欢待在房子里，喜欢闻空气里弥散着的淡淡的香味儿。冬天来了，房子里的苹果味儿也浓郁起来，以至于我一进房子就想关门，恨不得一口气将那些浓浓的香甜味儿全吸进我的喉咙里，沉淀在我的心里，当然舍不得让它们溜出房外了。

能闻出苹果味的日子里，做作业，看书，我都喜欢趴在炕头的箱子上，那种感觉，就好像我怀里结结实实地抱着很多苹果。

有时，实在憋不住了，就把小伙伴带进我家。我们就站在房子里，一起安安静静地闻着香甜味儿，而后，傻傻地看着，笑着。

年三十晚上，母亲会取出五个苹果，一人一个。母亲与父亲的，通常也会被我们兄妹仨瓜分掉。只是那时的苹果，像个没脾气的老人，绵绵的，入口即化。

也一直记得跟着母亲卖香瓜的事。

我哭着闹着要跟着母亲去镇上卖香瓜，母亲不答应，我就死死地拽着她的衣襟不松手。我们村子离小镇八里路，八里路我也不怕，只要能跟着母亲去卖香瓜。

跟着母亲到了镇上，她在街边找了个地儿蹲下来。我又不能乱跑，害怕把自己弄丢了，就坐在母亲旁边。我一直盯着母亲的笼，我才不希望有人买我们的香瓜呢，卖不出去，我们就可以美美地吃了。

没过多久，我就给母亲说我渴了。母亲将水壶递向我，说渴了喝水。我就耷拉下脑袋不说话了，我自然不想喝水的。太阳越来越高，天越来越热，我就不停地给母亲说，我渴了，我渴了，我不喝水，我就是渴了。母亲似乎听不见我的话，只是吆喝着卖她的香瓜。

那时的我出奇的固执，我站起来蹲在母亲的对面，不停说着“我渴了”“我渴了”。说时眼睛死死地盯着香瓜，我用眼睛向母亲赤裸裸地表白：吃香瓜才能解渴！

母亲用手将我划拉到一边，说不喝就是没渴，渴得厉害了，马尿都喝。而后继续吆喝着卖香瓜，不再搭理我。

热得厉害了，母亲就将自己头上的草帽扣在笼上，怕把香瓜晒皮软了，不脆不甜了。她让我坐到商店门口的台阶上，那里不直晒。我就是不挪，我就是要把自己晒得流油，我就是渴了还不喝水！

母亲无奈地摇摇头，在笼里看来看去，就是找不到一个可以让我吃的。眼看着笼里的香瓜越来越少，剩下最后三个，竟然也被人买走了。我绝望地“哇——”一下大哭起来：拽着母亲的衣角跑了八里路，不就是想吃香瓜吗？

记得回去时，我死活都不走半步，要她背着我回家。母亲迁就地背起我，我还伤心地直流泪呢。

就在刚才，我又给母亲说起苹果和香瓜，我们都笑出了泪花花。

抱抱曾经的自己

突然滋生出一个很奇怪的念头：抱抱曾经的自己。

如果可以，我想回到7岁时的那个夏日。

我不想说天有多热，经常跟在我屁股后面蹦来跳去的虎子，它只是趴在地上不停地吐着舌头，任我怎么拉怎么扯就是装作赖皮般一动不动。7岁的我拎着镰刀，跟着母亲去收麦子。

母亲的胳膊一划拉，就揽住了四行麦子，一镰下去，都放倒了，脚一挑，就是一堆，割得很快。我只割两行，也只是一行一行、一小把一小把地割。

很快，我就被母亲远远地甩在了后面。想赶上母亲，心里一着急，手底下就出错了。一镰下去，没割到麦子倒割破了自己的鞋面，还有脚背，疼得龇牙咧嘴。脱了鞋袜，一道血口子。我没有喊没有叫，就像母亲平常处理伤口那样，抓了一点土，在手里捻得绵绵的，而后撒在直流血的伤口上。

看着母亲不直腰一直割着，我将那只袜子塞进兜里，忍着疼，继续往前赶，只是比刚进地时割得更慢了。

母亲性急，她似乎已经听到了“噼里啪啦”麦粒炸裂的声音，头也不回地催促着我“快点，快点”。她打了个来回，到了我的跟前，见我绷着脸慢吞吞的，就踹了一脚，骂了句

“没听见麦子都炸开了”，而后继续弯腰猛割。

母亲知道天很热，热得人直流汗，却不晓得汗水流过伤口的疼。

那天临近傍晚，母亲照例拉我到池塘边冲洗，我死活不下去，她才瞅见了我没穿袜子的那只脚，还有脚背上的伤。“没事，都结痂了，两天就好了。”母亲说时语气很轻松，就像受伤的是别人家的孩子。

她或许不知道，一个 7 岁的小孩子，自己受伤了很疼很想休息却不忍心丢下母亲独自割麦子的矛盾心理吧。

如果可以，我想回到过去，抱抱那个小孩。我的脸颊会轻轻地贴在她的小脸蛋上，说，好样的，你真是个乖孩子。

如果可以，我想回到 10 岁那年。

那时我上三年级，考试没考好，很伤心，老师表扬别的孩子就像在批评我。母亲从没问过我的成绩。农活多得她都没时间直起腰来，哪会关心这些闲事情？可我却不敢直视母亲的目光，似乎她什么都知道。

那时，如果没记错，应该是一块橡皮 2 分钱，一支铅笔 5 分钱，一个本子 8 分钱。家里是不会经常给我钱买学习用具的，可努力是必须的。贫穷出智慧吧，我想到了电池里的碳棒。

那时电池也是稀罕的东西，不是开玩笑，家里带电的就一手电筒，还舍不得经常用，怕费电。还是在亲戚家找到了一节废电池，砸开，取出碳棒，我拥有了一支可以长久使用的“笔”。

学校的操场是我的练习本，碳棒是笔，反反复复写，边写边背。起先，一些孩子像看怪物一样看着我：学习不好，还显摆着学习？我才不在乎别人的目光，只知道自己该好好写，好好背，边写边背。背了，会了，继续写，就当练字吧。后来呀，就有人开始学我了，用瓦片，用木棒……谁在乎用啥呢，反正学习就是了。

就那样，脑子并不灵光的我，渐渐地靠拢了优秀生。

如果可以，我想回到过去，抱抱那个小姑娘。我会在她耳边轻声告诉她：想自己的办法拉自己一把，谁都会像你一样走向优秀。

如果可以，我想回到 14 岁那年。

那时我已经上初中二年级了，也养成了写日记的习惯，作文写得挺不错。只是，我不是一个长得清爽且伶牙俐齿讨人喜欢的孩子，或者说，总是绷着原本很黑的脸很少露出笑容。

那一年的语文老师很是奇怪，每次讲评作文，都会先说一句“这次作文写得好的有某某、某某等”，而后将点到名的学生的作文当范文读，最后总说一句，“时间有限，其他人的就不读了”。我从来没被点名表扬过，作文自然也没被读过。而翻开作文本，评语、分数往往还差不多。我一直在“等”里面，这让我欣慰又窝火。而在初一，我的作文总被前一任语文老师当范文读。

那一年每次上作文课，对我都是一场折磨，恨不得将头深深地埋进课桌兜里。而握起笔，又告诉自己要认认真真写出自己最好的作文。

记得是 3 月，全县举办了一次中学生作文比赛，我是全县唯一的一等奖，也是我们学校唯一获奖的。颁奖回来，学校又召开了一次师生大会，让我在大会上读自己的获奖作文。读着读着，我的声音哽咽了。下面的掌声响了起来，他们一定认为我是声情并茂。那一刻，我终于将自己从作文讲评课上的那个沉重的“等”里面解救出来了。

如果可以，我想回到过去，抱抱那个少年。我会揽着她的肩膀说，你真棒，陪自己走过了泥泞与黑暗！

如果可以，我想回到18岁那年，抱抱那个在别人都已酣然入梦依旧点着蜡烛勤奋学习的少女，没有那股刻苦劲，她怎么会在千军万马过独木桥的高考中顺利跨进大学的校门！

回望走过的路，点点滴滴都是付出、都是努力。如果可以，我真的想回到过去，抱抱每一阶段里从没懈怠过的自己，感谢她们一路扶持，才让今天的我站在这里，至少没有让自己失望。

囚禁自己的人

我一直想不明白，有些人是因为不被别人理解才将自己囚禁起来，还是将自己囚禁起来了才不被别人理解。这种人，恰恰最为不幸，他们的痴迷被贴上了“疯癫”的标签。

戏痴

儿时，有个奇怪的疯子，方圆十几里哪个村子不管谁家有红白事，她都会赶去。

主家请来的乐人在门口搭棚摆家伙，锣、鼓、唢呐等准备齐全，卖力地演唱。唱得越热闹，事儿就过得越红火，主家脸上就越有面子。而这个疯子一到，就在围观的乡人后面找土堆、砖堆之类高起的地儿，站上去，一亮嗓子，得，围观的人就转了方向，全涌向了她。

看似粗俗的乡人，却有着善听的耳朵，他们点着头，笑意泼洒在脸上，指点着，评说着，尽是享受，才不去理会主家及乐人的尴尬。

听大人们说，她是个“游疯子”。（我们这里称时而正常时而疯癫的那种疯子为“游疯子”，游走在“正常”与“疯癫”之间。）听说她只要见到唱戏的，跟着一开口，疯癫气就全没了。据说她本来就是个唱戏的，曾经红半县呢。也不知咋的，她就疯了。疯是疯了，可一入戏，就好了。

我从来没讨厌过那个疯子，隐隐地，还有一种奇怪的感觉——不愿意看她受委屈。

当小伙伴们跟在她后面边喊着“死疯子”边用土块砸她时，我不让他们那样做，以致土块落在了我的身上。他们还恶毒地耻笑我：“她是你亲妈？”“妮儿的亲妈是个疯子！”

再后来，她受辱时我就躲开了。

至今我也没想明白，我跟她压根儿没说过一句话，可在她受伤害而我只能躲开时为什么会咬着衣襟落泪？多年后的此刻，忆起她，为什么泪水还会簌簌而下？

儿时的我，不懂也不喜欢听戏，觉得婆婆妈妈的，哪有说话干脆利索。奇怪的是却喜欢看她唱戏，对，就是看，只看她唱戏时的神情：看她开心时眉梢抖翘，看她伤心时衣袖拭泪，看她痴迷时神游而走，看她悔恨时肝肠欲裂……我也觉得奇怪，从来不听戏的我竟会痴迷上看戏。唱戏时的她，尽管依旧蓬头垢面依旧衣衫不整，可一招一式都让吝啬赞语的乡人激动得拍手叫好。

那时，谁家过红白事，乡人们都满心期待，只因有她。甚至赶至邻村，就为了听她唱几出。

我常想，她是把热闹唱给了大家，可她心里的苦楚，谁会知道，谁又愿意知道？该不是她满心都是痛楚，却没有出口，于是躲在戏里不再出来？而出来示人的，已不再是她。

字痴

上高一那年，我又遇到一个像戏痴那样的人。此人不喊不叫不吵不闹，没有任何疯癫的表现，只是在大街上一个劲地写字。

初次见他，是我去书店买教辅类的杂志。在广阔的十字路口中间，他蹲在那里边挪动边写着什么，好奇的人都围了过去。

他在写《少年中国说》，旁边放着一盒粉笔，已经写了一大片了。字写得笔势有力，灵活舒展飘逸洒脱。

人越围越多，以致影响了交通。交警来了，将他赶走了。

后来也遇见他多次，他的《岳阳楼记》笔走龙蛇，他的《马说》剑拔弩张，他的《陋室铭》铁画银钩……尽是经典名篇，用笔迥异却同样精彩。每次见他，他都写得酣畅淋漓满脸陶醉，我却看得瞠目结舌满心惭愧——从背诵到书写。

他唯一的爱好就是以地为纸尽情书写吧。因为在小小的县城，很多人见过他，见他时总在地上洋洋洒洒地写着。他在哪里都会导致人群围观，不是影响所谓的市容就是造成交通堵塞，总是被驱逐。

没粉笔了，他从路边捡来土块，竟然也写得那么从容那么俊秀，以至于我恨不得剁了自己写字的手。

偶尔上街，心里就有种莫名的期盼，能遇上他不？县城虽小可也有四条大街无数小巷，匆忙的高中生活也不允许我在整个县城的大街小巷游走。失望的时候倒不少，只是每每有人从校外归来，大家问的都是一句话“你碰到那个疯子写字的没”，他似乎成了我们单调枯燥的学习生活里的一种调味。

似乎是在第二年冬天，再也没有见到过他。

不过我们依旧谈论了很长一段时间，还进行了种种设想。有人说，他去大城市写字了，合阳太小，没人欣赏得了他的书法。有人说，他的疯病好了，回农村老家好好过日子去了。也有人说，吃不饱穿不暖有病没钱看，早就不知死哪里了。

我最愿意相信第二种，他终于跟我们一样了，回家过日子去了。偶尔，他也会随手拿起什么写几下，脸上应该是释然的神情吧。或许，他还会教他的孩子写字呢。当然，第一种假设也行——他去了更广阔的地方。他的字风格不定，时而清秀雅致，时而狂放不羁，时而飘逸洒脱。在大地方，或许会遇到伯乐吧。我绝对绝对不愿意相信第三种，那样对他，对写得一手好字的他，岂不是过于残忍？

很奇怪，我每每书写时，他就会一闪而过。或许，他并不曾疯不曾癫，只是将自己囚禁在字里不想出来了。

画痴

第三个这样的人是我大学毕业后在工作的这座小城遇到的，他痴迷于画画。

他随身携带着一个大箱子，里面尽是画画所需。说真的，我一直当他是个游走四方随处采风的画家，怎么也把他跟“疯子”画不上等号。他随处就撑起画板，也不管不顾别人的围观与议论，还有那不修边幅（说“破烂不堪”更准确）的打扮，自然也怪不得别人叫他疯子。

我一直没觉得他给别人制造了麻烦，除非你执意要将创造美也当麻烦看。

除了画板，他也在地上、墙壁上作画，寥寥数笔，却勾勒得颇为传神。那时我已在一所职高任教，我坚信我们学校那几个美院毕业的教师绝对没法跟他比。

跟记忆里前两个人不同的是，他一直是满脸温和的笑，不管路人如何嘲讽、城管如何驱逐，他总是温和地笑着。他似乎很固执，铁定了只用一种方式面对生活——温和地迎接一切！还有一点不同，就是他总以不同的形式邀请别人参与到他的画画中来：给人画像，与好奇的孩子合画，等等。他很友好，也在竭力地靠拢大家，不像那个写字的，独自沉醉。

后来，小城开始"创文"了，大街小巷有数不清的墙壁需要用绘画来装饰，他便加入了。除了高超的技艺，他的疯傻不计报酬会不会也在考虑之列？因为在这个充满精明人的世界，算计一直不曾缺席。

再后来，他也消失了，无影无踪，就像他的突然出现。

直到有一天，看到一则新闻，说美国有个街头艺术家，他奔走在城市的大街小巷随处作画，给人们带来了美感。于是国人如发现了新大陆般惊呼"创造"，赞叹"温情"。而我笑了，因为我们经常将身边的温情踩在脚下却张望期盼别人送来温情。

直到今天，对他们，我一直都很敬畏，也无法忘却。

幸福的鸡蛋

四十年前，在我们乡下，鸡蛋是极稀罕的东西。我们家的鸡蛋就被母亲高高地放在木板上的瓷坛里。

家里没人时，我常常踩着大凳子，颤悠悠地从高高的木板上搬下那个瓷坛子。打开，蛋们正安安静静舒舒服服地躺在里面睡觉呢。椭圆的，白生生的。轻轻推一下坛子，蛋们醒了，我好像听见了它们脆脆的笑声，就像母鸡骄傲的咯咯声。

于是，我就摇一下，再摇一下……欢喜生动起来了，“嘿嘿，嘿嘿”，笑声就在我的脸上绘了朵花。

好几次，母亲揪着我的小耳朵吓唬我，不敢乱搬坛子，鸡蛋撞破了咋办？撞破了就把咱屋里的油盐酱醋撞没了，就把你的花衣服撞没了。

我吐吐舌头，又乖乖地把瓷坛子放回木板上。

鸡蛋攒到一定数量，母亲就把它们放进塞满麦秸的篮子里，拎到镇上卖。卖的钱就买油盐酱醋，买针线篓里需要添置的。攒的钱多了，就买布料准备过年的新衣服。那些鸡蛋们可不能出问题，这个轻重我还是知道的。

去鸡窝里捡鸡蛋是我的任务。

每天，一听见母鸡咯咯的叫声，我撒腿就跑向后院。等那只下蛋的母鸡功臣般昂首阔步地骄傲地走出鸡窝了，我立马就冲了上去，鸡蛋摸着还有温热呢。

通常，我并不急于给母亲上缴鸡蛋。坐在后院的柴堆边，大拇指和食指捏着鸡蛋对着太阳举起来，能隐隐约约看见蛋黄呢。有时，我会把鸡蛋放在鼻子前，皱着鼻子使劲闻。我不知道鸡蛋有多香，就是觉得它应该是很香很香的，可从没闻出味儿。说来惭愧，直到今天，我也不能准确地说出鸡蛋的味儿。

每年生日那天，母亲都会在面条下给我埋个荷包蛋。我会把鸡蛋扒拉来扒拉去，面条吃完了，就是舍不得咬一口鸡蛋。那会儿，哥哥们的眼睛似乎带着钩子，能把鸡蛋从我的碗里钩进他们碗里。我就扭着屁股把碗端到别处，独自享受美味了。

其实他们过生日，我也一样是干瞪眼，有想法没办法。

除此之外，就是家里来了金贵的客人，才会用一个鸡蛋。去掉蛋壳后，妈妈会加些面粉使劲搅拌，炒出来的鸡蛋就是一大盘子。或一大锅面条，只打一个鸡蛋，妈妈也是快速搅动，于是乎，满锅里都是蛋花花，每个碗里都漂满蛋花花，看着都很香很香。

儿时的鸡蛋，应该是最幸福的鸡蛋吧。

惹人疼惜的小丫头

小丫头出生在几乎没人能填饱肚子的1965年，直到几年后，稀稀疏疏黄不拉几的头发依旧满心抱怨地不肯服服帖帖，反倒愈加愤怒地挥舞着细胳膊蹬着细腿满头乱窜。看着那小豆芽样的身板，你都不敢或不忍心喘口粗气，你担心一口气出去会把她吹得无影无踪。

在所有人的记忆里，只要有一群小孩子玩，总会有个小孩安安静静地站在一旁，那一定是小丫头。

她呢，看着看着，浅浅的笑就在小脸蛋上泼溅开来。小丫头不是不想玩，小丫头觉得活动起来会饿得更快。小丫头狡黠地安慰自己，小伙伴们在给自己表演呢，那么多人给自己一个人表演哩。这般想来，便觉得像占了便宜似的，小丫头的笑容里便多了不好意思。

多年后，小丫头将自己的小心眼儿说给那个拥有厚实肩膀的男人时，他疼惜地揽着小丫头，说要是在小时候就认识你多好，我会把我吃的东西分给你，让你也可以蹦着跳着去玩儿。男人那一刻是实实在在地揪心地疼：不曾开心地玩过的小孩，该是世界上最最不幸的小孩吧？

小丫头笑了，小丫头说我的快乐是谁也无法分享谁也无法剥夺的。说罢，小丫头脸红了，为自己的自私而不好意思。因为小丫头并不是十分的好动，她最最喜欢的，是去地里割猪草。

那时，她的快乐就抖落在草丛里，像星星，像光斑，连脚下踩过的地都温软起来。

小丫头会蹲在一丛草旁，一看就是很久很久。瞧，草尖上还有露珠呢，手指轻轻地碰触了一下，露珠儿就像被挠了痒痒般撒娇地扭扭身子，欢笑着跑了开去。一不小心，没把握好速度，滚了下去。小丫头就听到了轻轻的叹息，是露珠儿的，一定是，她从来没有听过那样轻柔的叹息——露珠儿的叹息。似乎就是那一霎，小丫头的脸红了，因为她看到了草儿生气地颤抖。草儿一定是满心憋屈：哼，我好不容易盼来露珠儿做伴，叫你给惊扰了！你这小丫头，手好贱！

是的，小丫头是喜欢去地里给猪割草，可她就是舍不得挥动镰刀，只是看着草儿就满心激荡着欢喜。

在小丫头眼里，花儿并不比草儿金贵。她一直觉得，草是花的今世，花是草的来生，每一棵草最终都会开出自己的花！

她喜欢草到了痴迷的程度。一过完年，雪还没彻底融化，小丫头就急不可耐地独自跑到田间地头，寻找草的踪迹。每每找到嫩芽儿时，她就蹲下来细细地端详，满心里都是惊喜，却不敢笑出声来，怕惊吓了正探头探脑的草们，怕它们受惊后不愿再长。

小丫头喜欢的事其实也不少，她跟所有的孩子一样，都盼望着过年。过年是可以放开肚子吃几天的，还可以吃到肉肉呢。

大年初一是不来亲戚的，桌子上自然没有肉，倒是比清汤寡水的平日丰盛多了。初二就有亲戚来了，唯一的一碟肉菜放在桌子中间。小丫头心里欢喜眼睛发亮，小小的她屁股离开凳子站了起来，举起筷子就奔向那盘肉菜。可是，可是小丫头看到了一道目光，一道严厉的目光，那道目光生生地将小丫头手里的筷子转了方向，小丫头夹了一筷子花白。

是的，小丫头最能看懂别人的目光了。

试卷带回家，母亲脸上表情没有太大变化，小丫头就知道自己努力不够让母亲失望了。小丫头其实不是一个聪明的丫头，或者说还是比较笨的。于是她就在油灯下学习，又嫌费油，又在月光下背着记着，她想在下次考完试看到母亲的笑脸。

小丫头喜欢回忆，也总慨叹时间的神奇。所有的经历都在时间的大缸里发酵成了美好。

那样的小丫头，谁不疼惜？

流泻在后院的时光

我常常忆及儿时的后院，后院是奶奶的辖区，更是我的天堂。

一进后院，先是一块不小的空地，奶奶将它打理成菜园：中间是一畦一畦的菜，四周用长长的枯树枝围成高高的篱笆。

鲜嫩的韭菜先探头探脑，觉得暖和了，能适应了，就伸胳膊蹬腿地舒展开了。辣子纤细的小苗儿挥舞着手臂，日渐粗壮，小辣椒就爬上了枝丫。

西红柿的苗儿最没正形，不搀扶一把就赖着不周周正正地长。奶奶常常在它们的近旁边插树枝儿边唠叨：娃娃都像你们就糟糕了，走没走相，站没站姿。

茄子苗儿长得自有个性，宽大的叶儿随心舒展，整个身子长得无拘无束。茄子们呢，憋足劲地长，倒像个没体没形的臃肿女人。不久，茄子的不可一世就被南瓜吞没了。南瓜才是真正的一发不可收——蓬蓬勃勃声势浩大的推进式生长。记忆里，我家的南瓜王抱得年幼的我都喘不过气来。呵呵，是我年幼体弱，还是南瓜大？

其实我最最喜欢的，是最里面那一畦黄花菜。看着是花，状如修长点的喇叭，吃起却是很软和的菜。在妈妈准备切菜前，我还会拿一朵怒放的黄花踮着脚尖在她的头顶比画着玩。

菜们是竭力长得漂亮，篱笆则是被奶奶打扮得漂亮。

一开春，牵牛花的绿藤恣意蔓延近乎疯狂，四季豆的藤儿也是你追我赶迅速占领更广阔的空间和高度。这些绿啊，穿过浓夏，来到秋末，直到满园开始荒芜、沉寂，篱笆才不情不愿地脱了外衣。

过了菜园，靠近后墙的，是一排鸡舍。鸡舍旁边是一堆用来点灶火的麦秸垛。我最喜欢的是鸡舍，不，是母鸡。也不对，是母鸡下的蛋。

一听到有母鸡"咯咯咯"的叫声，我就飞也似的奔向后院。准会有一只母鸡从鸡舍里钻出来，高傲地伸长脖子昂着头。我弯腰，贴近鸡舍，侧着身子摸进去，圆圆的，暖暖的。

那时，我最喜欢躺在草垛上，先皱着鼻子使劲地闻鸡蛋，而后用两个手指捏着鸡蛋对着太阳举起来，似乎隐隐约约能看到蛋黄呢。其实除了看病人或是来了金贵的客人，鸡蛋多被妈妈换成钱补贴家用。不能吃到鸡蛋，却丝毫不能削弱我捡拾鸡蛋的快乐！

一天，我竟然捡到两个鸡蛋，一手握一个，欢呼雀跃般奔向前院给奶奶报喜。结果过门槛时绊了一跤，摔倒了。是的，鸡蛋破了，一下子还是两个！我"哇——"一下大哭起来，任奶奶怎么哄都不停。奶奶喊来妈妈，妈妈都保证不骂我也不打我，可我还是失控般狠哭！

如今想来，那时的我怕是心疼家里失去了俩鸡蛋吧！那时的我，也算个懂事的孩子吧！

常常忆及后院，每每那时，就沉浸在童年暖暖的时光里。

童年的月饼

许是我太恋旧，四十多年前的记忆总是清晰如昨。

暑假快结束时，离中秋节还有好些天，母亲就开始做月饼了。在饧好的面里放进芝麻、茴香、椒叶，就开始揉面。面儿揉得筋筋道道，汗水也揉活泛了母亲的脸庞。一直在近旁的我，踮着脚尖很殷勤地给母亲擦拭汗水。面团切成小块，再擀成圆圆溜溜的面饼。抹层油压个饼，七八个摞在一起，一箅子能摆好几摞。而后再饧一饧，面软和了，才放进大锅里蒸。

拉风箱自然是我的事。先是硬火，旺旺地烧。不久，热气儿就从蒸笼缝里挤了出来。气们一出来就舒畅得伸胳膊蹬腿，于是空气里就弥漫着面粉特有的香甜味儿。调料们喜欢拿架子，香味出来得晚，只是已说不清是茴香的还是椒叶的。我边拉风箱边皱着鼻子使劲闻，直闻到鼻子都起了褶皱。

千呼万唤万唤千呼，月饼终于要出锅了。在母亲揭开锅的一刹那，我看见了那些曾死死地压在一起的面饼们都骄傲地鼓了起来，还在晃动呢。不，不是晃动，是摆弄着身子抛着媚眼在诱惑我！

小手刚刚伸到箅子边，母亲就一巴掌拍打过来，嗔怒道："去，手烫了就不馋了。"我会乐呵呵地补上一句"手烫不要紧，嘴没烫能吃就行。”

母亲将热气腾腾的月饼一个个摆在案板上，整个案板开始冒热气，白白的圆圆的月饼儿，躺满了案板。那会儿，我觉得案板好幸福好幸福，它要是有嘴，该多好啊。我都想让自己变成案板，摆满月饼的案板！眼睛看着，嘴巴就失控了，口水毫不遮掩地流了下来。

晒月饼才是最最让我难受的事。

院子里摆两条凳子，上面架着席子，把月饼一个个摆上去，在大太阳下美美地晒，直晒到干硬干硬的。这需要好几天的时间呢。想想看，在这几天里，你天天都可以瞅着香香的月饼可就是不能吃，该多难受啊。于是就出现了下面这样的情形。

我常常弯腰凑近月饼，闻，使劲闻，狠狠闻。隔一段时间，嘴猛地一张，很陶醉地抒情，“啊——真香”，以至于我觉得闻比吃都香。闻月饼，几乎是我每天必做的功课。这样尽情尽兴地闻，也只有短短几天，得抓紧时间才不留遗憾。晒干了，就闻不出来了。

月饼彻底晒干后，母亲会把它们用绳子串起来，再蹬着梯子，月饼就被高高地挂在房子中间，高到我只能流着口水仰望了。

一直要等到中秋节。

中秋节的那天晚上，坐在院子里，看着大月亮，吃着“小月亮”，笑声就在院子里飘荡开来……

雨天的记忆

上班仓促，明明看见天阴却忘了带伞。单位距离家不足五百米，雨也不大。打的？似乎有点矫情，索性淋吧。仰起脸，小雨点欢笑着前赴后继亲吻着脸颊，雨天的记忆随之泛上心头。

小时候，大人们一忙活起来，便顾不上小孩子了，各种不安全的事层出不穷。六岁的二哥很淘气，爬高下低就不走人路，终于，他从那面豁口的墙上摔了下来，脚脖子崴了，跛了好多天。八岁的大哥疯到村边玩，掉进了池塘里，幸亏有大人及时赶到。而我，打小就好静，从来不会哭着闹着缠着大人，也不会因为好奇怂恿着哪里危险哪里钻，总是一个人安安静静地待着。大人只消说一句“在这里好好待着不要乱跑”，哪怕大半天一整天，我也会静静地待在那里，绝不会乱跑的。也总能一个人变着法子玩，玩得有滋有味，玩得忘了周围的一切，连同时间。用母亲调侃的话说，给个火柴棒或一片纸，你就能当玩具玩一天。

唯一能让我热闹起来的，就是下雨了。

一下雨，我就待在院子里死活不进屋子。不管雨大雨小，就淋在雨里。起初是穿着鞋子在雨中的院子里跑来跑去，鞋子湿了不舒服了，就踢开鞋子，光着脚在院子里跑，转着圈儿踩着雨水，噼里啪啦，以致都溅到了自家脸上。踩呀踩呀，似乎把我腼腆的性情也踩活泛了，“咯咯咯”的笑声比雨点还响亮。

奶奶就坐在院台子上，看着我的傻样，满眼都是笑，嘴里还说着“这才像个娃娃哩”。奶奶常说，“不捣不闹不是娃”，她不大喜欢我的安静。母亲倒害怕我长久地待在雨中着凉感冒，老想将我喊回屋里。那时的我，一点都不像平日里的样子，文静，听话，反倒像头犟驴，只听雨的话，也只跟雨说话，全然不理会母亲的焦急。以至于母亲常常担忧地给奶奶说，这孩子，一下雨性情都变了，就疯了。奶奶倒笑了，说那就好，人就得紧一紧松一松。那么乖的娃，不疯一下，还不憋坏了？

奶奶坐在院台子上看着我，眉里眼里都是笑。而母亲则靠着房门，眼睛里是能拧出水的忧愁。看着她俩，我心里可舒服了。好像只有雨天，大人们不忙活了，关注的目光才会倾泻到我身上。

长大后，更是奇怪。不管经历了啥，也不管心里多难受，冲到雨里淋淋，感觉就好多了。有时只是站在窗前，看着雨点敲打在玻璃上，心绪也能得到缓解。不管暴雨阵雨，还是绵绵细雨，只要是雨，我总能感觉到其中的美与好。

印象最深的一次是在县城上高中，为了节省五毛钱的车费，我背着书包从学校往家走，二十多里。走了一半的路程，天阴了，我立马把书包从背上转移到胸前。雨还是说来就来，好在不大。我将书包紧紧抱在胸前，跑了起来。结果就是，跑一跑，弯腰护好书包喘息喘息，起来又跑，又弯腰护好书包喘息喘息，如此反反复复。

一到家门口，就在避雨的门楼处赶紧掏出书，阿弥陀佛，只有个别书角有点小湿，激动得我恨不得抱起自己轮几圈。而后，就累垮了般直接跌坐在了地上。缓过劲后，又很懊悔：如果没带书包，我完全可以边走边唱“三月里的小雨哗啦啦啦啦……”，多美多惬意，想想都情不自禁地转起圈儿。

时至今天，我老忆起这段往事，更多的是遗憾：因为要护书包，我辜负了一场好雨。

所居住的小城也开始发展旅游业，唯一感兴趣的，就是去黄河滩踩泥。赤脚，裤腿挽起老高，全然没有大人样，脚心滑过湿湿的沙滩，童年的感觉就从脚心浸入，直漫过心头……

雨天的记忆，尽是美好。以至于在很多时候，经历那些差点让我在踉踉跄跄中栽倒的风雨，我都当作酝酿美好，并挺了过来。

小时候的破事儿

常常想起自己小时候所做的那些破事儿，那些破事儿如影像般清晰地浮现在眼前时，我常常哑然失笑。

——自己真不是盏省油的灯。

那时候，最最爱上的就是晚自习。村里没有通电，孩子们拎着各种各样的煤油灯，有用墨水瓶做的，也有用小铁罐做的。

老师没在时，我们几个捣蛋鬼就开始成精作怪，用长长的铁丝箍紧铁盖子，放在煤油灯上，里面扔一小把黄豆黑豆什么的，一会儿，先是香味儿飘散开来，接着就是“噼里啪啦”四处迸溅。手忙脚乱地捡拾，下来就是“咯嘣，咯嘣”吃得有滋有味又夸张。

这件事最终还是被班干部报告给了班主任。班主任将我们唤至他的地盘——办公住宿合一的房子——让我们反省，他去了教室给上自习的学生讲题。

反省什么呢？

一个坐在班主任的椅子上，装模作样地训斥其他几个，还是几个人鞋一脱，跳上老师的土炕翻筋斗？

结果是玩得兴起，闻到了香香的烤红薯味儿。通炕的土炉子的小窑里有烤红薯！哪里有放过的道理，直接解决。

记得教我们英语入门的，是姓党的女老师。在农村，拐来绕去的，彼此就拉上关系了。算来算去，党老师还是我家的一门老亲戚，对我，要求自然严多了。记得她常常拽着我的衣领嘱咐我认真学习，说得最多的话就是“你不好好学，我都没脸见你婆”。

不喜欢叽里呱啦学英语的，当然不止我一个。那几个和我一起光屁股长大的铁哥们，嘴笨，舌头也不听指挥，自然也不喜欢学英语。上早读不开口读，作业也不做，科代表瞪着眼睛没办法。一个下午，科代表说党老师找我们几个顽抗分子谈话。我们马上就凑在一起想对策，于是办法就有了。

在党老师房子门口，面对她一连串恨铁不成钢的反问，我们先是高昂着头，而后脖子一歪，异口同声：

“我是中国人，不放外国屁!”

几个男生一起发出的和声啊，异常响亮。

党老师连说了几个“你们”“你们”后，跑进房子，重重地关上了房门。据说，她被气哭了。

唉，那时的我们，听后竟然只有获胜的喜悦而毫无羞愧之感。如今想来，只想扇自己的嘴。

教数学的是姓李的老师，很严厉也很较真。

作业没完的，就不准回家，趴在他的房子门口的台阶上补做。即使再顽劣的学生，他也决不会放任不管。

我们哥几个经常趴在台阶上补作业，心里有气。终于，办法出来了。

李老师的儿子那时有三四岁吧，小家伙一出来，我们就齐刷刷地瞪大眼睛恶狠狠地盯着他看，几次下来，他就吓得不敢出房子了。非出来不可时，就悄悄掀开门帘，看上半天，而后才顺着墙溜一截，很快就跑开了。

那时，我们心里很是得意。哼，别看你整我们，我们可以整你儿子！如今想来，我们真是恩将仇报的混蛋啊！

对老师尚且如此放肆，和同学之间，那就更没分没寸了。

有一阵子就是看着“光头”不顺眼。“光头”原名杨军，好像因为头上总生疮吧，大人就索性给他剃了光头。光头原本和我们一起逃学、嬉戏，也不知抽啥风，突然间洗心革面改邪归正，开始好好学习了。这家伙一认真，还一发不可收，立马啥事都跑到前面了。

我们几个想不通，一下课，就围着他喊：

“秃子光，打溜光，娶了媳妇忘了娘。把媳妇搁在热炕上，把娘撂到窑背上。秃子光，打溜光……”

可他呢，头也不抬，好像啥事也没发生，依旧埋头看他的课本。于是，孩子们小小的邪恶就冒了出来。

我们将光头的名字写在纸条上，而后踩在脚下，在教室里拖来拖去地走。这样还不解气，干脆找来一个木板，用废电池里砸出来的碳棒大大地写上“杨军之墓”，插在学校门口的粪堆上。

结果是，几乎人人进出学校就会看到，甚至不觉读出声来。

事实是，杨军拔掉扔了，我们再接再厉甚至变本加厉。粪堆多的是，到处插。最后杨军妥协了，可怜兮兮地问我们对他到底有什么意见，他改还不行吗？看他那窝囊样，也觉得他已不再可能回归到我们的队伍里了，便结束了恶作剧。

杨军大学毕业后留在了南方政府部门工作，生活比我们这些瞎混的，好过不知多少倍。

岔路走得不是太远，幡然悔悟，依然可以走得很稳很远。每每想起杨军，我就对自己多了遗憾。年幼的我们，只知道疯玩、疯闹，从来没有让梦想乃至未来进驻心灵，回首往事，是刺眼的空白。对杨军模糊或清晰的记忆，似乎更像我眼前的一道标杆，我的努力也因此有了方向。

小时候的破事儿，常常忆起，忆起往事，心里就豁亮了。

童年琐忆

也不知自己是什么时候开始喜欢回忆的，回忆最多的，竟然是童年所经历的琐碎事儿。

（一）

印象最深的，就是每年七月七有关“巧娘娘”的事儿。

“巧娘娘”全身的各部位是用稻草或棉絮填充起来的，白布包裹成头的形样。一切准备停当后，那些爱热闹的女人们就拉着扯着老画匠拥拥挤挤地过来了，画上柳叶眉、杏仁眼、樱桃小嘴，腮上还涂着淡淡的脂粉，再穿上最鲜艳的衣服，就是“巧娘娘”了。

七夕的晚上，女孩子坐在“巧娘娘”的身边或摸摸她的手，就会变得心灵手巧，也会更好看。有女孩子的母亲们在做“巧娘娘”时，表现得最积极最无私：只要需要，家里的啥东西都可以拿出来公用的。我的母亲，是其中最殷勤的一个。

“粗胳膊笨腿的，两只手都逮不住一只鳖！”这，就是母亲经常训斥我的话。也难怪，我似乎缺乏运动细胞，动作协调性能极差。女孩子最基本的玩耍，跳绳、踢毽子、抓五子，我没一样学会的。就连割筐猪草，不是割破手就是割伤脚面。利索得在周围几个村子都很有名气的母亲是不能接受有这么一个笨极了的女儿。“一样的吃五谷杂粮，咋就长了这么一双爪子？”

父亲看着我也一直想不通：咋看咋像酵面放得太多发过了的面团，——五官没有鲜明的界线，模糊而抽象。

从手巧到长相，不管论哪头，我都需要“巧娘娘”好好照顾照顾。每年，母亲都以满腔热情参与到做“巧娘娘”的活动中，可当着众人的面，就是死活把我拽不到“巧娘娘”下面，她只能很生气地对我又搡又踢。可她所不知道的是，每年都是在半夜没人时，我总悄悄起来跑到“巧娘娘”下面，流着泪给她说贴心的话。众目睽睽之下，我绝不可能随着母亲到“巧娘娘”跟前的，那就等于当众承认自己很笨很丑。

细想，这个世界上没有比母亲更爱我的人了，母亲想让我沾点“巧娘娘”的仙气，却总是被我拒绝。

——即使出于好心真真正正地为了别人，也不能让别人强烈地感觉到自己的可怜。

或许，“巧娘娘”并没有遗忘我这个既丑又笨的丫头。一握起笔，文字就在我的笔下欢快地跳舞，不也是手巧的一种表现？

（二）

总忘不了八岁那年母亲带我去镇上看戏的情形，看的是《窦娥冤》。

那时，镇上没有戏院，就是街上找块大点的空地，搭个台子。看戏的人层层围着，即使带着板凳，也找不到坐着的人，都害怕被前面的人遮住，伸长脖子站立着。板凳上、砖垛上、树杈上，站满了看戏的人。更多的人像我们一样，专门从乡下赶来，更不会扛着板凳赶几里到十几里的路，有利的位置也让近处的人占完了，我们就在拥挤的人群后面站立着。

母亲是个大高个，拽着我挤上了一个土堆。她看得有滋有味。周围也不断地有“好——”“好——”拍手称快的声音传来。我也使劲地踮着脚跟，仰着脸，看到的只是大人们宽阔挺直的脊背，也就不耐烦地扭着扯着母亲的衣角。

“啪”，母亲重重地拍在我的脊背上：“看你这娃，这么好的戏，不好好看就知道捣蛋!”

母亲继续看着她的《窦娥冤》。后来还下起了小雨，人群也没有太大的松动，母亲也坚持看到剧终。回去的路上，母亲和同村的婶子们依旧兴致极高地说着窦娥的誓言：血不溅地，六月飞雪和大旱三年……还不忘数落我不好好看戏。

母亲看的是戏，我看的是大人们宽阔的脊背，满眼都是，一望无际。被母亲指责时的我，真真地比窦娥还冤屈!

如今的我，一遇到想不明白的事或是不能理解的人，就会想起儿时跟母亲看戏的事儿。一想起这件事，就会很清醒地认识到：站的高低、角度不一样，看到的结果就不一样。因此，也就随之理解了他人，不再抱怨。

（三）

童年里最不能忘记的伙伴应该是敏了。

她的父母是那种老实厚诚到大人小孩都可以随便开玩笑而不计较，日子过得像筛子底，补不完的窟窿眼。敏却比我们更快乐，以致你能感觉到她的快乐无法遏制地往外流淌。

记得我们到很远的地里割猪草，大人总让我们拎两个大笼。休息时就坐在田畔上吃自家带的干粮，我们都是麦面馍，只有敏拿的是糜面糕，还很小，她却吃得津津有味，满脸喜色。

“你们吃的是馍馍，我吃的是鸡肉。看，我吃得多香！”敏大口大口嚼着糜面糕，两三口就完了。在我们还啃着麦面馍瞎扯时，她已经开始割草了。

“连糜面馍都吃不够，劲还蛮大！”就有人打趣笑话她。她一点都不在乎，还说什么“吃肉的当然劲大”，手下并不耽搁。

我们也是两个笼，可我们割的猪草是虚虚地蓬在上面糊弄大人。敏呢，两个笼压得瓷瓷实实直到从笼系那里再塞不过去为止，一笼顶我们两三笼。我们都说敏不知惜身傻里吧唧，她却伸着胳膊显摆着：“干活多，我的身体就壮实，我才不吃亏！”

记忆里，敏总是很乐观很开心，即使破裤子烂袄也抖动着一身灿烂。

我常常想起敏，她现在的日子也过得很滋润。这，恐怕就是对一直挥洒汗水的人的酬谢吧！我们的遭遇、处境，或许暂时的确无法改变，我们唯一可以做的，就是学会拨开阴霾，给自己心灵洒满阳光。

我喜欢回忆，回忆是对往事的微笑，回忆也会温暖、照亮我的今天。

看电影

跟儿子从放映厅出来，他一脸兴奋地问，妈，你们小时候咋看电影？有这么刺激吗？

我的小时候是四十年前。那时关中农村放场电影，不亚于过年般欢喜。提前好些天，大人们就通过各种途径将这一消息传递给了七里八乡远远近近的亲戚们。最最高兴的自然是我们小孩子了，期盼乃至兴奋的心情应该从多天前就开始聚集，发酵，扩散，以至于到了那一天干啥都魂不守舍，所有的心思浓缩为眼巴巴地期盼着天黑。

那天是绝对不吃晚饭的。

全村的孩子们，都扛着架着端着板凳椅子冲向大队部前面的那块空地，自然是争着往中间往前面占地儿。也有厚着脸皮加塞的，为了捍卫自己的既得利益，彼此的口水战是免不了的，可以不歇气不倒茬直骂至祖宗八代。

放眼瞅去，尽是密密麻麻的凳子，宽的窄的，长的短的，凳子间点缀着叽叽喳喳吵吵闹闹的孩子们。

银幕挂起来了，灯光打亮了。

猴精般的孩子们似乎一下子被激活成超级形态了。小个子一跃而起站上凳子，大个子也站了起来，对着银幕用手指做着各种造型。先是汪汪叫的小狗，撒腿跑的兔子，悄然绽开的花……不久就组合了，“猫捉老鼠”“狗熊爬树”……很是热闹，如微型电影般惹得观众们大笑不已。

电影马上要放映了。

想想，黑压压的一片，谁能一下子找到自家的孩子？于是乎，高潮来了。孩子们用手做喇叭状扯着嗓子大呼小叫起来：

“妈——，我在这，在这里。”“快点，快点！这儿，这儿！”……

你呼我喊的声音此起彼伏，像口沸腾的大锅。

眼看着电影要开始了，那些没等到自己家人的孩子，就很委屈地抽抽搭搭，转来扭去，自然不能专心看电影。甚至边看边骂，不知是骂电影里不合自己心意的情节，还是骂自己心里的疙瘩。

有时，大家都等到十一二点接近后半夜了，传来消息，说放映员从十几里外的村子赶不过来了，挪到明晚。

大家伙情绪很大，散去极慢，都骂骂咧咧，似乎要让每一个骂出去的字都落在地上，生根发芽长出荆棘！就是那会儿，我觉得世界上最最了不起的人就是放映员，他可以让所有人高兴得如同上了天堂，或悲哀得像下了地狱。于是我在作文中写下自己的理想就是做威风十足的放映员。

我们也去别的村子看电影。结伙成群浩浩荡荡，七八里路跑着喊着，并不觉得路远。半路上挖一窝红薯，啃得满口流汁。偷个西瓜一拳下去，一人一块直接用手指抠着吃。

去别的村子不可能带板凳的，看不见咋办？骑上墙头，架在树杈，站上砖堆，只要能使自己比别人高，都尝试过。只是有时太远了，不大能看清，只好“听电影”了。

也记得半年时间，我们去过七个村子看电影，也只是看了七遍《地道战》，以至于开始在沟边挖地道玩。

晒暖暖

儿时的记忆里，冬天最惬意的事儿莫过于跟着姥姥晒暖暖了。

面南的那垛墙好像天生就是为了让姥姥靠着晒暖暖的：上面是土夯的，下面离地半人高是青砖砌就，靠上去，自然不会脏了衣服。我跟姥姥坐的是玉米秸编成的厚厚的草垫子，很是软和。

冬天的太阳挂在天上，许是前三个季节耗尽了她的热情，再也不会红彤彤张扬着，太阳露脸了，又没有风。这时，姥姥招呼一声，“凌儿，晒暖暖喽。”我就匆匆忙忙地准备起来了，也不外乎捏一小撮洗衣粉放进瓶子里，倒上水，使劲搅拌，细铁丝做的带把的环儿得带上。

姥姥坐好后，我就倒进了她的怀里。姥姥边晒暖暖边给我梳头。娘经常说我的头发像没肥力的庄稼苗，稀稀疏疏黄不拉叽。可姥姥绾来盘去，就花哨多了。

姥姥忙活着我的头发，我呢，也没闲着，用铁丝环儿蘸着洗衣粉和成的水水吹泡泡。越吹经验越丰富，连续的一串泡泡们飘出来了，在太阳下飘来荡去，好看极了。

姥姥常常边梳头边跟我闲聊。

泡泡哪里去了，丫头？

她们找自己的姥姥梳头发去了。我扭头冲她做个鬼脸，笑呵呵地答道。

泡泡破了疼不疼啊，丫头？

泡泡不是破了，是累了，歇息去了。我想了好一会儿，才说了这么一句，还真有点心疼呢。

那泡泡飘得累不累啊？

这……这……我挠挠头，说，泡泡是玩，玩哪能累呀？就像我吹泡泡，从来不累。我很得意自己的回答，扭过头看着姥姥，姥姥则满脸是笑。姥姥一笑，皱纹就爬满了脸庞。

姥姥推了我一下，说，站起来，照照去，好看不？

我就站起来，从影子里看自己好看的头发。姥姥常说，太阳是最大的镜子，谁都可以随便照。高兴起来了，我就伸胳膊蹬腿，在太阳下蹦着跳着。姥姥乐得直拍手，一个劲儿地夸我：丫头，真有灵性啊！

晒暖暖时，姥姥每每打理好一种发型，就让我站起来“照镜子”。在一旁纳鞋底的娘撇嘴道，臭美。姥姥说，美就美，美哪来臭的？女孩子就要爱美。

我就咯咯地笑了。

有时，我还会用树枝将姥姥晒暖暖的影子在地上勾画出来，而后冲着勾画出来的形象喊着“姥姥，姥姥”。姥姥就笑了，姥姥一高兴就让我取来剪刀跟纸，旋来转去，一只笨笨的大母鸡就摇摇摆摆地出来了。再几剪刀，又溜出来一只狐狸。于是，我跟姥姥一人一只，就开始编故事了。

姥姥总是唠叨，狐狸不能赢的，狐狸是坏东西，坏东西要遭报应才对。我就只能让笨笨的大母鸡赢。

有时剪出的是绵羊跟狮子，我是一定要拿狮子的，威风啊。姥姥好像从来不在乎拿什么，即使绵羊到了她手里，也会变得很聪明。

今天的我，之所以热爱写作，该不会就是那时跟姥姥编故事而播下的种子？现在呀，一不留神，儿时晒暖暖的情形就蹦了出来。每每那时，幸福就洇成一片……

年少时的那道标杆

姑且叫她奕吧！反正任何时候看到她都是神采奕奕满眼热切，似乎，沮丧、颓废乃至失望，这些消极的情绪从来不会与她有关。

一件事，一个人，有时会温暖或影响你的一生。对年少时的我来说，奕就是这样一个人，奕的经历就是这样的事，无声无息又不罢不休地影响着我。偶尔，也会静静地想：在我茫然无措又焦躁不安的少年，遇见了奕，莫不是上帝的垂青，以警示我不可偏离那道标杆？

三十多年前，从村里小学来到小镇的初中。矮小的我踮着脚尖挤在人群里，从那面大大的墙上张贴的班级学生名单中寻找自己的名字，看自己所分到的班级。每个班的名单两排，女生、男生各一排。一个不是我的名字的名字却黏住了我的眼球——“闫奕荣”。这是我第一次看到“奕”用于人名。那时我们女孩的名字，不是“艳”就是“梅”，不是“芳”就是“花”，连我这么笨的也叫“玲”。“闫奕荣”肯定不是俗气如我的女生，她该是怎样的女生？看着这个名字，我傻傻地神游四方了。嗨，无意间目光下滑，看到了我的名字。

很幸运，我跟她一个班。全班同学第一次聚在一起时，我竟然只期待快点见到那个叫“闫奕荣”的女生，那种小女生的小迫切是一般人无法想象与理解的。

奕不属于打眼一看就漂亮无比的女生，精干的短发，神情是与年龄不相称的坚毅，却不是冷漠，坚毅而阳光，似乎浑身迸发着用不完的劲儿。我多次静静地感受过她：她的安静，像在积蓄力量，你能感觉到她心里激荡着奔突着向上的欲望。跟她在一起，无须语言的说教，你就学会了不放弃。

奕的学习极好，记忆里稳居全年级前三。老师们一开口就是“看人家闫奕荣……”，每每那时，我只是羡慕只是敬佩，绝无嫉妒。所有表扬的话语用在她身上一点儿都不夸张，绝不会委屈那些词儿。严谨而认真，扎实而执着，热情而友善，谁还能比她更配？

奕的家在镇上，她不在学校住宿。一到劳动，镇上的同学就得带锄头、铁锨、扫帚、脸盆、抹布等各种劳动工具。总有比较惜物的同学，舍不得将家里东西带到学校供大家用，也就总有种种理由搪塞：家长走亲戚了，自己还在别家吃饭，不好意思拿亲戚家的工具；家里人都去地里了，锄头铁锨都带走了。有的带来的扫帚前面秃得像刷子……而奕总能多带，扛两把铁锨还拎把扫帚。她劳动起来也不惜身，全然没有镇上孩子的矫情。可不要小看“镇上孩子”这几个字，要知道那个时候，镇上孩子喊我们乡里娃是“乡胖子”，我们乡里孩子说镇上孩子是“街溜子”，彼此看不上眼，鲜有来往。高傲的他们瞧不起土气的我们，土气的我们也不屑跟小气做作的她们来往。奕是个例外，有乡里娃的质朴踏实，也有镇上娃的聪颖。她的出现，让我也不那么排斥镇里的孩子了。

学校没有在镇上，距离小镇还有三四里路。有次跟一个同学偷跑出来到镇上的小书摊上租书看。

“看，那是闫奕荣的奶奶。”用今天的话说，那个同学热情而八卦。“知道不，闫奕荣就是跟奶奶爷爷在一起，她没有爸妈……”看着她那么神神道道津津有味，我突然觉得她咋那么讨厌那么残忍，生生硬硬地把我眼前一幅美好的图画戳得千疮百孔。

奕的奶奶摆着小摊，卖葵花子之类的小东西。一毛钱可以买一纸筒葵花子呢。奕经常在那里给奶奶帮忙。她不说我也都知道，只是那么一说，增添了我心里的不舒服。奕的家庭情况，我只有满心里的疼惜。

我一直想，奕那么努力地生活，她一定想牵手年迈的爷爷奶奶，引渡他们走向安稳幸福的未来。

三十多年前，在我们的艳羡里，奕从初中考入一所中专。——有梦想的小鲤鱼跳过了龙门。

以后，再无联系。

大学毕业多年后，偶尔，我会想起那个叫奕的倔强的女孩，想她会在哪里从事怎样的工作，想她一定拥有了幸福的家，想她那慈祥的奶奶爷爷……

多少年后，安于在小城做教师的我，也是偶尔，重新联系上了奕，她已是西安交通大学的教授了。至于她自学考专科本科研究生博士等，我都无从得知，可我能想象出她一路跋涉而来的艰辛。奕年少时坚毅的神情在我记忆里从没褪色。

第二辑

记住扔你到悬崖边的人

有些时日必须"虚度"

有些时日必须虚度，我却以所谓的"充实"辜负了那些应该虚度的时日。

一

母亲蜷缩在沙发里，手里是握着遥控板，却耷拉着头，我听到了她努力抑制却越来越大的鼾声。

她怕影响我看书写作，自己又实在寂寞难耐，就打开了电视。原本耳背，却将音量调到了很小很小，小到耳背的她无法辨知，小到几乎没有声音，自然就神游四方了。

很多时候，我推开家门，电视开着，声音还很大，母亲却是斜靠着沙发睡着。可就在我推开门的那一瞬间，她立马就醒了，慌忙调小声音，起身进厨房忙活起来……

母亲其实不是爱热闹的人，也不喜欢看电视。可偌大的单元房里，除了电视不会跑不嫌她啰唆，哪还有能出声又愿意跟她待在一起的？

我得感谢电视，无论怎样，它也算帮我安置了母亲。至少，我自己觉得心安。

二

我在敲击键盘，余光里，母亲安安静静地靠在门框上。

她啥时站在了书房门口？是有事要跟我说，还是没事只是无聊？没事又会站立多久？

这些想法只是一闪而过。

我装作没看见，继续敲击我的键盘。我不能吱声的，一搭腔，她的话匣子就关不住了，能从我小时候玩尿泥说起，似乎我成长中的每一件经历都卡在她的喉咙口，就等着逮住机会跑出来。

人老话多，说得一点儿没错。一搭腔，就撞倒了“话山”。我只有一直保持着自己的姿势，努力不让她感觉到我已经看见了她。

可再敲击时，有点心不在焉了。毕竟，我的母亲就站在不远处，我却没有搭理。

终于，母亲离开了。

心里有点乱，终究坐不住了，满心里都是不忍。起身走出去，客厅里没有。母亲年纪大了，下楼很不方便的，也没听到门的响声。我瞥向她的房间，她已经躺在了床上，脸向着窗那边。

她会不会很伤心？最多不过五米远，亲亲的母女，即便是对陌生人，素有教养的我也会笑着打招呼的，可我……

是有点愧疚，可还是转身离开了，我得赶快写完约稿。

三

阳台上挂的拉力器上好像都有了浮尘，显得很无奈很滑稽地悬在那里。

母亲多久没摸过它了？

母亲中风后落下了后遗症，手脚极不方便，医生说康复需要一个过程，得多陪老人家锻炼，给她活动活动筋骨，不敢让筋、肌肉萎缩了。

我给母亲买回了健身球，玉的，核桃的，还有钢的，我说哪种舒服用哪种。我还买了捶打按摩的，我说你自己可以用好的手来捶打。拉力器也是为了防止她肌肉萎缩，让她有精力的时候拉拉。

我似乎像个孝顺的女儿，走到哪里都留心看有没有适合母亲锻炼的，遇见了就买回来。

我将健身锻炼的买回来送给了母亲，以为就拥有了她走向健康的保障，以为她会按照我叮咛的自己好好去锻炼，以为我就可以不再牵心她的健康。可我从没想过，没有人关注，没有人陪同，要一个身子很不方便的老人坚持锻炼，那得有多大的心劲？

而母亲似乎没有多大的心劲，那些辅助她健身锻炼的，就一直寂寂寞寞地当着摆设。

或许我买的只是自己虚伪的心安，绝不是对母亲的疼爱！

四

蜷缩在沙发里，靠在门框上，阳台上挂着的空落落的拉力器……回想起母亲，眼前就充斥着这些。

是“回想”，——母亲已经故去。

母亲走前昏迷了三天。

是不是她用了三天的时间在想有什么值得自己留恋的？她唯一的视若生命的宝贝女儿都无视她的存在，这尘世，该让年老无助的她彻底心寒了吧？

三天后，母亲停止了呼吸，其间，一直都不曾理会我的呼唤。是不是她眼前回放着我的种种冷漠而万念俱灰懒得睁眼？

隐隐约约记起母亲说过的一句话，“电视能替代了人，都生电视不生娃了。”说这话时的母亲，定然是孤独而寂寞的。

那会儿，她眼巴巴地看着我，想跟我说会话。我正忙着赶稿子，于是敷衍道，电视多热闹，你随便调台自己看。母亲就说了那句话。我当时脸一红，还是忍住了，继续坐着没动。

人真是顽冥不化的动物，只有彻底失去，才会在被击痛时看到自己的自私与丑陋。

就像此刻的我。

五

记得我曾怂恿母亲下楼锻炼身体，那会儿我似乎忘了她老人家腿脚很不灵便。

我的理由貌似很充足：

楼下有老年娱乐室，有各种健身器材，关键的关键是有一群老年人，一群没有儿女陪伴也可以说说笑笑感觉不到孤独寂寞的老人。

母亲推辞着，说自己身体不灵便，上下楼不方便，绊绊磕磕。我又正儿八经不厌其烦地说了很多理由，无外乎她必须下楼去。

其实只有我知道，她出去了我就可以一心一意地做事情了。她在房间里，不陪同，我于心不安；陪同吧，似乎总有更主要的事情等着我。

烦劳她那么费力地下楼上楼，我只是自私地想让自己眼前清静心里踏实。

——何其无耻，给自己的母亲都用心眼儿！

六

以前的我真是混账，母亲一说起过去，我就会不耐烦地打断她的话，不客气地说，你都已经说了八十遍了，你说得不烦别人也听烦了，能不能换点别的？

其实母亲说的，都是与我有关的，她是在收藏着我的往昔。母亲一定是害怕我抓东扑西争多嫌少，最终忘记了自己，替我收藏着我原本应该牢记的往事。

母亲走了，才发现，我成长中出现了很多空白。

当那个年轻的妈妈嬉笑着说自己两岁的孩子多淘气时，我想回望，才发现两岁的我被母亲带走了；当那个父亲说起七岁的儿子满脸疼爱时，我想重温，才发现七岁的我同样被母亲带走了……

我以为我拥有独立的一切，我甚至害怕母亲过多的进入我的生活。母亲走后我才意识到，我推离的不是母亲，而是自己的曾经，母亲才懒得说与我无关的事情。

有些时日是必须虚度的，否则，在回忆里就会被愧疚所淹没。

鞋店里的故事

我在小城南大街经营着一家鞋店——佰纳专卖店。在经济相对滞后的小城，我的鞋店算是品牌店了，进来的人看的多买的少。

不让脚再受委屈

女孩推开店门没走两步，我就不抱任何希望了。不是我吹牛，卖鞋多年，对进店的人瞥一眼就可以分出消费级别，是看的还是买的。

她走路一瘸一拐，而且是那种朴素得掉渣的女孩。我依旧低头看书，没有迎上去询问并推荐款式。不主动招呼进店的顾客，有时会避免很多尴尬。

“打搅了，麻烦你把那款给我拿下来。”

听上去很舒服，一个很有修养的女孩。她指的是鞋架最上面那层，一双精致小巧的红色皮鞋。

我取下来递给她，她就开始试穿。忍了几忍还是没忍住，我很小心地给她提了建议：“买浅色的吧，色太亮，人就容易注意到……注意到你的……脚。”

她笑了，似乎不介意我说到她的脚。“挺好看的，就买红的吧。已经那样了，不能老叫我的脚受委屈。”

她让我将旧鞋装进盒子里，穿着新鞋，依旧一瘸一拐地走向门口。

“真的挺好看。”看着她的背影，我在心里说。

不嫌弃自己的缺陷，不因为缺陷再委屈自己，一个生活得很实在的女孩。

当有人说自己肥胖不配穿好衣服，说自己眼睛小不好意思化妆，说自己的种种不如人意让自己沮丧时，我就和她们分享那个女孩的事情。

跟大人顶嘴的犟孩子

几天连阴雨，门可罗雀，更不要说进店的顾客了。我恨不得跳起来扇老天爷一巴掌。好在我的一个中篇小说也快结尾了，就在收银台前边敲打边照看生意。

那对母女是晌午进来的。女孩看起来二十左右，蛮水灵的。母亲倒显得很是苍老，看起来足有六十多。

女孩指着一双棕色中跟的问母亲：“咋样，试试？”

“太洋气了，妈穿不出去。”母亲扭捏着，就是不试。

女孩又指了其他的，母亲只是摇头，连试都不试。

其实在我看来，这里没有她母亲适合的鞋，她是那么土气，再说了，我店里的皮鞋不会太便宜的。

母亲可能说到了价钱，嫌贵。女孩提高了声音，看样子是生气了：“你就知道死抠，过日子是过‘难过’？你不配穿好鞋谁配？”

母亲看了一眼我，满脸歉意，像自语般说，这女子，净胡糟蹋钱。

那女孩也很犟，回应道：“我挣的钱还不由我随便花？你不试我就胡拿一双，穿不上就扔了，那才是真的糟蹋钱。”

母亲才软了下来，答应试鞋。试了几双，终于找到一双合适的。

那天下午，我回了趟老家。说真的，开鞋店好几年了，我的父母却不曾穿过我一双皮鞋。他们觉得一来贵，二来不如布鞋舒服。说到底，还是我的心没到，觉得他们天天跑地里，没必要穿得多好。

从脚开始改变自己

一天中午，进来了两个小伙子，一个矮胖，一个高瘦。

矮胖的没待几分钟便不耐烦了，说这就不是咱该进的店，跟咱的地摊衣服就不配套。

两个小伙子的衣服上还有白灰渣，似乎是建筑工地上的。说真的，我的鞋多是面向小城吃皇粮的单位，他们有固定工资旱涝保收。对那俩小伙子，我真不抱希望。

高瘦的说，啥叫配套不配套？你都看不起自家，谁能看得起你？矮胖的不以为然，撇嘴道，看得起顶几毛钱花？再不要笨狗扎狼狗势了，啥马配啥鞍。

高瘦的似乎下了决心，说出了自己的想法：我买双好鞋，肯定舍不得把鞋弄脏，鞋都弄不脏，衣服肯定也脏不了。

高瘦的真的看上了一双棕色皮鞋。

我让他比会员还低的优惠价拿走了。一个迫切想改变自己处境的人，我愿意帮助。

鞋店每天都有故事发生，我受邀在当地小报开了一个专栏，讲述的就是发生在鞋店里的小故事。

我不会无视地走过

我不会无视地走过一朵盛开的花，无论它开在公园抑或山坳，无论它是名贵抑或普通。我知道不懂欣赏的心是冷漠的，我知道生命的任何努力都不应被忽视，我更知道柔软的心是美丽的。

我不会无视地走过一棵受伤的树，无论它粗大抑或幼小，无论它在大背景里抑或在小环境下。我知道不会体恤的心是残忍的，我知道能自愈者已经强大，我更知道易感的心是丰富的。

我不会无视地走过一个需要帮助的人，无论他是老者抑或幼童，无论他尊贵抑或卑微。我知道不会付出的心是孤独的，我知道赠人玫瑰手有余香的道理，我更知道施予的心是芬芳的。

我做不到无视，因为我知道，无视的唯一后果就是心的枯萎；我做不到无视，因为我明白，每一次相遇都在提升心的高度；我做不到无视，因为我谨记，正是无数个相遇温暖了我的生命！

我做不到无视啊，我的眼睛我的心，为了丰富自己为了铭记美好更为了包容与温暖他人而存在。

那个街头拨动吉他的少年，你满脸与年龄不相称的沧桑让我心疼；那个失去双臂用脚书写的孩子，你的坚毅让我汗颜；那个在街角乞讨的老人，你的无依让我心痛。

弯腰，在你们的前面放下了我的疼惜，放不下的，却是没有尽头的牵挂。

我不会无视地走过一朵流云一眼山泉，更不会无视地走过他人的期盼、渴望与无奈，只要看见，只要有缘相遇，我都不会无视而过。

我不会无视地走过，哪怕我能给予的，只是疼惜的眼神，只是满心的抱歉，只是在想象中让自己变得强大而后给你荫蔽。

从来不曾无视地走过，才会心安，才能无愧。

倘使，我们都不会无视地走过，距离美好，还会遥远吗？

为了那双注视你的眼睛

还是红灯，你咋就急急地穿越马路？那一刻车辆是很少，快速穿行好像也没有什么不安全的。可是，可是红绿灯不仅仅是为了你的人身安全，它更是一种秩序。

你过去了，你的孩子也跟着你小跑着过去了。

想想吧，倘若你经常这样，孩子跟着你，是不是也会无视红绿灯？那样，安全就会远离了他。莫非你不知道，无视规则的人最终都会受到规则的惩戒，而有些惩戒，却是人无法承受的。

为了那双注视你的眼睛，你是不是得注意自己的行为？父母就是竖立在孩子眼前的一面镜子，孩子会看着你的所作所为来调整自己，从而形成对世界最初的认知。

你看，每隔不远就有个垃圾箱，你注意到了没有，你前面那个年轻的妈妈拉着两三岁的小家伙专门跑到垃圾箱前放香蕉皮。她不就是为了孩子从小养成良好的习惯，从细微的小事来影响孩子？

可你呢？你倒好，一吃完，食品袋、果皮随手就扔地上了。你都扔了，你的孩子能不扔吗？孩子还没有做事的对错标准，等着你来给他立规矩呢。你的每一个举动，都是在给他做示范。而且，你是他最最信任的人，小小的他肯定认为你做的一切都是对的，都是他可以模仿的。

为了那双注视你的眼睛，你是不是得注意一下？你这面镜子，能帮着孩子修正自己吗？

那次，孩子跟你去上街。走着走着，遇见一个果农的自行车倒了，后座两边挎着的竹笼里的苹果撒落在地，有人马上跑过去殷勤地帮着捡拾。而你，只是看了一眼，就拉着孩子继续很平静地往前走了。

那真真是举手之劳啊，你咋就不愿意表示自己的友好呢？别忘了，你身边还有一双时刻注视着你的眼睛，莫非，你想让孩子跟着你学着冷漠？一个冷漠的人，是不会受人欢迎的。我们只有爱别人了，才会被别人爱，这个简单的道理你不懂吗？

为了那双注视你的眼睛，你是不是真的应该对自己的行为负责？因为那双眼睛的小主人还不能明辨是非，你真的不可以一味地给天真的他展示丑陋！

你对孩子的引导及教育就是这么一点一滴而后坚不可摧的，不论对，还是错。

为了身边那双注视你的眼睛，你难道不应该展示自己最好的一面？

我的台历“情结”

我一直使用台历，老式的，固定在铁托架上一页一页翻过的那种。也从不撕扯，完好地保存着每一页。我习惯了每天在上面记点东西：自己感觉重要的事，小的情绪波动，突然冒出来的一句话，偶尔忆起的一件事……

快十年了，除夕夜我从不看春晚，倒不是说春晚不好看，而是有更美妙的事等着我。我会将书房的旋转椅调到最舒服的角度，斜靠上去，捧着台历，一页一页地翻看。

让我欣慰的是，没有一页是空白的，每一天都留下了或深或浅的痕迹。每一页都记录着承载着我的小欢喜小幸运小困扰小痛苦。我喜欢将生命附加在自己身上的一切定义为“小”：一则有来就有往，不要沉溺其中而无法自拔；二则坏事小意味着可以承受会很快过去，好事小提醒我这绝不是巅峰千万别得意忘形。或许当我冠之以“小”时，便真的走向了宠辱不惊，心绪多是平和的。

如此说来，你在生活中摆出怎样的姿势很大程度上取决于自己对事情的定义。

每年除夕夜，过往的所有日子都会安安静静地在我手里排好队，等着我来检阅，那种自我膨胀的充实感是别人无法领略到的。有时，我也会陷入痴想：她们哪里只是一页页薄薄的纸片，分明是被精装了的日子。此刻，她们会不会满心忐忑，唯恐没有履行好责任辜负了我？而我，捧着这并不厚重的台历，也时时叩问自己，是否充实了每一天而没有留下丝毫遗憾？

独自捧着台历，捧着的，是曾经的岁月，是自己与岁月间的对话，但求彼此无愧。

日子就这样再次从我的指间一天天滑过，每一天似乎都是饱满而丰盈的，看得我的心就像鼓满的帆，继续铆足劲儿前行也不会倦怠。

——再也没有比这更奢侈的享受了，简直就是一个人的盛宴！

年年如此，从不疲倦。

记住扔你到悬崖边的人

很小的时候，你连裤子都无法系牢，总是一副松松垮垮邋邋遢遢的样子，甚至，还拖着烦人的鼻涕。一次，当你凑过去想跟别的小朋友玩时，那个公主般骄傲的小伙伴不屑地白了你一眼，说，我才不愿意跟裤子都提不起来还流鼻涕的笨蛋玩。说话间，她就走开了。

“傻瓜才愿意跟邋遢鬼玩儿呢。”

“走喽——，不跟讨厌鬼玩儿。”

当你流着泪抬起头时，发现只剩下孤零零的自己，小伙伴们已跑去别处玩了。

那次真的伤害了你小小的自尊，你好几天都没开口跟别的小朋友说话。想到你以前总是叽叽喳喳地说个不停，竟然第一次有了羞愧的感觉——连裤子都提不起还拖着鼻涕，也不怕人笑话？

后来，你每次想靠近别人时，都会想到她厌恶的神情，都会下意识地收拾一下自己，以免惹人生厌被人拒绝。事实是，小伙伴们也接受了变得清清爽爽的你。

多年后的今天，你一直很注意自己的外在形象。当然你也知道，注意自己的外在形象也是对别人的一种尊重。你觉得，自己真的应该感激当年那个小伙伴，若非她那么直白地当众说出对你的讨厌，让你有种很受伤的感觉，受伤，生疼，而后割舍。今天的你，兴许不会这般利索洁净而又有气质。

你去小镇上初中了，离开父母没人监督，你变得很贪玩，以致因为作业没完成被老师罚站在教室门口。下课了，也没被允许离开。

围了一些人，指指点点。

“长得那么丑，还有资格不好好学习？”这话竟然出自你们班那个很帅气的男生之口。你觉得不只是很刺耳，连脸皮都快被刺破了。

那以后很长一段时间，你都抬不起头，你觉得所有的目光里都有刺。你甚至入魔般开始照镜子，越照越觉得镜子里的自己真的很丑很丑。

是的，自己真的很丑，“有资格不好好学习”吗？

你开始很努力地学习，你觉得自己真的没有资格不好好学习：长得这么丑已经对不起别人的眼睛了，再不好好学习不就成了杀伤力最大的武器？

你后来遥遥领先直至撞开重点大学的校门，真不是老师罚站的效果，而是“长得那么丑，还有资格不好好学习”那句话的刺激！

今天的你，有着很好的工作，也很舒适地生活着。有时，你会想，真该见见当年那个帅哥，若非他尖刻的话语，你绝不会成为今天的你！

那个人说，你是他的空气，没有你他会窒息而死。那个人说，当你走近他时，空气里都弥漫着甜甜的味儿。那个人说……

是的，相爱苦恋了六年，你偷偷学着做他喜欢吃的，你甚至悄悄跑到他的乡下老家。你觉得那个人就是你的未来你的全部，守护着他就是守护着你全部的幸福。是的，他是你的全部，以至于你都忘了自己。

可有一天，他转身而去，那么决绝。你无法放手你心碎欲裂，他却说，“你连自己都不爱，谁能爱你？”

这个伤口太大了，你几乎封闭了自己。后来，当你找到真正的爱情时，你笑了：没有白走的弯路，曾辜负了你的他，也是你成长的启动器。

……

一路走来，你竟然觉得，自己最应该感谢的人，是那些将你扔到悬崖边上的人。那些曾经的伤害啊，是一层层台阶，一次次垫高了你；是一把把烈火，你浴火而重生。

那些扔你到悬崖边上的人啊，真的是你必须牢牢记住并深深感激的。

“度娘”不是娘

“你爱吃八宝辣子，一学就会，很简单，娘教你咋做。”正包着饺子，娘突然唠叨起来。“八宝辣子得用线辣子，还得准备五花肉、豆腐干、红萝卜、蒜、姜、料酒……”

你满脸不屑，撇嘴道：“简单得跟画‘〇’一样，一问度娘啥都知道，还要你说？”你说话向来干脆利索。娘立马收了声，手底下正包的那个饺子也弄破了皮。

快入秋了，晚上，娘坐在你的旁边，你在键盘上噼里啪啦敲打着。“你的脚冻得落下毛病了，我回去把茄子根找来晒好。你将来煮成水，好好泡脚……”

“老记得茄子根茄子根，不就是冻疮，度娘知道的偏方多得是。”你同样不客气地打断了她的话。娘一脸尴尬，起身离开了。

“我昨晚梦见你外婆了，跟原来一模一样。先是温声细语地跟我唠叨家里地里，不知咋的，突然就变了脸，转身就不见了。该去看看你外婆了，是不是在那边不方便了……”

一醒来，娘就开始唠叨。你很不耐烦地接了话茬儿：“唠叨那么多干吗，问度娘不就知道？周公解梦说得很清。”你只图自己嘴快，压根就没看见娘的表情。

其实你真不该那样，口口声声“度娘”“度娘”，无所不知所向披靡的“度娘”，让你的娘多么尴尬多么伤心，呵护你疼爱你的娘到头来赶不上“度娘”亲近与方便？你娘是没有度娘神速而渊博，可她是你娘啊，就像你一直没有邻居孩子学习好长得俏，一丁点儿都不影响娘对你的疼爱。

“你小时候，特别听话。有一次，娘带着你到镇上卖小猪崽……”娘看你时，目光柔得能拧出水来，没事就说你的小时候。

“陈谷子烂芝麻的事，你老是煮着蒸着熬着说，也不嫌乏味。”你觉得她说不出什么新意，就不愿意再听了。

你哪里知道，她之所以牢牢记住那些陈年往事，只是因为往事里有一个你。只要与你有关的，细枝末节，她都不会遗漏，只会在她的记忆里被不断强化。她说起过去没粮食，你背着一袋红薯去上学，说得她自己眼圈红红的无法继续，似乎饥饿从未离开过你，似乎她吃一顿饱饭都对你不住；说起过去缺少棉花，寒冬里你的棉袄很薄冻得瑟瑟发抖，说得她自己泣不成声，好像挨冻的一直是她自己，好像几十年前的冬天还淤积在她的心里……

度娘，无所不知的度娘，她会吗？

有种奇迹叫母亲

一个女人 20 岁结婚生子。婚后第三年，那个男人拿走了家里所有的财物，扔下了 3 个幼子和支离破碎的家。为了排遣苦闷，她开始提起笔来写被自己称为故事的小说。

31 岁时，她发现自己实在无法养活 3 个年幼的儿子了。她做出了一个大胆的决定，带着孩子离开津巴布韦，前往英国，而她的全部家当只是背包中一部反映非洲生活的小说草稿。

她拿着那部长篇小说的草稿到一些出版社去碰运气，结果处处碰壁，可她没放弃，因为这是拯救她自己和孩子们的唯一机会。在半个月的时间里，她几乎敲遍了伦敦所有出版社的大门，直到有一家出版社同意以《野草在歌唱》为题出版她的小说。

所有人都没有想到，这部非洲题材的小说出版后竟吸引了无数读者，整个伦敦出版界在一夜之间都认识了这位带着 3 个孩子的年轻母亲。

2007 年 10 月 11 日，瑞典文学院宣布：年度“诺贝尔文学奖”获得者为多丽丝 · 莱辛。这一天，距离莱辛 88 岁生日还有 11 天。她是年龄最大的“诺贝尔文学奖”获得者。

一位肯尼亚的农妇一筹莫展，为无法给 4 个孩子供给学费暗自伤心。孩子们不上学，只能继续穷人的命运！只能认命？她不甘心。

当地盛行长跑运动，名将辈出，她脑中灵光一闪：不如去练习马拉松，她需要奖金！

27岁的她，没有足够的营养供给，没有专业基础训练，只有为了奖金而奔跑的疯狂。崎岖的山路，脚上磨出无数的血泡，营养远远跟不上，跑时竟然昏倒在路上。经过近一年的艰苦训练，她第一次参加国内马拉松比赛，获得了第七名的好成绩。

终于，她迎来了内罗毕国际马拉松比赛。为了筹集路费，把家里仅有的几头牲口都卖了……发令枪响后，她一马当先跑在队伍前列，太没常识了，这是异常危险的举动啊，时间一长会体力不支，甚至无法完成比赛。但为了孩子，她豁出去了。

一路跑来，犹如神助，2小时39分零9秒之后，第一个跃过终点线。整个赛场沸腾了。在高手如云的国际马拉松比赛中，冠军竟然是个训练仅一年的业余选手！那一刻，她忘了向观众致敬，趴在赛道上泪流满面，疯狂地亲吻着大地。

别人不理解，业余选手，年龄处于绝对劣势，何以战胜众多职业高手，夺得冠军？

“因为我非常渴望那7000英镑的冠军奖金！有了这笔奖金，我的4个孩子就有钱上学了，我要让他们接受最好的教育，还要把大儿子送到寄宿学校去。”

孩子是切默季尔奔跑的力量！

37岁，对于吃青春饭的体操事业，是一道不可越过的门槛。尽管曾经获得过 8 枚金牌 8 枚银牌 8 枚铜牌。

2002 年，她的儿子确诊患上白血病，已经退役的她决定复出，用体操赚钱，为儿求医。复出后参赛理由变成了挣钱，对于这一点，她从来不回避，为了儿子，她愿意付出一切。

她在当年的釜山亚运会以 27 岁高龄，夺得跳马和自由体操金牌，震惊世界；为了挣到更多的钱，她把自己由单项选手，练成了全能选手；为了让儿子得到更好的治疗，她不敢生病不敢受伤，不敢休息不敢懈怠，只是训练。

复出 10 年来，为了赢得奖金不停地比赛，成为她生活的全部。

有些时候，她会在一场巡回赛中参加全部女子项目的比赛，而不是专注于一两项，目的只是能够赢得更多的奖金。她只是一名身高 1.53 米、体重 44 公斤的女子，却为了儿子，激发了自己所有的能量。

“你未痊愈，我不敢老去。”这句话让多少做母亲的潸然泪下。

有人说丘索维金娜是体操赛史上的常青树，她只说儿子是她生命的全部。

——有母亲，就没有不可能，有种奇迹叫母亲。

流年里，那些被爱灼伤的女人

流年似水，流不过去的，是那些沉甸甸的往事，是那些积淀下来淤积在心头的忧伤。

一

他的长相，让人实在不敢恭维：身材五短且满脸横肉，举止没有一丝一毫的优雅。天哪，连梦想都是那么龌龊——娶一个有钱的寡妇。

在他22岁时，遇见了45岁的她，优雅又有钱，却不是寡妇。他发疯般开始追求她，他用最美的文字编织成的排山倒海的情书撞开了她的心扉。她喜欢的，是他编织情书的文字，还是他自己？反正她允许他走近了自己。

她帮他看手稿，还为他修改。是情之所至人就失去了理性的思维吧，她还投资给没有丝毫经济头脑的他做生意。

这一相处，就是10年，直到他功成名就。

她却退出了他的生活，不再见他。她的理由很简单，“我老了没有美貌了”。她得了重病，卧床不起，也不允许他来探望。因为爱，就很在乎自己在他眼里的形象，她想给他留下最美好的一面，而不是病病歪歪苟延残喘的模样。

我喜欢这个版本的说法，而不喜欢另一个版本：她重病了，托人找他，他却远在外地沉溺于另一场热恋中。

他说，是她成就了一个作家。

或许，她压根就没想成就什么作家，只是一个女人对自己所爱之人心甘情愿的付出罢了。

他创作了恢宏的《人间喜剧》，那么她，贝尔尼夫人，算喜剧角色吗？

——付出就无悔，无悔便远离了悲剧。可远离悲剧的，未必都是喜剧。

二

年仅18岁的她，在抗拒了6个月后将自己彻彻底底地交给了热情似火的艺术家。28岁时，她被他彻底抛弃。

需要理由吗？好吧，给你一个：

艺术需要灵感，艺术家则需要刺激，需要新的女人不断刺激出新的灵感。

此后的30年，她每天都给他写信。她将心托付给了他，便失去了自己，尽管他已经连自己的心都疯丢了。于是，她在孤独里腌渍了一辈子。那颗心，该是怎样的皱皱巴巴？那颗心，多么渴望在爱的阳光下舒展开来！

在他们相识46年后，他到了生命的尽头。蓦然回首，他恍然梦醒。他给她写了一封信，说你是我今生唯一爱过的女人。可是那天，那天是愚人节啊。莫非连老天也在戏弄可怜的女人？

他去世了。她连缥缈的思念也无从寄托。爱没有了流淌的方向，足以让她窒息。好吧，既然已是行尸走肉，就痛快地继续跟随他吧。她选择了自杀。

泰蕾丝是个用情专一的好女人，毕加索只是一个顶级的艺术家。

三

他比她大20岁。

好像爱情一直喜欢跟年龄开玩笑，已经中年有妻有儿女的他遇上并爱上了青春的她。

他说，你对我是多么重要，没有你，我不知道怎样生活！

她陪着他，她的爱滋润着他以高昂的斗志领导盟军打败了纳粹德国，继而晋升为五星上将。

他当上了美国总统。

她曾去找过他，可他自始至终都没有出现，没有给她只言片语。她明白了，有一种距离永远无法逾越，如同天与地间的距离。她默默离开。是的，既然决定转身，就走得彻彻底底。从此，她在他的人生中彻底消失。

她和一个普通人结婚了，过着平凡的生活。一切，似乎从来没有发生过。在心底最隐秘的地方，她的爱依旧长得蓬蓬勃勃。她一直关注着他，尽管他的光芒温暖不了自己。

她不知道的是，他常常在家里误以为他的夫人是她，常常脱口而出叫的是她的名字。他无数次打算和妻子离婚娶她。可是，娶她，已经是整个国家的事情，而不是他私人的事。

凯，你是幸福的女人还是不幸的女人？只有艾森豪威尔知道。

流年里，被爱灼伤的女人啊，谁听到了你们的哭泣？你们的哭泣又触动了谁的心弦，让他泪水涟涟？！

我所经历的生死关口

第一次直面亲人的死，是1976年，我的曾祖母的离开。

那时，六岁的我尚在大荔外婆家，时值暴雨且连续几日，从大荔到合阳一天一趟的班车是没有买到票还是停运，年幼的我不知道。只知道从收到电报得知曾祖母病危后，我就一直哭着闹着要回合阳。回到合阳家里时，她老人家已经下葬。从母亲抱着我的哭诉中得知：曾祖母一直喊着我的名字，喊了一天一夜，喊到无力，走了。曾祖母是我的父母抚养到去世的，对我们兄妹的感情远远大过不抚养她的儿子（我的祖父），更不要说其他曾孙。

之所以说到曾祖母，是因为她老人家“喊着我一直到去世”这一举动，发酵成我成长中不可或缺的温暖。每每忆起，我会告诉自己：看，从小就有人那么爱你疼你，够幸福的，也就在想象中稀释了很多痛苦。

这是死，本来是哀伤的事却成了温暖我的记忆。而我自己的出生，竟然也神奇地成了我生命中不可替代的温暖。

传递这一温暖的，是我叫“西头妈”的老人，且是在我的母亲去世后。我家在赵家村二队的巷子中间，她家在巷子西头的北面第二家，巷子里的孩子多是她接生的，我也是。

“凌娃呀，你妈怀你时，到书坊（将‘学校’称为‘书坊’，我一直觉得这是乡里人创造出的最美丽的词）要过我门口，上学放学都会在我门口坐坐。她天天说，好嫂子，叫我这次好歹生个女娃娃……”

西头妈像是没记性，见了我就说。每次她说时，我都想象着我年轻的母亲，想象着她对我的期盼，想得我潸然落泪……看着西头妈，恍惚间她老人家成了母亲委托的守护我的天使。

“你妈这盼那盼，就盼来了一个你，高兴得都顾不上你黑丑黑丑的了。你说你咋那灵性，从小说的话人就爱听，还懂事得太早……”西头妈的风趣幽默一如既往。

每每想起西头妈的话，就劲头十足，好像我的出生都有了使命感：带给我的母亲快乐与幸福，成为让她骄傲的女儿。

是啊，我是在母亲如此强烈的期盼中来到这个世界的，我，理应成为最好的自己！

幼年的我，让曾祖母放不下；未出生的我，让母亲牵肠挂肚地想。我第一次面对的亡故，我的出生，都成了我生命里最最持久的一道亮光，照亮着温暖着我。

其实我更想说的，是我自身经历的两次“生死关口”。

第一次，1999 年秋。

准备从坊镇中学调至城关中学，城关中学安排了课，坊镇中学不放人。经历了种种煎熬，终于，在一个深夜，坊镇方面终于同意放人了。怕夜长梦多，当晚我就雇了辆车找教育专干签字。

返回至十字路口，我说出“小心”后，就什么也不知道了。别人说是“昏迷了三天”，我才有了意识。苏醒后的事，我都记得。

睁开眼，我看到一脸惊吓与眼泪的母亲，父亲，哥哥。

“虎子哩？”

这是我说出的第一句话，很微弱。虎子，我的儿子，学名笃行，那时不到一岁。母亲吓得赶紧就要叫人到事发现场看，哥哥说，当时就她一人，没带娃。

哦，我娃没事。我释然。

接下来的事，没人看得见，在被子里面发生。我试探着动了动右手指，能自由活动。扭过头，眼泪流了下来，说了四个字，“没事，好着”。右手指能动，就还可以写作，就可能让我的孩子好好生活下来，即便瘫痪，我都不怕。这是我当时的真实心理。

第一次经历生死，我想到儿子，想到赖以生存的写作，再无牵挂。

第二次是2007年，住院做手术。

中途，麻药突然不起作用，我醒了。醒了的我狂躁地大喊，歇斯底里，像疯子般。这是后来别人的表述用语。那时我的手脚已经被牢牢固定，我努力地想挣脱，想逃离手术台。我一直喊着“我不想死，我还有我妈还有我娃”这句话。后来再次施麻针，我就什么也不知道了。

那个时候，我的母亲中风后几乎无法自理，一直在我身边，我如何能舍弃曾将我视作生命如今又依赖着我的母亲?!(次年，母亲病故。)那个时候，我是单身母亲带着年幼的儿子，我如何割舍得了我视作生命的儿子让他风中无依?!

想象中的生死关头，我只想到衰老的母亲与年幼的儿子。过后也想，为什么父亲没有进入我的意识?他身体康健。

现在，每每有人说到生与死，我还是贪生怕死，理由很简单：我得看着儿子能自己很好地生活，我得送走已衰老的父亲。

生死，似乎与我无关。

不过每每想起这两次经历，我还会流泪，——流泪是排毒养颜啊。

优雅地生活是种高贵

不知什么原因，她来到我们这个小镇，成了小镇上的媳妇，她是西安人。我第一次遇见并认识她是在 1994 年，那时，我刚分配到小镇的中学，而她，已经在小镇上生活了 10 多年。

记忆里，她喜欢穿浅色衣服，且多是套装。衣领，总是那么平平展展，裤子的中缝，似乎特有劲地挺立着，头发一丝不乱地高高地盘在头上。任何时候遇见她，感觉都是收拾得妥妥帖帖像要出门走亲戚。

“最会装门面了，穷讲究。”这是周围人对她的评价。

这样的评价来自她家的日子并不怎么好，这，我也知道。如今，这些死要面子活受罪的主儿多了，又有什么奇怪的？说句心里话，当时的我也像大多数人一样，表面上同她说说笑笑，可打骨子里瞧不起她：只会挥霍男人血汗钱的虚荣女人！

后来，我有事去了她家一趟，碰巧她正用两个玻璃瓶交替着在桌子上滚来滚去，桌子上是对折好的裤子。瓶子里装的是热水，她在熨烫衣服。

一个无论怎样的环境都不放弃美丽的女人，我不由地想接近她。

攀谈的时间长了，她留我吃饭，不是客套而是拉着手一脸真诚。她先烧了半锅开水，碗、筷、铲子、勺子都用开水烫了一遍，才开始做饭。饭后，又用开水将洗干净的炊具烫了一遍。我更惊讶了，问她顿顿做饭都这样，就不嫌麻烦？

“习惯了，不那样就过不了我的眼。”她笑着说，“穿衣吃饭都嫌麻烦的话，日子就没法过了。”

我对她更另眼相看了：一个实实在在地活在自己想法里的女人！

她从不起高声，即使非和人理论不可时，也是心平气和地解释几句，你几乎看不出她和谁计较过。

——一个活在自己高度上的女人！

我离开小镇也已经十多年了，每当觉得自己的生活方式或者追求有所偏差时，就想起那个女人，一个人再怎么艰辛，还是应该守住自己的高度的。

老天爷可能是怕那个女人在我心灵深处太寂寞了吧，今年夏天，我又结识了一个人：白衬衫、白手套、皮鞋锃亮，一个与众不同的泥瓦匠！我感觉到自己看他时，似乎就像看脚手架，总得仰着头。

据别人说，每次出工上架，他都是那身打扮：白衬衫、白手套，皮鞋锃亮。“那是笨狗扎狼狗势。”工友们是如此不屑地评价他，“不就是瓦匠，还以为自己是城里吃闲饭的？”

可我知道，我碰到的是紧紧看护着“自己”的人！我观察了好多次，他每次从脚手架上下来时，除了白手套的手心部分有砖灰外，白衬衫上绝无一星半点的泥浆什么的，皮鞋依旧那么干净。而其他人，真的和他是没法相比的。

我也曾经很好奇地问过他，干吗这身打扮？他淡淡一笑道：“没啥，我只是想知道自己脏到啥程度了。”

我知道，一个时刻看护着自己的人，是不会脏到哪里的！我也确信，时刻看护自己并活在自己的高度上的人是最幸福的：优雅的生活才是最本质的高贵！

听来的四个故事

熟悉的人都叫我“故事篓子”。一来我喜欢听别人讲故事，二来我也喜欢讲故事给别人听。那些曾在我的心底荡起波澜的故事，我怎能忍心独自占有？

留住梦想，追求理想

30 年前，一个 7 岁的小女孩对她的妈妈说：“妈妈，我想跳舞，像隔壁姐姐那样在大舞台上跳舞。”

“跳舞真的不错。”妈妈笑着点点头。

“可我的腿……”小女孩拍着有点小儿麻痹的右腿，“是不能跳舞的。”一脸沮丧。

“老师总表扬你背课文又快又准确，写的字像三年级的大姐姐一样好看。”妈妈将显得很委屈的小女孩揽进怀里，“你可以学得最棒，也可以想象你像姐姐一样在舞台上旋转……”

或许，你会觉得 7 岁的小孩子压根儿啥也听不懂。

“妈妈，妈妈，我知道了，我可以白天好好学习，晚上在梦里好好跳舞！”小女孩好像一下子什么都明白了，一脸欢喜。

从此，小女孩学习更勤奋了，成绩也尤为出众。当然，她总在日记里想象着自己跳起来的舞姿。

一晃 30 年过去了，今天的她，已经拥有了一份令人羡慕的职业。一有闲暇，她就带着自己那可爱的小公主看舞蹈，满脸都洋溢着幸福。

留住梦想而去追求理想，也许只有那样，才会生活得实实在在而又有滋有味！

谁也落不下的司机

这已是30多年前的事了。一个小女孩和姐姐去外婆家。一路贪玩，天都快黑了，离外婆家还有七八里路。

忽然，一辆大卡车在她们旁边停了下来。“上来吧，捎你们一段。”司机叔叔探出了头。

小女孩高兴得正要往上爬，被姐姐一把拉住了。“你为啥捎我们？”姐姐很警惕地问。

那个叔叔笑了：“我，像坏人吗？我也有个小妹妹，像你们这么大，我很爱她，也就不忍心让跟她一般大的你们天黑了还急匆匆地赶路。”

姐姐这才将信将疑地带着小女孩上了车。“那要是遇上大人，你就不捎了？”小女孩又问了一句。

“谁也落不下的，我还有爸爸妈妈爷爷奶奶啊！”

30多年过去了，那位司机的面容早已模糊，可“谁也落不下的”这句话，一直回荡在小女孩的耳畔，督促她尽力去帮助别人。

不敢坦然面对的假设

慧说，她曾经看到过许多倾家荡产千里寻子的报道，为之深深打动的同时，常常想，如若换作我，也会那样的。然而，那一次的目睹，她却没有勇气去假设。

深秋的一天，慧乘车去西安。中途上来一个看起来 50 多岁的男子，脏兮兮的衣服，很疲倦的神情，提了个蛇皮袋。过了一会儿，他打开蛇皮袋，取出来的竟是一叠油印的纸张。还有这样发传单的？

“我是找儿子的，他跑出去 4 个多月了。脑子没问题的娃娃，走到哪都能找到一碗饭吃。我娃脑子有毛病，照顾不了自己。上面有详细的情况，麻烦大家了。”他挨个给每个乘客都递上两三张寻人启事，“下了车再给其他人，谢谢了。”而后就下了车。

就这样，坐一段车，他再往回走着打听、寻找。

他要找的，是辛辛苦苦又毫无指望地抚养了 19 年的傻孩子。在孩子丢了的 4 个多月，他在外面找了 4 个多月，只因为他是个不能自理的傻孩子。

那一次，慧说她真的没有勇气去假设。傻孩子，丢了就丢了，原本就没有什么指望呀。慧说，她或许没有那种纯粹的不含杂质的爱。

关照别人，就是关照自己

海说，他有一家亲戚远在洛南。都已成家多年的兄弟俩生活在同一个院子里，东面兄住，西面弟住，相处得极为和睦。

前年吧，因了种种说不清道不明的原因，兄弟反目成仇。俗话说，进了一个门，就是一家人。他们既然已经不再亲如一家，自然就进不得一个门了。于是正门被砌，兄和弟在两旁各开一门。据说，弟和弟媳妇还闹着要找人在院子中间垒墙呢。

今年夏天，海说再去时，惊奇地看到一排盛开着的玫瑰将院子一分为二。只是没在中间，偏东了些。原来，嫂子见弟跟弟媳妇态度坚决，便顺其意，马上移来花树将院子隔开。而今，且不说花香满院，两个庭院给人的感觉是依旧宽阔。设若有堵高高的土墙横于院间，岂不显得太狭窄了？

关照别人，就是关照自己。

能听到好故事的人是幸运的，有好故事可以讲给别人听的人又是幸福的。而我，就是这样幸运又幸福地生活着。

生活是棵长满感恩的大树

我很喜欢居住的这个小区，真的，打心底里。

它不是生活便利的繁华地段，也不是绿色环绕建筑风格独特的高雅社区，可我就是像捡了天大的便宜般的欢喜，欢喜得见谁都想感谢。

楼房对面，是长长的爬山虎砌绿的界墙，在钢筋混凝土的建筑群中，它的确是令人快慰的。一楼的住户，将自己养的盆花，总是搬出来沿楼根摆着。其余楼层，花儿一律放在阳台上，吊兰垂下来，景天长上去，杜鹃灿烂地开着，抬眼望去，整栋楼房绿意盎然。

颇具“资源共享”的风格，你，能不喜欢？

门口的早点摊，只有两块钱的夹馍、豆浆，乍一听，你也许会生出“有钱没处花”的想法吧？其实，你错了，那早点摊还就是与众不同：卖早点的夫妇每天穿着很洁净的白大褂，让你就放下一半心来，旁边放个大纸箱，贴着醒目的字条：“扔进来吧，你我都饱了。”你眼睛为之一亮，喜欢上了？再看看那十几盆菜，色香味俱全，各种新鲜的时令菜应有尽有，馋了吧？我真正喜欢的，还不仅仅是这些。

那妇人丢下手边生意，搀着吃完早点的盲人按摩师讨马路；扶着老人在椅子上坐稳当；招呼小孩子慢慢吃别浪费……看着这一切，你会心生耽搁时间的恼怒？

年迈的父母和幼小的孩子有了放心的吃早点的地方，怎能不心怀感恩？

距离大门口不到十米处有位修鞋师傅，做活细致又收费低廉，看他做活，就是一种享受。

他脸上挂着笑，哼着小曲，做完了，先眯缝着眼睛瞅瞅瞧瞧，有时你都觉得已经很不错了，他却没通过，再修修，直到他自己满意了，才让你穿上试试。

小孩子们在大门口空地上玩，大人有事忙得脱不开身时，总将孩子吃的喝的甚或零用钱交给老师傅。他边做活边照顾孩子们，从无怨言，总是乐呵呵的，似乎为能帮上你的忙而快乐。

有雨雪打搅或农忙时节，几天不见，我就觉得有些失落。对，我是在牵挂他，以善良的品性默默地温馨了我的生活的老师傅。

对面是商厦，雇了位老人清扫卫生，当日下班到次日上班前打扫门口台阶和停车场。

儿子在停车场滑旱冰，我目睹了老人下午的劳动。

他先用拖把将大理石砌成的长长的三层台阶拖了两遍，而后再一扫帚挨着一扫帚地扫停车场。夏天的傍晚，人们都喜欢出来散步、乘凉，也就有来来往往不大自觉的人抛垃圾，老人就不停地捡拾。我曾自以为聪明地给他暗示：又没人检查，大概扫一下。你扫人扔是不可避免的，上班前清理干净就行了，何必如此辛苦？

“拿人家的钱就得给人干好事。”老人淡淡一笑，“自己睡下心里也踏实。”

每每想到老人，我工作起来就不敢懈怠，用心去做，也就在工作中找到了乐趣。没人对我进行枯燥的说教，我就摆对了生活的姿态，就这么简单。

我怎能不感谢老人？

经常进小区卖菜的那位大婶，菜新鲜，分量也足，给我的生活带来了很大方便；管道维修工是个幽默风趣的小伙子，随叫随到，服务热情周到……

我喜欢居住的这块地方，我感谢周围的人们，打心底里。

不 哭

八岁那年夏天，跟几个小伙伴在巷子东头的麦场玩。

麦场中间有棵很粗大的柿子树，那树冠，大到下面的阴凉处都顶得上我们学校的半个操场。不知谁出的主意，我们开始比赛爬树，比谁爬得快爬得高，下面的孩子以计数来看身手的快慢。

巷子里的大叔婶子们一直喊我“三小子”，我的不羁与狂野永远在挑战大家的想象极限。再说了，我最擅长的就是爬树啊。正好大显身手，我很快就爬到了别人没有爬到的高度，得意而忘了处境，一松手……

我，没错，是我，从树上摔了下来。腿上钻心的疼，疼得龇牙咧嘴满脸是泪。

硬是拖着腿回了家。母亲正在纳鞋底，我可怜兮兮地哭诉给她。听罢，母亲很淡定地说，骨折了。而后，她放下鞋底，眼睛一瞪，似乎还咬着牙，呵斥道：“得是树倒了砸了你，还是树跑着撞了你？自家逞能摔了活该……”

在用架子车拉着我去卫生院的路上，母亲还没有放过我：

“……一会儿不要哭，哭死也没人替你受疼！自己挖坑埋自己的事，还有啥脸哭……”

到了卫生院里，处理前母亲还说了句“自作自受不准哭”。那次我真的没有哭，或者说没有哭出声，紧紧闭着眼，还是泪雨滂沱。实在受不了，我一扭头，逮到了什么，狠狠地咬着。

处理好后，医生说，没见过这么硬的女娃子，搁在人家娃身上，早踢着蹬着哭得要死要活了。医生突然显得很惊讶，提高了声音，我的天，把你妈的胳膊都咬得流血了！

母亲一脸淡然。

回来时，母亲特意绕到街道上，给我买了几个油糕。她拍着我的头说，遇到事了，哭也没作用，哭死也没人替你受疼，就得自己对付过去……

似乎是从那件事后，我好像一下子长大了，再也没有哭过，哪怕是再疼、再伤心。或许是我明白了一个道理：哭是没用的，除了叫自己不舒服，也只会让别人心烦。

长大了，遇到再难受的事，我也不会当着别人的面哭，更不会当着伤害我的人哭。哪怕心里流泪，也会一笑而后转身。

有时看着身边的人，会意识到母亲当年的话是很片面的，她没有告诉我“会哭的孩子不只是有奶喝”。又或许是，母亲也明白那个理儿，只是不希望她的女儿靠哭来“喝奶”罢了。

只有偶尔，心里的难过实在憋得受不了了，才会在最亲最近的人面前略微流露出自己的不舒服。就像前几天，一个人在偌大的家里，看着母亲的遗像，说了句“妈，我心里不舒服”，而后泪倾如雨。

人生何尝不是这样？自己搀扶自己，自己安慰自己，自己陪伴自己，自己走好走稳自己的路，哭有啥用?!

女人不柔弱

听说南郊有一块菜地，纯粹的农家肥，还可以自己到地里摘菜，没秤也不称，估摸着给钱。还有如此田园味十足的地方？心里痒痒着就蹬车前往，诱惑我的是那股天然和纯朴。

地头是一座砖砌的简易房子，推开虚掩的栅栏门，满眼只有一个词——“精神”！

可不，脆生生的黄瓜在绿叶间半遮半掩，宽大肥厚的绿叶菜争先恐后地往上冒，拉着扯着炫耀着的是西红柿那种张扬的性格……对，菜们就是神气十足。

一位白发苍苍的老妇人眯缝着眼睛靠着墙坐着。“老人家！”我喊了一声，她没有应答却从房子出来了一个妇女，50 多岁的样子。

“你是看看还是买菜？”她和气地问，“进地里随便看。”

她边拔草边整理起蔬菜，我就和她攀谈起来。

原来墙下坐的老人已经 91 岁了，是她的婆婆，人已经老糊涂了，不是眯着眼睡觉就是断断续续唠唠叨叨说个不停。“人老了，就是那样的，说说心里舒坦了身体就硬朗了。”她脸上是疲惫的笑。

只见她一个人忙活，问及她的老伴，才知中风后，落下偏瘫失语，在屋里床上躺着。

我理解了她的疲惫：超负荷的运转；也理解了她笑里的勉强：不能倒下只有坚强。

她给我说起她的子女，那笑，才是从心里舒展出来，儿女永远是父母的骄傲！

女儿大学毕业后就留在沈阳了，家里忙，走不开，都没去东北看过女儿的环境，可从女儿寄回家的照片里看到沈阳很美丽，女儿很幸福。“人生人，吓死人。娃一辈子只生一回娃，当妈的都尽不上心。”她就是遗憾，连女儿坐月子，也抽不出身去照顾。

我还了解到她家就在近郊，地被征用时分到了一些钱，自家又凑了几万，买了套住房，儿子住着。“我在这儿就挺好的。老头、婆婆都不方便，我一个人麻烦、照顾就行，拖累娃们不好，也省得人家小两口闹矛盾。”

她说这块地不错，够他们的生活，还可以积攒些给儿子补贴家用。

从来都是惜时如金的我陪她聊了好长时间了，也不忍离去。也许听她说说话，就是我能给她的最大的慰藉。

走时，她竟说，耽误了你那么长时间，听我瞎唠叨。自家种的，你拿去吃吧。她硬是不留我的钱。

这已是几天前的事了，我总想起那位种菜的妇人……

柔弱，不是女人的代名词！

最舒服的照顾

得到照顾，心里又很是舒服，对受照顾的人来说，应该是很幸运的。这是我最好的闺蜜给我的感觉。

有时，她会在电话里喊：快点下来，我在你楼下，给我帮个忙。我就急急忙忙地跑下楼去，却发现她满脸是笑，拎着一个大塑料袋，鼓鼓的。我妈带多了，放不成，时间一长就蔫了。自家地里长的，不值钱。就当给我帮忙，不能把咱妈的爱心搁坏了呀。她一脸嘻哈，没心没肺的样子。

打开，是种种时令的蔬菜。我知道，是她专门开车回老家摘取的。她很注意养生，特忌讳农药、大棚之类的。只是，她不想让我有负担。她总是这样，很随意地让我分享着她的快乐。

待她离开后，我打电话过去，说，我吃到了妈妈的味道，也吃出了妹妹的味道。话音未落，就听到了她在那边脆脆的傻笑声。

快来吧，我从云南回来了。她又打电话过来。快点啊，我想测试一下咱俩的感觉是不是一样。我便乐呵呵地跑过去。她取出一个七彩石项链，直接就挂我脖子上，而后把我拽到镜子前，说说感觉吧，看咱俩相同不？

我心里一热，却没说什么。我知道，她是心疼我总想不起照顾自己打扮自己。

跟陌生人相处，她同样不显山不露水，很是随意。

她常常将衣服清洗干净，熨烫平展，叠得整整齐齐，装进塑料袋里。而后拎到楼下，放在果皮箱的顶部，将写着“很干净，可以直接穿”的纸条露半截在塑料袋外面。一次，她将孩子小了的衣服整理好后，放了张纸条：“你孩子穿上，肯定跟我孩子一样可爱。”谁看到这样的纸条不会被温暖被感动？

有时看着闺蜜，我就想：得到了照顾心里又很是舒服，是不是只有天使才能做到？

可不，在她，天使的翅膀已化成了悄然流淌的善行。

生活的姿态

平淡的日子过久了，人就容易倦怠，倦怠了便想敷衍生活，为了不让自己漂浮于生活，我常常想起这几种生活的姿态。

小时候的一次意外，她的脖子被压进胸腔不能出来。从此，她只能高仰着头，想看看脚下，都极为困难。

被人嘲讽、歧视，连伤心的泪水，都不能默默地流淌，她必须高高举起手臂像收拢阳光般擦拭泪水！别人可以看着周围人的眉高眼低来调整自己与他人的距离及努力方向，而她，只能看蓝天、流云和太阳。她是孤独的，那种姿态注定了她不能轻易看见别人，也不能轻易被别人接受。

"我只能看天空，我属于天空，我得努力长出一双飞翔的翅膀！"多少次，她暗暗告诉自己，"我的幸福在天上！"

有人说，诗，是蓝天飘落的梦。她一直仰望着蓝天呀，便选择了以诗的形式抒写自己坎坷的人生和对生活的感恩，她成了一名诗人。

——苦难，剥夺了她低头的权利，她便以不屈的姿势直面太阳聚拢阳光成就自己的辉煌！

和她不同的是，灾难让他再也挺不起腰板，蓝天白云在他心里便没了影像。更为滑稽的是，他残疾的腿打着旋往前迈，向前跨一步，全身得转多半圈又转回去。他只能看到一双双奔走的脚，看不见别人的脸，也就不理会别人的脸色。他一直默默地干着自己喜欢干的事，没有人理会他，也就没有人打扰他。

在他拥有了一个不小的企业时，记者去采访他。他同样是看着记者的脚说："老天爷怕我瞅不清路，跌跤摔跟头，才这样待我！"

——苦难，使他不能抬头，他才得以更清楚地瞅好脚下的路！

高家奶奶，一位 80 多岁的老人，贫穷而长寿是种残忍，似乎就是对她人生的最好诠释。

20 岁守寡，拉扯着一双儿女，女儿不幸夭折。儿子 35 岁时不治而亡，儿媳改嫁了，给她留下一个小孙子。50 岁的她开始拉扯孙子。70 多岁，给孙子成家。原本该颐养天年了，麻绳偏从细处断，孙子因与孙媳妇起口角服了毒。她又和重孙一起生活……

一直在苦难中浸泡着的老人说，她要好好活下去，他们都没舍得生活，全留给了她，她咋能轻易撂担子，又能撂给谁呢？

平淡的日子久过了，人就容易倦怠，倦怠了就想撂担子敷衍生活。我常常想想这几种生活的姿态来自勉。

阳光照进缝隙里

透过生活的缝隙，我们会看到生命的本真，只要心里有足够的理性的阳光。

喜与恶

一件原本很喜欢很喜欢的衣服，几年了，穿上骄傲得如同公主，却因为看见一个肥胖至极的女人穿着同款同色的它，憋得自己跟衣服一样的委屈，而彻底厌恶了它，不再穿它。

一件原本压根儿就没看上的衣服，感觉真是没个性没特色的俗物，却因为看到敬仰的人穿着，各种气质各种修养泛活在衣服上，衣服瞬间精彩得像主人，而喜欢上了它，不再拒绝。

无辜抑或幸运，就这么不期而至。

岂止是物？

烧掉愤怒

贸然去拜访朋友，孩子开门。朋友正在书房奋笔疾书，悄然贴近，目之所触，惊吓了我自己：朋友写的，竟是肝胆欲裂的愤怒，甚至失控的诅咒！我无法将此刻的朋友与一贯的“平和”“谦逊”“儒雅”联系在一起！

朋友写罢，回头，方看见了我，没有吃惊，只是一笑。她从书桌下拉出纸篓，拿起旁边的打火机，那张纸化作了青烟。朋友说，这是我处理垃圾的方法：彻底，干净。

垃圾情绪郁结在心，发酵，臭气充斥在心里，就不是不爽了。倾吐，焚烧，不留痕迹，以自己最好的方式疏通心灵，实在睿智。

搀扶自己

周是我喜欢的一位大哥。

一则新闻，看得他心里拔凉拔凉的，那一刻，悲愤铺天盖地席卷了他，以致他觉得最大的苦痛就是看到悲痛却无法施以援手。我给他打电话时依旧听出了他情绪上的激荡与难受。总是悲天悯人，就常被种种事儿烦扰与伤害。

第二天再打电话过去，他的声音却很清脆与明快，以至于我感觉到欢喜在声音里恣意流淌。“我在邮局，给西部阅读工程寄两箱子书。”

他以“用爱漫过悲痛”这种方式搀扶起了自己。

在生活的琐屑里，学会理性地梳理，才会充实强大自己的内心。

第三辑

我同样爱你至深

那个人给你的爱，霸道而荒唐

回家路上那匆匆一瞥，触动了我心底最最敏感最最柔软的部分，心潮澎湃而后文思奔涌，飞快地敲击键盘，才是一个酣畅淋漓的爽。

突然，电脑被关机。抬头，是一张让我犯怵的愤怒的脸。

我知道自己最好保持沉默，一旦开口，就会噼里啪啦下冰雹，我将遍体鳞伤。“好好歇歇。”她只抛下四个字，而后以不容反驳的表情看着我。我冲她讨好地一笑，乖乖逃离电脑椅，跳上了床。

是母亲不讲理，还是母爱向来霸道？

我只记得，母亲从来不会因为我是个作家天天发表文章而得意，相反，只要我看书写作，她看我的目光就是缠着绕着能拧出水来的焦虑和心疼。时间长点，她的愤怒就爆发了：“我的先人哩，你知道不知道你的眼睛不好？”母亲一愤怒我就上升成了“先人”，上升成了“先人”我便如坐针毡。“你不心疼自家，谁会心疼你？我不在你家待了，我又管不了你，还叫你多嫌！”母亲说着就要收拾东西。我忙拦住她，开始给她承诺，保证最晚 11 点，绝对不超过 11 点，写完马上睡觉，等等等等。“我把人亏了，供你念书识字，天天窝在屋里看书写字。你要是个东西，早都发霉了……”母亲依旧显得很生气。

母亲的担心不是没来由的。幼时的一场疾病，我的右眼失明，所有的负重都给了左眼。母亲最最讨厌的，就是我看书写作。而我最最无法割舍的，恰恰就是看书写作。我们母女俩的矛盾就是这么不可调和。

一天，母亲突然问我，你天天趴着写那东西，到底能挣多少钱？

我有点小得意，说，我只是下了班偷空写写，不是专职作家，你还经常干扰不让我写。一个月也就不到两千多块吧，就当捡来的。母亲点点头，离开了。看着母亲离去的身影，我有点小得意，钱说服了母亲。

几天后的一件事，我彻底崩溃！

母亲递给我一张存折，而后一脸认真地说，你歇上一年，这钱就当是你写字换来的。

荒唐！只有母亲才会做出这种不可理喻的荒唐事！而跟母亲上街，她的霸道和荒唐常常让我显得很是尴尬。

“咱俩吃肯德基！”母亲跟我说话，向来没得商量，只给我一个没有选择范围的结果。进去，坐下。“给你要个汉堡，再要个炸鸡腿，够不？”她看着我说。

我无语。我知道母亲的伎俩：看见人家娃娃吃啥，就想让她已经长成老大人的女儿也尝尝。她常吊在嘴边的话就是，我娃小时候恓惶的，啥好东西都没见过都没吃过。

她不吃，她只是看着我吃，看得我鼻子发酸。

一次陪着母亲带着儿子上街，我问母亲吃炸鸡柳不，她摇头说不吃，就给儿子买了一袋。母亲竟掏出钱，让再炸一份，还愤愤不平地说：“人有老小，口没大小。你娃是娃，我娃也是娃。”

结果呢，我被迫跟儿子一人捧一袋鸡柳，边走边吃。她一脸得意。

我知道，我得好好疼爱自己，否则那个人会霸道得不近人情，荒唐得让我落泪。

那个人的爱是霸道的，我没有选择只能无条件接受；那个人的爱又是荒唐的，我会产生一种错觉，自己还不曾长大，还可以撒娇。

我想说说我妈

我不是讲故事，只是转述孩子给我说过的话。孩子14岁，我的学生，再寒碜的衣衫遮不住的是她的清秀，再苦焦的日子抹不去的是她灿烂的笑容。说起她的妈妈，却是满脸与年龄不相称的悲伤。

孩子说，您是作家，我想让您写写我妈。于是，我提起了笔。

——题记

我今年14岁，上初二。我妈妈55岁，几乎满头白发，视力不好，行动也很迟缓，有时候脑子还有点乱，比起班里有些同学的奶奶看着还面老。当我将很多记忆的碎片连缀在一起时，才理解了妈妈的苍老。妈妈心里装着那么多的苦，那么多的苦腌渍着妈妈的心，不苍老才是怪事。

妈妈曾一直想不明白，家里姊妹八个，为什么偏偏把她给了别人家？为什么只有给了别人家的她现在日子难熬？为什么日子那么难熬她还要死皮赖脸地活着？后来，妈妈揽着我说，我想明白了，我遇到这么多灾灾难难，原来就是为了等我娃到妈跟前来。有我娃，妈吃再多的苦，也值了。

我有多好，好到值得我妈站在那么多的苦难里来等待？

听外公说，外婆瘫了14年，妈妈15岁就辍学一把屎一把尿伺候着外婆，直到把外婆送走，把自家耽搁成了快30岁的老姑娘。这事，一直是外公的一块心病：害怕别人说到底是抱养的孩子，只操心老了的妈，不在乎年轻的娃。事实上，外婆一走，妈妈就成了舅舅妗妈眼里的负担：不至于老死在娘家吧？

以前妈妈是一心伺候外婆，只怕人家说自己闲话，说“猪肉贴不到羊身上，要的娃就是心远”。送走了外婆，妈妈也觉得自己在那个家里真是个多余的人，好歹嫁出去，就不招哥嫂的冷眼了。妈妈出嫁得很仓促，连外公都跺着脚说，急婆娘嫁不了好汉，实在把我女子亏了。

妈妈的第一次婚姻维持了八年，直到今天妈妈也想不明白，自己当初怎么就能忍受八年才离婚的：满地里的菜，只让你割两镰韭菜，你不敢割两镰半；就那一点油你得吃几个月，还嫌炒的菜不油不香；有没有身孕不管，该干的重活累活少不了……妈妈说咋样都行，可就是一样她受不了，公公对她说打就打，再小心还是防不胜防，没来由就挨了打。这些都是若干年后妈妈哭诉给别人时我偷听到的。

妈妈的公公很霸道，只要不合他的意或是看着不顺眼，就起手打妈妈，即使妈妈怀着孩子也不例外。直接后果就是妈妈怀了两个男孩，不是胎死腹中，就是生下不久死去。每每说起那两个孩子，妈妈就撩起衣襟抹眼泪，说多恓惶的娃，妈没本事，娃就没活路。

妈妈整天担惊受怕如履薄冰，却常常是祸从天降。她可以不睁眼睛猜准今天会不会下雨，却猜不出好好地干着活下一刻会不会挨公公的打。

第三个孩子七个月就生下了，三斤四两，连指甲盖都没长上来，跟猫一般大小。接生的说，活不了，甭费心了。可妈妈硬将他养活了。我应该喊他哥哥，尽管我们从未见过面。妈妈后来总说，养活了娃才是害苦了娃，没妈的娃，都不值钱。

外公也曾找过妈妈的公公，说娃有不对的，你尽管指教，谁家的娃都是娃，不能老打。妈妈的公公回了句：我把你娃得是打死了？打死了也有国家管，打死了那屋里你刚见到的是猪还是狗……话难听得让外公无法忍受，就起了争执，结果是，身板瘦瘦小小的外公也被打了一顿。

第七年，妈妈也变了，变得不大正常，莫名其妙地她就哭了，有时又没缘由地傻笑起来。外公说他发现后吓坏了，他当时就给妈妈说，我娃得走，这屋里再待不下去了，我娃再不走的话连这半条命也殁了。哪怕打得血里捞骨头，咱都要走。走，就是离婚。

妈妈想带上那个可怜的先天营养不良后天也没有得到很好照顾的孩子走。她的公公说，孩子得是你从桥上带下来的野种？你凭啥带走？你不值钱，还当我孙子也不值钱？

妈妈离开时那个孩子一岁半。

妈妈说她还见过那个孩子，是在幼儿园里偷偷见的。老师把孩子给她叫了出来，孩子已经五岁了还像豆芽菜，长得让人看着心疼。妈妈买了好多好吃的，那孩子天真地问，你是谁呀？妈妈说，我是你姨。妈妈说那孩子的裤子拎不起来，松紧早松了，脸、脖子也很脏。她借了老师的针线把裤子收拾了一下，也在老师房子里给他洗了头，脖子。临走时，那个孩子拉了一下妈妈的衣襟问，姨，你多会再来看我？妈妈说自家都没敢低头看孩子，说姨有空就来看你。

实际上那是妈妈第一次也是最后一次看那个孩子。因为她一周后再去看时，幼儿园的老师满脸歉疚地说，孩子被他爷爷打得一周都没能上学来。你知道，那家人下手重……

从此，妈妈再也没有看过我应该喊哥哥的那个孩子。只是一个劲地想，想孩子拉着自己的衣襟问“姨，你多会再来看我”，想得流泪，想得流干了眼泪，以致眼睛哭坏了，到现在还雾蒙蒙看不清东西。现在妈妈遇到再难过的事，也流不下眼泪，妈妈说她的眼泪都流在了那个家里——那个孩子身上。

第二次，妈妈狠了心，说嫁就嫁得远远的，就断了念想。生娃不养娃，就没资格想娃！

妈妈的第二次婚姻只持续了一年半，我刚生下不久，我的生父突然病故。妈妈说那个村子在山沟里，连用的水都得去别处挑。她一个妇道人家就没法过日子，不满两个月的我还离不开她照顾。妈妈想找个男人搭伙过日子，可我的奶奶不同意，说她还有亲亲的三个儿子，外姓人不能进她的门。

为了活下去，妈妈只能选择再次离开。我的奶奶同样不让妈妈带走我，说要给我的生父开个门。“我要是走到哪把娃就丢到哪，老天都会把我雷劈了！我要真只生娃不养娃，都不配当人……”妈妈至今给我说起我应该叫奶奶的那个老人不让她带走我时，还咬着牙，好像谁再要夺走她的孩子，她就会拼命一般。

妈妈带着不到周岁的我走进她的第三次婚姻。我的爸爸，我记忆里唯一的爸爸，尽管他不是我的生父，却给了我所有的父爱。

妈妈进这个家门时已经42岁了，爸爸44岁，44岁的爸爸还是单身。他一直做泥活挣钱，他没小家小舍吃饱就行，一年年挣的钱都被自己的哥哥弟弟们“借走用了”。妈妈跟我的到来，原本很平静的一大家有了波澜。爸爸的兄弟们最不欢迎我们的到来，找妈妈的茬儿，搬弄是非，说爸爸养人家的娃是白下苦，哪里能比自家的侄儿们离他心近？结果就是，大伯把爸爸的地全占了，叔叔们得空就把爸爸干活的工钱偷偷领去花了。一成不变的，是爸爸的憨厚老实，还有无奈。

他们是爸爸亲亲的兄弟，为什么愿意看着爸爸打一辈子光棍也见不得爸爸过正常的日子？我实在想不通，看着他们那些嘴脸，让我对亲情第一次发生了怀疑。

爸爸多年都是一个人生活，人又不多话，也不太会跟人沟通，有事闷在心里又喘不出。即使跟妈妈，他也很少说话，只是陪我玩。

钱，永远是惹得穷人家闹矛盾的东西。妈妈总嫌爸爸看不住门户，被大伯叔叔们占尽了便宜。其实爸爸心里也不舒服。他的家人，村里人，总当着爸爸的面说爸爸冤大头，替别人养孩子还那么上心……那些话让老实巴交的爸爸很不是滋味，也很伤害一心跟爸爸过日子的妈妈。为了妈妈耳根清净，爸爸找人把我转进城里的学校，让妈妈在城里陪我上学。城里不如乡下，走步路都得花钱。租房子，吃喝，开支也不少。妈妈又身体不好，啥也不能干，爸爸就继续在工地做泥活，给我们挣钱。

妈妈有时就叹息，说你爸没本事归没本事，人家有本事的男人也不会屁股撅起管咱娘俩。你爸是个好人。

遇见同样命苦的爸爸，是妈妈跟我的福分。

如果能陪你重新长大

如果能陪你重新长大，我一定不会像原来那样待你。

那时的我，一直在强迫你，强迫你做自己不喜欢的事。你那么小，两岁刚过吧，原本是没有任何负担，只有成长的快乐，我却开始教你识字。

识字，是你负重的开始。

尽管我用图片来调节，尽管我更辛苦地自制“识字书”，尽管在引导你之前我已经很费脑子地研究如何让你更快捷地掌握，可最终的执行者是你，你需要看在眼里记在心里落实到书写中。从字到词再到短语到句子，我目的明确步伐坚定地在自己既定的轨道上拉扯着你前行。

我……我何曾顾及过你的感受？你只是一个两岁刚过的婴孩。

蹦蹦床上没有你欢快的身影，儿童乐园里没有你响亮的笑声，因为你一直在家里进行着所谓的“启蒙”。即使带你出门，也是功利性很强地想让你认识什么了解什么。你很听话，知道反抗无效后就只有配合。当我很自豪地给别人说不到三岁的你认识很多字时，哪里想到不到三岁的孩子应该光着脚丫像风一样好奇地吹过很多新鲜的事物，哪里想到不到三岁的孩子应该尽情玩耍笑声抖落一地，哪里想到快乐比所谓的知识更重要。

如果能陪你重新长大，我会跟你一道看蚂蚁搬东西，一起手忙脚乱地把逮到的西瓜虫放进盒子里；如果能陪你重新长大，我会陪你一起捉蝴蝶，一道淋着雨还傻呵呵地大笑；如果能陪你重新长大，我会随你一起探索好奇的一切，哪怕将家里所有的电器都拆开而后无法复原，我都不会气恼的。

如果能重新陪你长大，你的快乐才是我最大的追求。你笑靥如花的神情就是最美的画，你肥胖的小手拍打过的泥巴都会飘散出婴孩特有的奶香，你的一举一动都是妙曼无比的舞蹈。

是的，如果能陪你重新长大，我只期盼眼前时时刻刻都是你欢笑的容颜。

如果能陪你重新长大，我一定不会像原来那样待你。

那时的我对你过于理性，理性到让今天的我都不忍心回忆，回忆就是残忍的回放。

那时的我信奉读书是最快乐的事，便总将四岁刚过的你放在书店里，带好吃的喝的，一待就是一天。我一直觉得你在书店一定学到了很多很多，我一直觉得那些时光里的你一定是饱满而幸福的。直到多年后的一天，我看到了你的随笔《我的孤独》。

“……记忆里我还小，四岁吧，我需要的是和同龄孩子一起玩，无论捉迷藏抑或是丢沙包，而不是麻木地看一排又一排的书脊。我常常是费尽全力让自己的心静下来，抽出一本书，坐下，翻阅。我不知过了多久，但我知道我累了，或是厌了。可天色尚早，我是傍晚才能回家的。于是我换了一本又一本的书看，眼前看书的人换了一批又一批……妈来接我了，我会激动地扑上去喊一声‘妈——’，因为我一天都没有说话！一整天，真的是一整天啊，一言不发，换一本又一本的书，看时间送走一批又一批来看书的人。这才是我最大的孤独！”

那一刻，我的泪水肆意而下，为我对你造成的伤害：你是我最最疼爱的人，我却是最最伤害你的人！

孩子，如果我能陪你重新长大，我不会再那么功利地塑造你。我要让你自然而健康地成长，就像植物拔节、吐穗、扬花一样，循序而渐进，决不再揠苗助长。

我会耐心地陪伴着你，静待花开。

孩子，如果能重新陪你长大，我会改变很多很多，你也会快乐很多很多。

苦命的一家

我之所以取了这个沉重的题目，是因为我真的不知道应该写二叔长期在劳苦中苛刻自己以致积劳成疾永远地躺在了那里，日子还是一贫如洗，还是写他唯一的儿子我的堂弟辛苦地勤工俭学到研究生毕业参加工作还不到 10 个月就经历了给家里盖房、为身患癌症的父亲治病、给自己结婚，还送走了父亲，还是写二婶改嫁几次最终还是没添一儿半女，加之几近耳聋，温情地对待别人却时时被污言秽语所泼溅，屈辱了几十年的悲苦。二叔那让人无法接受的辛劳与节俭，堂弟那让人心疼的懂事与自立，二婶无处倾诉的苦闷与悲伤，都涌在我的笔端，让我握笔的手在颤抖，让我无法自已地泪流满面。

二叔

二叔木讷少言，年轻时是个木匠，在周边县做木活，一待就是几个月。

他为人很是实在，做个小板凳，都会将撑在地上的四条腿底打磨得光光溜溜。家具呢，里跟面打磨得一样光滑，绝不会偷工减料糊弄主家。在哪里干活，二叔都能待得住，除了他的手艺，还得归功于他的隐忍：主家对活计要求多高他都能努力做到，主妇饭菜咋样胡整他都能乐呵呵地吃下，有些主家为人刻薄说话难听他也受得了。

做得一手好木匠活，二叔的日子理应殷实。可二婶身体一直不好，经常生病、看病，又使得二叔的日子难以好起来。二叔又重男轻女，非得生出一个儿子不可，身体原本不好的二婶又一再生孩子，自然就更不好了。一连生了三个女孩，屡屡违反计生政策，罚款是躲不了的，日子便雪上加霜。堂弟是老四，他还不到两岁，二叔几乎耗尽家财，还是没有留住二婶。

二婶是睁着眼睛离开的，她怎么甘心，怎么放得下那么小的儿子？

那时堂姐堂妹们出嫁的出嫁、上学的上学，二叔既当爹又当妈，便不能再一心一意做木匠活了。加之家具店也多了起来，里面陈列的家具时尚、精致、好看，谁还愿意再请木匠？劳神费力。二叔就开始了另一种生活：走村串巷回收废品，实则是边回收边捡拾。

二叔很是节俭，带上干馍、水壶，架子车套上驴，一整天一整天在周边乡里回收废品，常常到了黄昏才筋疲力尽地回到家里。回到家里时，车上一定还会有纸板、饮料瓶子、废铜烂铁什么的。一天的收获都已卖了，那是回家的路上捡拾的。

二叔还不是一般的节俭，而是近乎苛刻，对自己尤其如此。吃饭穿衣不用说，能凑合尽量凑合。即使有个病痛，能扛就扛着，实在扛不住了，自己就买些药吃，连村里的医疗站也很少进去。

二叔一直说，我的身体硬朗得很，病都懒得跟穷鬼纠缠。

是的，没有纠缠，疾病一直在被二叔的忽略中侵蚀着他的身体，被察觉时，已是肝癌晚期！

很长一段时间，他疼得整宿整宿睡不着。据说去世的那晚，还挣扎着给儿子打了个电话，说自己没事，好着哩。

堂弟

我比堂弟大 18 岁，对他的了解是从 2008 年他上大学后开始的。

堂弟上大学了，二叔每月给他五百块，是所有开支的费用。五百块？五百块都不够一个女孩子的伙食，堂弟可是一米八几的小伙子。

堂弟就开始了种种勤工俭学的尝试，自己挣钱补贴。大学即将毕业，他没有因为困苦而急于找工作挣钱，而是选择了继续读研。研究生一毕业，就顺利签到煤炭设计院，月薪一万多。

小小年纪，堂弟触动我的，不是求学的辛苦，而是刚一毕业就扛起的责任。

堂弟毕业第五个月，他给了二叔五万块，二叔再添了些，在破旧的老院子里盖起了新房。不久，二叔被查出是癌症，已是晚期。堂弟开始给二叔治病，从县城到省城，终究无奈而归。堂弟走时，给二叔留了两万块，就是让他喝好吃好。还买了几条五百块一条的香烟留给了二叔，说二叔一辈子没抽过好点的烟。

二叔的身体眼看着一日不如一日，堂弟正好遇到善良的女孩雪琴，还有通情达理的一家人。为了让二叔心里踏实，堂弟匆忙中赶回老家给自己办了婚礼，据说也花费了几万。

五天后，刚到单位的堂弟接到电话说二叔病故。

是爱人开着车送堂弟跟弟媳回老家的，我陪着。

一进门，堂弟就趴在灵前痛哭，以至于双手颤抖，上不了一炷香。

出殡时，堂弟声泪俱下地说了一些话：

“我父亲辛苦一生，节俭得几乎苛刻，节省下的每一分钱只为过好这个并不富裕的日子。他曾走乡串村早出晚归地回收废品，只为我能跟别的孩子一样有学上，有个好前程去奋斗。我还不曾看见父亲的衰老，我真的不知道从什么时候开始他头上的白发多过黑发；我还不曾看见父亲蹒跚的身影，我真的不知道从什么时候开始他的腰身不再挺拔；我还不曾尽孝于膝前，他被确诊为癌症晚期我却依旧为了生计而奔走他乡。我现在才知道，为什么从我结婚到父亲去世只有短短几天，因为他就是硬撑着要看到我走向幸福。为此他用尽了对生活的热情，也熬尽了自己的生命。

“我从来没有为自己生长在这个贫寒的家庭而自卑，我从来没有因父亲为了谋生而做过的每一件事羞愧，是这个家庭是我的父亲给了我生存奋斗的资本。我能走到今天，有一份不错的工作，遇到自己相爱的人，都源于我的父亲，是父亲的辛勤劳作推动我走出了这个村庄。我曾做过许多设想：工作就绪了，带着父亲出去走走看看，让他知道世界不只是一个赵家村这么小；条件许可了，让父亲彻底离开劳作，完全享受来自子女的孝敬；甚至将来有了孩子，让父亲看着孙子蹦蹦跳跳的身影而满脸欢喜。可是，可是生活容不得我的安排。我相信，天堂里不会再有无穷无尽的劳作与疾病……”

好几次，他都泣不成声。

我不知道，对一个刚参加工作不到 10 个月的孩子要扛起这些责任，他得多么坚强。我只知道，他是我见过的最最让人疼惜的孩子。

二婶

二婶来到二叔家之前，已经离了几次婚，都是因为她不能生育。正巧我的二婶病故，这个女人不带孩子还不生育，刚好一门心思地照顾自己不到两岁的儿子。二叔就将二婶娶进了门。

二婶原本年长二叔几岁，比我母亲还年长。她是个很守规矩的人，执意喊我母亲“大姐”。

“亲妈能亲到哪里？那聋子，对娃比亲妈还近还亲。”这是乡邻们对二婶的评价。二婶耳背得厉害，便有了“聋子”这个绰号。二婶的确是个好母亲，我总在猜想：老天爷不让她生育孩子，是不是就知道会有个可怜的需要母爱的孩子等着她来疼爱？

据说每每到了星期天，贪玩的堂弟就跑得没了踪影，才不管啥时吃饭啥时该睡觉。二婶就一条巷子一条巷子地找着喊着“峰娃——”“峰娃——”。堂弟没在她眼前，她心里就不踏实。在堂弟更小的时候，二婶走到哪里都牵着他的手。

据说二婶养了几只鸡，可半年半年她都不会吃一个鸡蛋。那些鸡蛋啊，得给她的峰娃蒸上，炒上，做成鸡蛋糕。看着瘦瘦小小的儿子，二婶就满眼疼惜。峰娃吃不完的鸡蛋。还有二叔，二叔更辛苦，就煮两个给二叔带上。

后来我家搬到了几里外的镇上。印象最深的一次，是二婶用褓布包裹着十几个南瓜包子来看我的母亲。母亲一定要留她吃饭，二婶死活不留，说“峰娃要吃饭”。母亲说，你吃完再给峰娃带回去不就行了？二婶摆着手连声说不行不行，几里路，拿回去就不热了，就不好吃了。

二叔本身手紧，挣到的每一分钱都恨不得别进肋子缝里。二叔满心满眼都是儿子的将来：上学，盖房，娶媳妇，哪样不累断筋不扒层皮？自然也没太多的零用钱让二婶花。二婶却没有怨言，过日子也一样的节俭，能往家里扒拉的就扒拉回来了。这，恐怕也是本家婶子们不大喜欢她的原因之一吧。她们就刻薄地叫她“死聋子”“死聋子”。亲人若没有温情，还不如陌生的路人，她们知道你的软肋，会戳得你更痛！

二婶是耳背，可并不是实实在在的聋子。可能她深知自己的无力，也可能她已经习惯了被欺辱，她没有选择对抗，只是默默地忍受，偶尔会给我的母亲哭诉。

二叔被查出病后，二婶一直悉心照料着，他的突然故去，二婶像被抽去了主心骨，一下子就病倒了。是心里没有依靠的害怕，还是真的油尽灯枯？

二婶心里的苦，奔涌成河汇聚成海，也只有她自己知道。我只知道，8 年前我母亲去世时，二婶哭得最伤心。

后记：堂弟懂事得让我心疼，二婶心里的病痛让我难受。好在办完二叔的丧事，堂弟将二婶也带去了城里。

我同样爱你至深

你让我看一篇文章，《我爱你至深》，一个美国母亲写给孩子的。你晃着手里的那本杂志说，看人家妈妈爱孩子，爱得多有水平，多有理性，而后嘴巴一撇又道，哪像你，把自己整得颠三倒四，也把我弄得稀里糊涂。

我知道，你的所指是我的啰唆。就像你说的，你只听见了我的啰唆，从没看见过我的爱。

我同样爱你至深，我的孩子。不妨回放一下我啰唆的情形吧。

我说，今天下雨，你到学校把伞带上。你没有吭声。于是我再次提醒，伞，不要忘了，今天可能下雨。你依旧没有吱声。我就走到你的房子里，将伞放在你的书包旁，说道，走时记得带上。

正在码字的我听见了你拉门的声音，你准备上学了，赶忙喊了句，伞，拿上。

你答应着，“噔噔噔”跑下楼去。我不放心地进了你的房间，伞，既孤独又很不好意思地待在那里。

那天真的下了雨，很大。于是我只得跑到学校门口接你。当时我也想借机教训你一下：自己得为自己的选择承担后果。可是，我不能，真的不能。你从小身弱，一个伤风感冒就会一巴掌将你打趴下。

你们学校好几千人哪，加上有雨，校门一开，学生们如河水决堤般涌了出来。妈是近视，个子又矮，在接孩子的人堆里委实容易被人忽略。幸运的是，妈妈接到了你。

妈妈是啰里啰唆让你带伞，你的固执让妈妈的啰唆全无价值，还让我冒雨接了你。

你总说，我爱你把自己整得颠三倒四，也把你也弄得稀里糊涂。

我想让你多吃蔬菜，就大谈蔬菜的营养，似乎吃点蔬菜瞬间就可以健壮如牛；我想让你多吃豆类，都说三个黄豆的营养相当于一个鸡蛋，仿佛吃几个黄豆你就会永远康健；我想让你多吃肉，就大谈蛋白质的作用，好像啃几个鸡腿你就硬朗多了；我想让你……

于是你俩眼一瞪，反问道，你到底懂不懂营养？能不能说话科学点？你看你说过多少自相矛盾的话？……

你一批驳起妈妈就滔滔不绝，似乎满腔都是愤怒。我的孩子，其实这些点点滴滴，都是我对你的爱，而在你，只是啰唆。

放了学你如果没按以往的时间回来，我会从客厅一直徘徊到小区门口。我也只能徘徊在小区门口，因为我不知道该往哪个方向找你。

我让你不要老学习，怕你学成书呆子，我要健康快乐的你；我又督促你好好学习，似乎一不小心所有的孩子都超越了你。瞧，我就是这么出尔反尔，别说你，有时连我自己都觉得自己可笑，觉得不可理喻难以接受。

为你，我说了许多颠三倒四的话，做了许多不可思议的事。今天，我只能告诉你，这一切，还将继续。面对你，我真的无法保证自己做到心平气和的理性。

不敢老

“你啥时日子过好了，妈的眼就能放心地闭上了，就能死下去了。”

这曾是母亲看着我时常说的一句话，母亲说时满脸忧伤，总伴随一声长叹。

我一直不会打理自己的生活，除了写东西和引导儿子，其余的事一塌糊涂，小到生活琐事大到婚姻。那时母亲早已因中风落下了半身不遂，却拖着极为不便的身体，进城帮我做家务，陪我聊天。

“想开点，不如你的人多着呢。”我一闲下来，母亲总凑过来，没话找话。“你娃那么听话，你的工作也顺心……”母亲一开口就是安慰我。她甚至说到1970年村里和我一同出生了三个孩子，出天花就走了俩，我是最最幸运的，没点坎坷就说不过去了。“你都比人家多幸福了快四十年，受点难过也是正常的……”母亲用她所能想到的最大限度的坏事情来安慰她的女儿。

母亲不敢老去，只因满心里都是对我的放心不下。

我再婚后的第二个月，六十四岁的母亲无牵无挂地走了。

为此我一直不能原谅自己：倘若我不再次结婚，母亲定然因不放心而不会走的。我曾经的状况，让我的母亲不敢老去不能老去更不忍老去，女儿需要她！

一个熟识的老人，她的女儿已经五十多岁了，先天痴呆，她一直照顾着女儿。一年四季，她都坚持健身，一点都不像快八十的老人。当我夸她好身体时，她说，谁生病都可以，就我不能生病，不能出一点事。我都只想倒着活，就能多管我娃几年。

邻家老婶子，已快七十，她整天为自己日渐不方便的身体而苦恼。

她说，胳膊、腿越来越不灵活，给我妈洗脚都不方便了。

她说，眼睛花得给我妈洗件衣服，都洗不干净了。

她说……

她说的都是健在的母亲。面对高龄而康健的母亲，七十岁的子女不敢老，唯恐不能为父母尽孝。

肩头有责任、心里有厚爱的人啊，都不敢老去啊。

亲　戚

三十七八年前，记忆里那个被母亲叫“三嫂”的女人，总是一副很邋遢的样子，连纽扣也常常扣错，更别说乱蓬蓬的鸡窝般的头发了。家里自然是乱七八糟的，即使大过年的，也没多大的变化。

或许，她的脑子也有些不大对劲吧？我之所以这样猜想，是因为听母亲说她的三哥小时候生病脑子烧坏了。金花配银花，西葫芦配南瓜，那样的男人，自然娶不到正常的女人了。

母亲常在舅舅们跟前感慨，三哥能娶到女人就很不错了，咱都得对三嫂好点。

母亲叫“三哥”的，其实不是母亲的亲兄弟，是堂哥。记忆里，走亲戚的时节，别的亲戚们都不去他家，只在他的兄弟家里放个花馍，说这是给三哥留的，就不打搅他了。可母亲却每次都领着我去他家。我是很不情愿的，破破烂烂的土坯墙，栅栏门，三间看起来快要倒的破房子，能有好吃的？

常常一推开栅栏门，母亲就喊着“三哥”“三嫂”，那亲热劲，就像喊自家的亲兄弟一样。那对很邋遢很窝囊的夫妇就出来了。特别是那个女人，招呼母亲坐下时，总还用衣袖擦擦凳子，嘴里说着“干净着哩”，而后很殷勤地翻找吃的东西。大过年的，人家都准备了客人吃的糖果之类，她家常常就是一盘红薯干。

记得有一次，那个男人刚给母亲递上一杯水，女人突然一把夺过，而后嗔怒道，不长眼色，给香儿也不拿个好杯子。原来那个杯沿儿上有个小缺口。她另外取了个杯子，用看起来灰不拉几似乎不干不净的抹布擦拭了一遍，还不放心地用手指脸儿在杯沿儿上细心地抹了一圈儿。她那皲裂的手，着实难看，重新倒了一杯水，端给母亲，还解释说，你三哥是个粗人。母亲就一直端着杯子边暖手边跟他们拉家常。

我也记得那个女人说起亲戚们不待见他们时，撩起衣襟直抹泪。母亲拉着她的胳膊安慰说，三嫂别难过，我不是来了吗，嫌次数少，我一年多来几次……

每次走时，母亲总拉着她三嫂的手说，敏上学有为难处了，就吱声，能帮上忙就帮，谁家门口也没挂免事牌。

敏是那家唯一的女孩子，比我大几岁。每次我跟母亲去她家，她都进来笑着叫一声“姑姑”，就进了自己的房子。

我曾问母亲，别人都不去那家，破破烂烂的，你咋老去？母亲摸着我的头，一脸的伤感，而后长叹一声，唉——，都是亲戚，还嫌贫爱富的，哪能那样做事？

别说，为了那个叫敏的女孩能继续读书，那两口子真的找过母亲几次，每次都是一个原因——借钱。母亲也都借给了。父亲为此没少跟母亲闹别扭，父亲说救急不救贫，穷窟窿永远填不满。母亲说除了找我，三哥三嫂还能找谁？咱不帮，那不是把人往绝路上推嘛。

我从心里也就讨厌起那两口子了，自己穷成那样，还给别人家添麻烦，真是的。后来，谁也想不到的是，1985 年，千军万马过独木桥般的高考中，敏竟然考上了中国人民大学！

记得通知书一下来，那两口子就拿到我们家给母亲看，母亲高兴地当宝贝般捧着看了半天，还专门把我跟弟弟叫到跟前，让都摸了摸那通知书，说沾点喜气。那女人又抹起眼泪，说娃记得她姑的好，没她姑照顾，咋能把书念完……

敏表姐——我是应该叫她表姐的——上大学时我上初二，敏表姐经常给我和弟弟写信，说北京有多好有多大，说她在北京等着我们来上学。每每收到信时，班里的同学们都挤着拥着把我围个水泄不通，争着要看。北京的来信呀，还是中国人民大学呢！那时的我，很骄傲的，我有个在北京上大学的表姐啊。当然了，也就更加努力了。

再后来，敏表姐留在了北京工作，将父母也接了去。亲戚们都说，人不行命还蛮好的，就那样两口子还能住进北京城？

弟弟在北京上学时，所有费用都是敏表姐出的，她硬是不让母亲插手。于是有些亲戚就说了，谁都没香儿聪明，长着前后眼呀，都算计到了。

母亲只是笑着。

有一种爱，让我泪流满面

同事乔迁，在白云酒店待客，我前去贺喜。

我对面坐一个男孩，八九岁仍稚气未脱的神情，两眼呆滞，脸大得像个小盆子。不管啥菜上来，他都“嗯嗯”哼着急切地瞅着旁边那个妇人。他只能靠在椅背上，连头的转动都显得很困难。旁边那妇人给他擦口水、喂饭菜，一脸沉静的笑。

除了母亲，有谁能做到那样？

后来，和同事谈及此事，她说，姑姑一心想管好这个憨儿子，固执地不愿再生一个。

我不敢说同事的姑姑有多伟大，她是个纯粹的母亲，纯粹得足以让许多母亲汗颜，包括我自己！

那天在街上，我又一次被感动的热泪所淹没……

一个头发已花白的老妇人，拉着个看样子四十多岁的妇女。“妈”，那妇女拉了一下老妇人，指着地摊上的花卡子说，“给我戴上，好看。”

那是一堆大红大绿、小孩子才戴的头饰。我仔细一瞧，那个喊妈的妇女，一张傻笑个不停的脸。——智障？

“我娃就是好看。”那老妇人就给她戴了上去，还拍了拍女儿的头，满脸笑意。

我一直目送她们母女走远，直到消失在我的视线里。

我们小区的服务部，经营者是位中年妇女。冬日向阳或夏日背阴处，总放着一把藤椅，一个小女孩靠在椅背上，头似乎是一直向左牵拉着。

那妇人面对顾客，不论你烦躁还是着急，她几乎没有什么表情变化，只是按你的要求为你拿取东西。只有在她走过去为女儿整理衣服，喂吃喂喝时，笑，才会在她脸上荡漾开来……

表姐有两个儿子，老大两年前以全市文科第一的成绩考入北大，15 岁的老二却连校门也没进过，是个弱智儿。当别人羡慕地夸她的大儿子，表姐常常岔开话题，说起她的小儿子，“能从 1 数到 10 了”“会写他的名字了”……说时一脸欣喜。

这就是母亲！

母亲的爱有多长？它可以延伸到被上帝遗忘的每一个角落！尽管那里坎坷崎岖，尽管那里荆棘丛生，爱，为了跋涉到那里，已被深深刺痛，伤痕累累，却仍以泪以血来流淌，以求滋润他们的心田！

是的，上帝的确是怕自己无力照顾好所有的孩子，才派了天使到人间来守护，在人间，她们的名字是母亲。

像养孩子一样养母亲

朋友说，今年冬天，她的母亲明显的老了。老到不知道饥饱，离开饭桌一转身就唠叨“咋还不叫人吃饭”；老到不知道礼数，客人进门一放下包，就蹒跚着过去打开找好吃的；老到不知道照顾自己，千叮咛万嘱咐，走不到卫生间就尿裤子……

朋友说时满脸是泪，说她总想起以前的母亲：

以前的母亲是容不得别人溅一丁点唾沫星的心高气傲，以前的母亲即使再忙再累也要把她们姐妹打扮收拾得像洋娃娃般利落刚强。

可怕的是时间，它竟磨蚀了朋友母亲骨子里的优雅与高贵，残忍地留下了原生态的垂老之人。可是谁的母亲又能逃离呢？

“凌娃，”几乎是蜷缩在沙发里我的母亲又开口了，“电视上演的是啥？”她半眯缝着眼睛，似乎并不想确切知道什么，也许，只是怕寂寞将她侵袭。

“一个儿子希望母亲原谅他，再爱他一次，片名就叫《妈妈，再爱我一次》，咱现在都看了十几天了，是连续剧。”我同样耐心地做了回答。

我记得，为了儿子发正确“鸟”的读音“niao”，他一见到扑棱着翅膀的鸟儿，手就指着哼哼唧唧。我一连教了好多天，他一直固执地“nao”“nao”地叫，就是不发“niao”。每一样东西，我都得反复地教他，他的忘性似乎总比记性大，有时听错了记错了，还固执地不肯改过来。

我也记得，从小，亲戚们就夸我口齿伶俐思路活络，还说得益于从事教育工作的母亲在语言上的积极引导。从有记忆起，不管是厨房还是卧室，只要有我们母女，就有语言的流淌。

如此想着，对母亲啰里啰唆地总问同一句话就多了耐心，陪母亲絮絮叨叨甚至有一句没一句地说着过去，只要母亲舒心就行。小孩子急着探求未知的世界，老人耳背了眼花了怕热闹也随之远离自己，他们都一样需要我们来引领和照顾！

有一次喊了半天，母亲就是不从卧室里出来，又把尿洒在裤子上了。

母亲说，人老了就该死，越活越窝囊，就是不让我再给她换裤子。连续几天，天天如此，她自己也觉得不好意思了。

“有啥不好意思的？没事。”说话间我就帮母亲换起来，“女儿是妈的贴心小棉袄，老了不用啥时用？”

又想起儿子小时候：多少个晚上，尿一处挪个位儿，他尿过的地方常常被我暖干。有时，床被他尿得没有一点儿干处，我就让他趴在我身上睡觉，怕湿的地儿让孩子挨上得湿疹。

自己不也一样？小时候就被叫作“尿床大队长”，折腾得母亲到处找偏方秘方治尿床。那时的母亲，晚上一定很发愁吧？

想着自己和儿子的小时候，拆洗母亲尿过的被褥、棉裤时，心里只有难受：谁也挡不住的，母亲真的老了！

姥姥曾说过，人的老，是从舌头开始的，吃啥都没滋没味，就是老了。而母亲，啥也不想吃，常常在饭桌上呆坐着不动筷子，不是这个咬不动，就是那个不好消化，极像很挑剔的孩子。

人都说“老小老小，活个颠倒”。其实人生就是个枣核形，老人有时就像小孩子，任性而挑剔。想想自己走过的路和将走的路，就不会大惊小怪了。

就像当初对儿子那样，苹果、梨在锅里蒸熟后用勺子挖给母亲吃，年龄大了反而不耐饥，酥软的蛋糕给母亲当甜点。

母亲老了，老了的母亲变得很脆弱，像孩子般依恋着我：无意间总能察觉到，她的目光老缠绕着我匆匆的身影；不管我说什么已没有了对错界限，她永远是忠实的听众……我似乎成了她的整个世界！

一个像小孩子般显得那样无依无助的老人啊，我小时候不也如跟屁虫般半步都离不开她？

像养孩子一样养母亲吧，唯有如此，方能心安。

耳背眼拙的娘

我喜欢听朋友们拉家常，似乎每个人的身后，都有一串故事等着我来打捞。

——写在前面的话

人都说："儿的娘，耳朵长；儿的娘，眼儿尖。"儿的娘不管离多远，都能听清哪个声音是自家孩儿喊的；儿的娘不管有多少人，都能一下子找出自家的孩儿。可说起我的娘，唉，连她自己都气恼耳背眼拙！

娘是那种皮肤黑黑五大三粗又高喉咙大嗓门的女人，别说轻声细语，好像她连说话都不会，一开口，所有的话语就像从沸腾的锅里泼溅出来的。不夸张地说，听她说话都是一种伤害，我们姐妹、邻里孩子，都尽量离她远远的。

"找打哩！"一声炸雷，那群正在欺负一个小孩的淘气包们眨眼就逃得没了踪影。娘边急急赶过去边问"叫娘看把我娃打烂没"。快走到跟前，才发现不是我。娘有些气恼又有些释然地说那孩子，赶紧回家去，甭再叫人欺负。

娘边往回走边顾自唠叨：怪了，我明明听见三儿的哭声。娃娃的声音咋那么像？

那晚，同巷子那个孩子的娘来我家串门儿，衣襟里撩着些花生、枣儿。

这样的事，常常发生，真搞不懂娘，天天听我们说话，灌耳音也熟悉得不能再熟悉了，却常常不能分辨出我们的声音。伙伴们也因此远离了我们，她们说，你娘跟黑无常一样，谁敢惹？

姐姐也曾气恼地给娘说了多次，说我们姐妹没人敢欺负的，让她不要再多管闲事。娘却不以为然，说不怕一万就怕万一，万一被人欺负了咋办？

娘的耳背真是没治了，听谁的声音都像我们的。耳背不要紧，只是累了她的嗓子跟腿脚。可娘的眼拙，却害得她自己心疼得撩起衣襟直抹泪。

那年月家家都穷，填不饱肚子。偶尔吃点好吃的，都是天黑了才做。没多的送人，又怕惹人眼馋，这也算一种厚道吧。

一个冬天，娘从外婆家回来，拿回两个白麦面馍馍。在火炉窑里烤得黄干黄干的，她跟爹都舍不得吃，让我们姐妹四个一人一半。恰巧妹妹还在巷子里疯玩，娘就揣着半块馍馍急切地跑出去找妹妹。她一把拉过“妹妹”，馍馍塞给她悄声说了句“我娃赶紧吃”，就走了。

妹妹回到家，娘问，烤得馍馍好吃不？黄干黄干的，还是白面馍馍。妹妹瞪着大眼睛问，馍馍在哪？娘急了，说我塞给你的，不是你？

显然不是妹妹，娘认错人了。

娘捶打着自己的胸脯，懊恼得无法原谅自己，只能咒骂着自己：“看我这个瞎眼窝，真是瞎眼窝！看那娃高低胖瘦，还有那辫子，还影影乎乎看到红围巾，以为就是我娃……”娘表现得很难过，一直说着自己“眼瞎得连眼眶都没了”，那情形严重得好像妹妹没吃上那半块馍馍就损失了一切。以至于多年后，大学老师评析祥林嫂的形象时，娘懊恼的情形又浮现在我眼前……

那一晚，娘像在炕上烙饼子，翻来覆去睡不着觉。娘当然睡不着觉了，娃们天天吃红薯馍馍糜面馍馍，好不容易有了半块白白的麦面馍馍，却给了人家的娃娃，能不难受？

第二天晚上，巷子东头的雪莲婶子笑盈盈地来串门了，看着我们，她袖筒里滑出来两个苹果。娘正在诧异，她开了口：“看她婶子，多疼我娃，还偷偷塞给我娃黄干黄干的白麦面馍馍，娃舍不得吃拿回来了。”

娘一直笑着，笑得很不自然。

雪莲婶子走后，我们欢欢喜喜地分吃着苹果。那年月，苹果也是很稀罕的水果哩。娘看着我们高兴的样子，又不好意思了。

娘现在八十多了，嗓门似乎不受影响，看到哪家小孩被欺负，依旧顿着拐杖喊。小妹打趣道，真是老糊涂了，我们都大了，还分不清我们的声音？

娘说，哪个娃都是他妈的心尖尖。

照　相

处女泉。

泡在泉里真舒服。儿子慨叹道，我都不想出去了。

傻瓜，待在水里再舒服，时间都不能太长。太长了对皮肤不好，皮肤就泡白了，还起褶皱，甚至会起皮的。我给儿子解释道。

儿子“哦”了一声，就游走了。很快，他又游了过来。

妈，咱照几张相吧？水里还有人在照相呢。照几张，就当留念吧。

我有些惊讶，你不是不喜欢照相吗？再说咱经常来，说句实话，这里就像咱家后院一样，有必要“存档”吗？

照几张吧，就因为经常不照，才突然想照来着。儿子似乎扭在照相上了。

就那水平，好我的儿子，一张还十五块？哪是挣钱，简直是讹钱！！还不如直接抢银行得了。我相信我夸张的表情提高的分贝，足以杀死儿子想照相的念头！

咱就照两三张吧，即使照得不好，也算一次尝试。我平时是不喜欢照相，可我现在就是想照，突然想照了，还不行吗？儿子似乎有些生气，提高了声音，立马又改变了态度，央求道，以后你叫我照相我好好配合还不行？

你今天不想多照，就照两三张。你不想照的话，我一个人照两三张也行。只是，我没带钱。要是你答应我回去还你钱，那我就随便照了？

我说我不需要你还，你只能照两张。

我做出了让步，这家伙突然滋生出照相的念头，我得好好琢磨琢磨。十二三岁，正是青春萌动期，也是情绪极不稳定期，更是容易叛逆时期。我自然不能不知原因地和他硬上。

叔，给我照两张吧。儿子很高兴地游了过去。

儿子几乎不会摆 poss，很死板地等待着，让那个在水里举着相机上半身晒得黑黑的男人照。连那个男人都觉得不好意思，说你还是摆个姿势吧，要不照出来的是一个样。

儿子脸一下子红了，说，叔，您就随便照吧。

儿子一上车就将那相片放在挡风玻璃下面，都没细瞧，神情却很是忧伤。

妈，你不是说泡在水里再舒服，时间也不能太长。泡得时间一长，对皮肤不好，就容易起皮。

我说是啊，这是真的。有问题吗？

那个叔叔，就是为了挣一点钱，一直泡在水里，天天泡在水里，边唱歌边吸引人照相。他肯定不好受吧。他突然看着我，一本正经地说，妈，你经常写文章发表，也写一下那个叔叔，让他的生意再好些，行吗？

我心头一震，拍了拍他的肩膀，重重地点了点头，说，我努力吧。

惹人疼爱的小细节

我心里常常很热闹，欢声笑语此起彼伏，这一切，全因了我割舍不了对小细节的疼爱。

他贫困潦倒连吃饭都成了问题时，出售自己的画作。是有人看上了画，却说，太贵了，便宜点吧。他毫不迟疑，直接撕了画。他说，顾客让便宜点，就是认为不值那些钱，我就应该重画，直到顾客满意为止。

我很是喜欢那一刻的刘开渠，他不以迫切的需求而降低对自己的要求，才不至于流俗，才成就了自己。

满满一礼堂的人，引颈而待，在期盼着传说中了不起的大人物。一个人进来了，布鞋，布袜，布衣，连腋下夹着的也是一布包裹，满眼从容，身披淡定。分明是一介草民，哪里有一丁点大教授的影子？

我很是喜欢那一刻的陈寅恪，虽被誉为教授中的教授，可浑身是令人舒服的质朴。

在黑白颠倒的“文化大革命”时期，多少人“见了人说人话，见了鬼说鬼话，人鬼不分说胡话”。可他一开口就掷地有力，不欺人更不自欺。“我不一定是个好人，但的确没时间去做坏事。”如此坦诚便极为可爱，谁人不敬？

我很是喜欢说此话时的李可染，此时的他，一定像极了一尘不染无须遮掩的小孩。

小小的细节，却总是给我大大的欢喜，这些欢喜们啊，在我心头盛开如花，香气四溢，属于我的每一个日子便随之而丰盈。

轻幸福，小幸福

我喜欢买那对夫妇的菜，不只是因为他们的菜摊大，品种多，保养得好。更重要的是，我总想近距离地感受流淌在他们之间的幸福。

“妈，陪我踢一会儿毽子嘛。”五六岁的小女儿摇着女人的胳膊，满脸不答应决不罢休的期盼。

一旁正在写字的男孩站了起来：“哥陪你玩一会儿，咱妈累得很，叫妈坐着歇歇。”

女人看着俩孩子玩着，脸上的疲惫被欢喜挤得无影无踪。那时我正在挑菜，女人和我一对视，笑着说：“我儿子很懂事，作业完了就给我帮忙卖菜。”她脸上是无法遮掩的自豪。

女人那一刻是幸福的，她感受到了来自儿子的关爱。

迟早去菜摊，总会看见女人的丈夫在那里整理菜，掐掉枯叶，擦去泥土，拣出带疤的。时间久了，我们也就熟悉了。

“对菜很上心啊，真勤快。”我是发自内心的夸赞。

他笑了，显得很不好意思。“我做的都是样子活。”他用嘴巴朝女人努了一下，“娃他妈才累，卖菜做饭干家务。当女人真不容易。”

女人笑了，说：“你呀，就是一张好嘴，要多甜有多甜。

把我累得，还屁颠屁颠地干活。”

夫妻俩看着，都笑了。那目光，是缠绵，是爱抚，还是依恋？在一旁的我，实实在在地分享了他们的幸福。

一次，我将自己的感觉说了出来。我说我觉得就是看着你们一家，也像泡在幸福里。

女人笑了，说他们是“穷开心”，说他们的幸福轻得能飘起来，小得像鸡毛蒜皮，不能跟城里人的幸福比。

幸福没有城乡之别，这些“轻幸福”“小幸福”堆砌起来的，才是实实在在的真幸福。今天买车，明天买房，那的确是富有的标志，倒未必是幸福的标签。

想母亲的方式

想母亲的方式其实很简单，也很唯一，像母亲那样生活！像母亲那样，活得简单而实在，遇事看淡，做事平和，待人宽厚。

像母亲那样生活，心里牵挂着别人才能被人牵挂。

记得好多年前，我和母亲回外婆家。二妗妈的表姐来了，和母亲闲聊起来，话匣子一旦打开，就没边没沿了。二妗妈的表姐说起她丈夫的外甥女得了一种很奇怪的皮肤病，四处求医，却久治不愈。“真是吃五谷得百病。”母亲慨叹道。

三个月后，小姑的婆婆过世了，母亲赶去帮忙，回来时竟带了一大包草药。看我一脸困惑，母亲解释道：“你忘了，咱那个亲戚娃有皮肤病？你小姑门口有个看皮肤病的，是偏方，都说好得很。”亲戚？母亲见我还是没想起什么，便嗔怒道，“你这娃，年纪不大忘性不小？就是你二妗妈她表姐的爱人的外甥女。”

嗨，还别说，那年过年，我们家还真多了个正儿八经提着“花馍”来拜年的亲戚——二妗妈她表姐的丈夫的姐姐姐夫。用了那药，孩子的病还真好了。

像母亲那样生活，分不清里外辨不清亲疏。

四十多年前的关中农村，苹果是稀罕东西，柜子里放上几个，从10月直到第二年初春，那香味一直弥漫在房子里。有时我们实在馋得忍不住了，再三央求，母亲才挑个最小的，晚上，一家人聚齐了，才用小刀切开，一牙儿一牙儿分给我们大家。

同学小惠来我家玩，母亲摸着她的头，看了好一会儿，目光里竟是说不出的心疼。母亲打开柜子，取了个苹果。“吃吧，可香了，凌儿馋得能把鼻子闻得起褶子！”整个苹果都递给她，压根就没想让我尝一牙儿。

小惠走后，我一直绷着脸不搭理她。我才是你女儿呀，连里外都分不清！母亲看出了我的小心眼儿，她叹了口气：“小惠是没妈的娃，你吃饱穿暖有妈操心，谁疼她爱她？”

像母亲那样活着，邻里乡亲，谁的事都装得下，谁的事都上心。

母亲总是很忙很忙，在邻里乡亲帮几天忙都算工钱的今天，母亲还是那么热心的“白忙活”。娶媳妇盖房，厨房锅上一帮忙就是几天。东家嫁女西家娃过满月，捏花馍做针线，一忙活就是两三天。我们不说则罢，一开口她就不高兴：“人都说‘娶媳妇盖房，想起害怕’，这样的大事，人家一辈子能过几次？”母亲一训斥就是长篇大论，“娃娃家，眼不能太浅，心不能太短，做事不能太准成……”

像母亲那样活着，眼软耳根软不辨是非。

拉保险的，推销产品的，一见别人诉苦的可怜样她就糊涂就犯错。迟早说她，她总是那句，“舍财消灾”。母亲上街，只要遇到乞讨的，她就掏衣兜。不管我唠叨多少回“乞讨的大多是骗子”，她依旧相信。连我那儿子也笑话他外婆：天天上当，当当不同。

像母亲那样活着，连一棵草都那么稀罕那么当回事。

母亲总不厌其烦地隔三岔五就把客厅的花花草草端到阳台上去。我说，差不多都是喜阴的，不见阳光不要紧。母亲却道，看你话说的，这些东西和人一样都是命，不见阳光能活得滋润？

想母亲的方式真的很简单，像母亲那样去做每件事，连和面那样的琐事，也是那么有情有趣：

“……手儿洗得白乎乎，面儿揉得硬邦邦。擀的面一张纸，切的面三根丝，下到锅里莲花转，挑上筷子荡秋千……”母亲常常独自边说“花花”边和面，那笑呀，似乎憋不住地从眼角、嘴角往外溢……

孩子，你不是我的“面子”

孩子，听我说，你冷静点，你不是我的面子，真的不是。

“叫我好好学，好好考，还不就是想到人跟前，扬眉吐气地炫耀，我娃考了第几。”

你是很不高兴地甩出这话的，看得出你满心的情绪，只是因为我给你从网上下载了一套题，让你抽时间检测一下自己。

孩子，我要给你说的，就是：你绝不是我的面子，如果我仅仅靠你撑门面，我的门面就太可怜了！你是在为你自己的明天做准备，你更是为你的明天积攒迸发的力量！

就在刚才，我看到了一句对话。孩子问爸爸，我们家很有钱吧？爸爸笑着回答，是我很有钱，你，没钱。就是这对话，让妈妈一刹那落泪了：我看见了一个很美丽很美丽的东西，它叫“度”。再疼再爱，都该有一个度。

我可以提醒你脚下有个坑，但我绝不可以替你跨越那个坑；我可以搀扶你走一段路，但我绝不可以代替你走完人生；我可以为你在前面点亮一盏灯，但我绝不可以在你前行的路上挂满明灯！

在很多情况下，倒不是我们想划定一个度，而是，我们的能力真的被限定在一个范围内。

我督促你努力学习，你有些厌烦。我之所以不厌其烦地督促你，只是因为你还有很大的提升空间，而不是你已经筋疲力尽了，只能提升到那个程度。作为你的妈妈，我是怕你荒废了自己。

孩子，每个人都是一个生意人，产品就是我们自己，设定目标，精细加工自己，耐心打磨自己，你的价值充分体现出来了，你就是一个成功的商人。同时，我们每个人也都是推销者，兜售的也是自己。

你嘻嘻哈哈，边玩边学，却一直居于全年级1500多人的前几名。其实你对自己的成绩也不满意，可是你就是迷恋于玩耍，也无法说服自己远离懒散。不是不允许你玩耍，成为书呆子也不是好玩的事情。你是可以尽情尽兴玩耍的。比如，这一周学习很投入很认真很辛苦，周末奖励给自己一天，呼朋唤友，酣畅淋漓尽情尽兴地玩，为什么不可以呢？只要你在付出在努力，可以随时犒劳自己啊。那时的你，看着问心无愧的自己都是满心欢喜的！

你原本是块璞，为什么不精雕细琢实现真正的价值？

一块顽石，硬要成玉，是种悲哀；一块玉璞，因懒惰而没走出石，不是更大的悲哀吗？

孩子，你真的不是我的面子，你在做你自己该做的事情，确切地说，与我，倒没有一点儿关系的。

为什么不表现出你的愤怒

很多时候，你真的应该让自己的愤怒一泻千里，你却没有让它喷涌而出。

那个小家伙，一直将水龙头开开关关，是在戏水，还是原本手贱？满脸一副“天不怕地不怕，我破坏我快乐”的神情，旁边竟然站着那看起来同样浅薄的妈妈在助阵。你很生气以至于愤怒：你担心那样下去浪费了水也会弄滑丝水龙头，你更害怕这种恶性在他成长中被壮大成无法控制的邪恶。

你觉得愤怒的火苗在自己心里燃烧，你觉得那一刻的自己目光能杀死人，你想一步上前冲着那个妈妈吼，你不愿意教育你的孩子我来帮你教育，而后将那家伙拎起来摔到地上。

你是在想，强烈地想，也只是想想而已，那痛快的场面只是想象。你觉得人家的妈就在旁边，用得上你管人家孩子？再说了，那妈看着，也不是省油的灯。终究，你转身，离开。

你觉得自己控制住了自己的情绪，没给自己招惹不必要的麻烦。不久，你就忘了这件事，脸上又浮现出快乐的神情，开始享受生活的美好。

大街上，那几个小伙子在戏弄一个形同乞丐般的拾荒者：一个嘴里说着“犀利哥，给你宝贝”将饮料瓶直接砸向那人，另一个举起还没喝完的雪碧瓶说“再撒点甘霖”也扔向那个人。

更可气的是，一人走过去竟然说，反正你也捡不到多少东西，我们哥几个一人给你几块钱，你站着别动，叫我们哥几个练练靶子。交易，竟然成功了。

于是，那个人站着，那几个没人性的家伙就开始往他身上踹……

你愤怒了，你想出恶语骂他们不是人，你想冲过去拎起他们摔向马路。是的，你想，你也只是想。那几个家伙，都是死猪不怕开水烫的赖皮样。你拍着自己的胸口，你告诉自己：别跟那些人一般计较，跟那些人计较就降低了自己的身份。

你说服了自己，你转身，而后，你离开了。

那个公子哥——懒洋洋又目空一切的家伙——竟将他家的宠物猫带进了学校。那猫撒着欢，叫着。看来学校真是个好地方，连一只猫都可以熏陶得阳光而热爱生活。

你很生气，那家伙原本就不好好学习，上课在他，除了吃零食就是睡觉。你是他的科任老师啊，这些都清楚着。他今天竟然还带着猫上学。

无法无天了？岂有此理！

你想过去训斥一顿，你甚至觉得脚痒痒想一脚踹过去。你还会摔下许多话：你父母没空教育你，我代他们调教调教！你这样下去，会成为人渣的……

可是，你没有，那家伙还是个“官二代”，他父亲在某个系统可以呼风唤雨。此前领导就给所有科任教师打过预防针了：有问题随时跟家长沟通，学校就是教育人的地方，要允许学生犯错，特别是那种自制力差的学生。

好在你的课堂上，那只乖巧的猫一直被他抱着玩，没有大的声响。而在另一节课堂上，那猫就满教室跑了。你同样庆幸自己的课堂是安静的，自己也控制住了自己的情绪，没招惹那衙内。

还有许许多多的事，你都没有表现出你的愤怒，或者说，你只是在想象中愤怒。是你太软弱不够强大，还是你顾虑太多难以愤怒？正因为每个人都像你，让人愤怒的事才越来越多！

你为什么不表现出你的愤怒？你为什么就不能出离愤怒？你是教书育人给孩子们确立标杆的师者啊，你没有了愤怒失去了是非原则，还祈求你教育出好的孩子？

表现出你的愤怒吧，不要让自己都失望！

流泪的太阳

儿子是悬挂在我心灵天空的那轮太阳，他的阴晴是我的悲喜。我的太阳流泪了，都是考试惹的祸！

排词造句：荷花，在，小明，笑，阳光下，冲着。

儿子写下“阳光下，荷花冲着小明在笑”。鲜红的错号冲着儿子龇牙咧嘴。标准答案是“小明在阳光下冲着荷花笑”。

死板的常规思维挫败了形象的描述！

造句：用“终于”写句话。

“盼呀，盼呀，盼得我精疲力竭，终于放假了。”

8 岁的孩子，用了反复的修辞，还形象地用“精疲力竭”刻画出“终于”的艰难，又错了。问其原因，“思想认识不正确，学生不能老盼放假”。

天哪，是考思想认识吗？

作文：我的理想是________________（根据需要填入内容）。

儿子填进的是“……”，他这样来写：我的理想很多很多……

我想成为一名医生。奶奶身体不好，有时半夜都得找医生，爸爸不在家，妈妈实在太辛苦了。我成为医生后，就能给奶奶看病了。我想成为一名老师。我们学校都是女老师，我们喜欢男老师，男老师能把我们培养成男子汉。我的理想就这么多，我真的都想实现！

评语是“不具体，脱题了”。同样是教育工作者的我真的无话可说，又能说什么呢？这仅仅是一张试卷，我不知道后面还有多少份“标准”的试卷在等着他，有多少伤害在等着他！

我的太阳困惑于知识的对错，我真的希望他在多样化语言展示的快乐中学好语文——我们最美丽最丰富的母语！

惹得我的太阳因困惑而流泪的，不只是知识的掌握。

学校尝试“诚信无人监考”，让学生相互监督。儿子是绝对不会照抄的，反倒监督出 3 个学生，还诚实地附上了他的班级姓名。其中两个就是他们班的，惹得科任老师很不高兴，班主任还说他“胳膊肘往外拐不分里外”，批评了他。

我的太阳那次几乎是泪雨滂沱，我又如何能抚平他心头的伤痕？我又怎能保证这是他第一次也是最后一次因为坚持正确而受到伤害？这还是在学校，一个专门履行教育的神圣场所，校外的是非更为模糊，我又如何去照顾、呵护他？

我盼望他能尽快走向自立，自明是非并恪守做人原则，可我真的不想让他在懵懵懂懂中伤痕累累，那样，他将如何构建起美丽而坚固的人生大厦？

不要再让我的太阳流泪了，灿烂，才是他的本性！

|第四辑|

有种茫然是大爱

旧物情结

这伞，怕都成了古董吧？同事举着我那把黑伞看着，发出自己的感慨。现在啊，用这种伞的人很少很少了。

我听得出来，他的潜台词是，你还是一个“职业女性”，咋就这么不讲究？

我笑了，那种感觉我早已体会过了。我拎着这把伞，看我的人不少，目光都显得很奇怪。黑色，不能折叠，而且很大很大，伞柄手握的地方已经褪了色，成了斑斑驳驳的暗灰色。

可我，就是不忍心将它束之高阁或丢弃。

当初买这把伞，就是看中它大它结实，可以将我们母子二人完全庇护。而今，那个抱着我的双腿哭泣的小男孩已经一米七五，高出了我一头。也不再我只给一个手指头就仰脸看着我傻笑，而后屁颠屁颠任由我带着他四处走动了。

而今，和我一起出门，他就显得有点难为情。他更愿意和一群哥们儿瞎逛。

带着这把伞，就如同和他在一起。对我，也算些许的慰藉吧。恍惚间，往事清晰如昨……

风中雨里，我从幼儿园接他回家。让他打好伞，别淋湿了自己。很小很小的他坐在自行车的后座上，拼命将伞往前打，倾斜着高高举着。他想给我打，他不愿意妈妈被雨淋着。他太小太小了，伞虽然高举着，可伞前面的雨水正好淋到我的后背上，伞后面的雨水刚好淋在他后背上。是有一把伞，可我们母子常常都成了落汤鸡。

每每想起这类事情，我就觉得心里好温暖好温暖。

我依旧习惯用那把很豪放的大黑伞，尽管家里放着几把漂亮的折叠伞。我舍弃不了的，是伞下那些我和儿子一起度过的日子。即使曾经有磨难，也不忍遗忘！

那辆笨重的加重飞鸽自行车，漆掉得差不多了。六十多岁的婆婆一说出门就推它。事实上，多是推，很少骑。原因很简单：车子年代久了，又是横梁加重的，婆婆自己也已不是年轻时的身手与利索了。在我看来，那车子就是婆婆出门的负担。

可在婆婆眼里，它是什么呢？

婆婆说以前每次出门，都是公公骑着这辆车子载着她。她最早时还不会往后座上跳，公公就用脚撑在地上，等她坐稳了，自己再骑。在婆婆的讲述中，我走进了他们的过去。

公公在麦场教胆小的婆婆骑车子。公公边扶着自行车边陪婆婆说着话。婆婆一扭头，发现公公并没有扶车子，一惊，摔倒了。她先是嗔怒，继而心疼车子摔了，公公只是呵呵笑着。

婆婆说公公劲很大，不太陡的坡就不让她下来，腰一弯，猛蹬一阵子，就上去了……

我明白了，为什么给婆婆换的斜梁轻便小自行车她一直不喜欢骑。婆婆不是喜欢推着笨重的老式自行车走路，她只是用那种形式来怀念和公公一起走过的岁月。

或许，她一摸那辆自行车，已经逝去的公公就会浮现在眼前！

旧物，旧物！

旧物里包裹的，是曾经岁月里的温情，或爱意。

麦子的幸福生活

麦子和麦囤、麦香是姐弟仨。麦子没上几天学，没上几天学的麦子却一直供着弟弟麦囤妹妹麦香直到大学毕业。就像村里人打趣时说的，没有麦子就没有麦囤，更不可能飘出麦香。

麦子从来没有觉得自己倒霉，麦子骄傲的事情可多了。

“我一上课就迷糊，那难受劲，还不如叫我拉架子车抡锄头把。”麦子一说起上学的事，就一脸厌烦，“咱没文化，替爹妈供了俩文化人，沾大光了！”

麦子一说起弟弟妹妹，整个人就浸泡在幸福里，眉里眼里都是骄傲。不过，让麦子最最骄傲的，还是她男人平安。

“我男人，木活泥活都拿手！”麦子觉得就没有能难住自家男人的事，当妹妹麦香将从事工程设计的男朋友带回家时，麦子就很自豪地显摆着自己的男人。在麦子眼里，工程不就是用砖块盖房子的事吗！

提起自家男人，麦子的满足与幸福就显得超饱和，毫无遮掩地往外溢。

“水龙头坏了？哎——呀呀，咋不找你平安哥？”巷子里的姊妹们谁家有拿不下来的活儿，麦子就很骄傲地推出自己的男人，“我那男人，就没有能难住他的事。”

以麦子看，那是她男人没时间没兴趣，否则给地球砌个围墙也是小菜一碟。

前天，东边邻家的老化电路就收拾了一整天；昨天，又帮村南头老赵家修了半天摩托；明儿呢，都给狗剩家答应了，陪人家进城给老人挑棺木。瞧瞧，连帮半天忙都要工钱的今天，她给自家男人把活计安排得多扎实，还有预约呢。

——麦子最得意的就是自家男人的能耐！

麦子常常一个人扛着锄头急匆匆地奔走在路上，忙活在地里。她从不抱怨自己男人顾不上帮自己一把只是给别人瞎忙活，提起男人就满脸放光：

“电视一打开就能看见胡锦涛，我屋里经常看不见他的人影……”麦子常常是一脸幸福地唠叨着男人的不是，听的人别说堵半个耳朵，就是用头发丝也能听出她是在炫耀自己的男人好人缘有能耐。

但凡麦子能拿得出手的，似乎都是自家男人能行的见证。

“我这篮子呀，就是瓷实好看，我男人编的。人家男人是拿着簸箕往回揽钱，他就那点出息，干啥都上心……”在麦子眼里，平安多好，手那么巧，太了不起了。

纳鞋底的锥子是平安打磨的，手把烤成那个弯度，用起来真称手；针线筐也是平安用木板做的，旁边还雕了花花草草，很好看。连她手上的顶针，还是平安那年心血来潮揣了所有的家当学做生意，赔了，就给她带回一个正面像戒指的顶针，得意的她逢人就夸男人心里有她，却忘了男人这么一折腾她勒紧裤腰带穷过了好几年……

你若见了麦子的男人，再想想麦子的话，绝对会笑出声来的。麦子的男人平安，平安平安，四平八稳安于现状，就这么一个主儿。这几年，村里的男人们大多出外打工，留下的尽是老人、妇女和孩子。而平安，却闲得在巷子里转圈圈。麦子不但没意见，反倒像全天下就她幸福。

不管别人怎么看平安，窝囊，懒，不理事不治家，只爱凑热闹，而没文化的麦子，就是盲目崇拜自家男人，觉得幸福无比。

麦子其实和我婆家是隔壁，我也曾上她家闲坐，话赶话也说出了自己的疑惑。

麦子边给我倒水边说，我屋这茶壶和茶碗都是很一般的，眼瞎得只剩下眼眶的人也知道，人家的再好是人家的，拿不到咱屋，咱只要疼惜自家的就行了。

娜杰日达，娜杰日达

常常想起娜杰日达，想起她心灵就震颤不已。一个女人，原来也可以这样去爱一个男人：用自己整个生命来疼爱他，却刻意拉开距离不去触摸！

那个男人就是柴可夫斯基。在生命的最后时刻，被霍乱折磨得痛苦万分的柴可夫斯基反复呼唤着“娜杰日达，娜杰日达……”

——“娜杰日达”，梅克夫人的名字！

像人们所说的，梅克夫人之于柴可夫斯基，如同克拉拉之于舒曼，是精神上的呵护与依靠。13 年的交往，1100 封书信，却不曾有过一分钟的对视。据说梅克夫人资助柴可夫斯基时说一生不相见。是的，一生不相见！可不相见并不妨碍感情的流淌，而情到深处，就会挣脱理智，感情炽热的信笺可以为证。

“亲爱的，你的音乐就是我自己，我的气质，我的思想，我的悲哀，我感情的回声。”

“当我知道我的音乐深深走进我所爱的人的心里时，这就是我一生中最快乐的时光。我也需要告诉你，我是衷心地爱着你的……你的爱和同情，已经变成我存在的基石。”

终于，梅克夫人无法自已地在佛罗伦萨呼唤柴可夫斯基。那是一种怎样的会见：两辆马车，相向行驶，而后，相遇，不曾减速。他举帽鞠躬，她回礼，马车一下就走远了。还有一次，梅克夫人在散步的时候经过柴可夫斯基居住的旅馆，而柴可夫斯基恰恰走到阳台上，两人的目光相遇了。梅克夫人是高度近视，她很快摘下眼镜，匆匆走开了。

我更喜欢第二次偶遇："高度近视"，"很快摘下眼镜"，"匆匆走开"，那是怎样的热恋而又羞涩！

事实是，不论哪种相见，他们即使对视，也只是数秒！

还有一件事，说梅克夫人和柴可夫斯基曾住在相隔不到半英里的居所。他们彼此却谨慎地安排出入，坚持"回避"，防止"意外"相遇。深爱的人却"防止意外相遇"？可以相见而刻意避免相见，这该是怎样的一种情感？每每想到这里，我就更加喜欢梅克夫人。精神上已经交融，还有何求？

梅克夫人资助柴可夫斯基，前后 13 年。这 13 年，也正是柴可夫斯基创作的黄金期。种种后人说不清道不明只是猜测的原因，梅克夫人停止了对柴可夫斯基的资助。柴可夫斯基怀着极度苦闷的心情，开始创作他最后一部交响曲——《第六交响曲》，它的旋律之美常使柴可夫斯基热泪盈眶："我相信这是我迄今为止最好的作品，反正，我知道，它是最真挚的。"

——他在纪念那段持续了 13 年的感情！

他想给《第六交响曲》取一个标题。"是的，就是它——悲怆！"他哽咽着跳了起来，接着泪流满面。

一周后，我们伟大的音乐家与世长辞。临终前，他始终呼唤着"娜杰日达，娜杰日达……"

据说两个月后，精神抑郁的梅克夫人也去世了。临终前，她穿的是在佛罗伦萨为迎接柴可夫斯基的到来而穿的一件衣裙。

母亲的疼惜

母亲已经故去多年，忆起她，挥之不去的，是她老人家满眼满心的疼惜。

我在树上摘苹果，母亲在树下一直不放心地唠叨着，“慢点”“小心点”“踩稳，别慌”……

她真啰唆呀，话比树上的果子还要多。我用手里的铁钩将最高的那枝勾弯了下来，刚准备摘时，母亲急急制止了：“死女子，心多贪。不能摘完了，给雀雀儿留两个。”我极不情愿地噘着嘴巴，就是不放开那个枝儿。人都没得吃，还要给雀雀儿留，真是的。我期盼着母亲改变自己的想法。“你看，人家长得那么高，就是老天爷给雀雀儿准备的，就不该咱吃。下来吧，那不是你的。”

瞧瞧她的理由，多么荒唐。岂止荒唐，她简直就是个很糊涂的人，没原则的疼惜真的让人受不了。

锄地时看到一只地老鼠跑过去，她都是那么欢喜，还夸长得多精神。在地里拔草时，连我也觉得她不像个正儿八经的庄稼人。有时候，她的手已经抓住草了还在感慨：

看你，长得多壮实，山头谷底，哪里不让你长了？绿绿的，多好看。可你偏跑到庄稼地里来，拔你我不忍心，不拔你庄稼有意见。

而后，她会叹息：唉，长对地方了，都是宝；待错地方了，都是草。

母亲疼惜雀雀儿，疼惜草儿，更别说我们了。

我们兄妹比别人家的孩子似乎野得多。衣服，很快就脏了，破了。母亲从不怪怨我们磨破了袖子或摔烂了膝盖，她会剪个图案补上去。我的是花花草草，哥哥的是枪呀，球呀一类的。母亲常说的话是，娃娃们跑开了，散坦了，也就长开了。所以我们尽可以席地而坐，尽可以爬树上墙，像乡间的一株野草儿，在风里招展，在雨里沐浴，在阳光下欢跳。

父亲倒是想不开，老训斥我们，说我们害母亲受累。

母亲却帮衬着我们说话：这日子呀，顿顿红薯，红薯稀饭红薯面，红薯馍馍红薯菜。娃娃吃不好，再不叫娃娃心里舒坦点，日子过得多没味儿。

或许就是为了让我们心里舒服点，母亲到哪里，见了人家的书，就想着给我们讨要回来。以至于多年后，在老屋的房子里，我竟看到了自己小学时的日记本。问母亲时，她说，写了字的纸，也没地方用。我说你可以生炉子呀。母亲嗔怒道，有我娃写的字，咋舍得烧？看你那时候，写的字多好看。还有你哥的，都在呢。母亲说这话时一脸骄傲。

母亲似乎又不仅仅只是疼惜我们。好不容易包顿饺子，母亲盛上半碗，让我给巷子西头的五保户奶奶送去。我们噘着嘴巴闹情绪时，母亲就开导我们，说，老人呀，吃一顿就少一顿，你们娃娃家的好日子在后头哩，不要小气。

仔细想想，在母亲眼里，似乎没有她不疼惜的。

多年后的今天，母亲已去了另一个世界，每每走在老家的巷子里，我的身上就落满了疼惜的目光——全是乡亲邻里对母亲的感念。

很欣慰，我们可以这样对话

当我的意图不再像过去那样轻易就能被他接受时，当我们之间的对话开始出现困难需要我调整思维来应对时，我心里升腾起的，是欣慰。

——儿子一节一节往上蹿的，不只是身高。

那天，我神色凝重地告诉儿子：

“我不再喜欢百合了，百合这种花，种植它，周围植被必须全部清除，而且几年之后，种植它的那块地就沙化了，不再适宜种植物，连百合自己也不能继续种植了。种过百合，土地荒芜。

“不再买百合了，这家伙是植物界的‘山羊’！因为山羊吃的不仅仅是草，连草根都会吃掉，对植被破坏很严重。许多国家都禁止养山羊。百合与山羊，没有区别……”

说时我显得很愤怒，如果百合是此刻摆在我眼前的具体物件，我想我一定会砸得稀巴烂的！

那家伙只是冷冷地看着我，而后，很平静地开了口：“百合是植物界的‘山羊’？我觉得，人类才是整个自然界的‘山羊’‘百合’！”见我满脸疑惑，他就继续说了起来，“人不大量购买百合，谁会乐意大量种植？人不需要羊绒，谁会大量饲养山羊？归根结底，人才是危害自己生存环境的元凶，当然是大自然中的‘百合’‘山羊’了！”

看着这家伙，我很欣慰：交流时不盲从，凡事想到找源头，有自己的思想，不错。不害怕他思想幼稚认识偏激，幼稚终会走向成熟，偏激也会调整至公允，关键是要有自己的思想。

“把你的写作、游戏暂时放一放，马上要中考了，舍不得孩子套不着狼，得下苦功了。”看着那家伙依旧贪玩，我是有些着急。

他抬头，看着我，笑了：“老妈，我有点想不通了。”那家伙装出一脸困惑的样子，语言里的调侃我倒是听出来了，“你脑子里咋会有那种奇怪的念头：孩子是你最爱的，狼是你最害怕的，你咋想到舍弃自己最爱的换来自己最害怕的？”

我一时无言，缓过神马上做出解释。我说，“孩子”在这里是比喻，比喻很珍贵很宝贝的东西；“狼”也是比喻，比喻很想得到的东西。

那家伙还是不接受，狡辩道：“就是比喻，也没必要‘舍孩子套狼’。用‘很珍贵的’换‘很想得到的’？干吗要这么矛盾着做事情？唉，人是一着急，就不知道自己到底想要啥了？”

百般无奈之下，我诡辩道，词语衍生于多子女或子女多得成灾的年代。

那家伙开始掰扯起历史，很快得出一点：中国历史上尚没有子女多得成灾的朝代或阶段。至此，那家伙又开始新一轮的轰炸：“现在的家长，老给孩子说，为了将来过得幸福轻松，现在就得如何如何。为什么就不能现在过得幸福将来也过得幸福？非得现在可怜兮兮将来才能幸福？什么逻辑……”

作为妈妈，在跟儿子的对话中，我屡屡受挫，可我不是气恼而是欣慰：他开始有了自己的思想。

兄弟，你可安好

小城没有固定的劳务市场，繁华路段处的街边或十字路口，一摆溜蹲满了满眼期待的农村人，他们有个自己不愿意听别人也不屑于喊的名字——民工。

烈日时，他们就围挤在有限的树荫下，怕跑远了失去揽活的机会，他们可不是专门跑到城里纳凉的。很热的天，他们一个个看上去蔫不拉唧的。可一看见活儿来了，立马精神抖擞，一下就围住了雇主。都不问活儿的多少或轻重，高喉咙大嗓门地甚至拉着雇主，——得先争到活儿干。

揽到活儿的，才不去理会那些没揽到活儿的同伴的沮丧，满脸欢喜地跳上三轮，嘹亮地喊声“走喽——”，就蹬向自己的快乐。他们跟随着雇主，如同皇帝的侍卫般骄傲！

你何曾见过干活时的他们耷拉着脑袋？大热的天，撒落一地的，是涂满快乐的汗珠儿。寒冷的天，他们同样不拒绝汗水的亲近，似乎从嘴里冒出的白气儿也欢快地手足狂舞。

只是，下雨了，飘雪了，我也就忐忑了。那时，他们只好从街边跑到附近的商店门口，躲在房檐下。雨斜得厉害了，他们就只好厚着脸皮讪笑着躲进各种店铺里。

那情形是你可以想象出的：

店主会吼着“远点，远点，店门都堵住了能做生意呀”，他们会讪笑着象征性往边挪挪。给从台阶上穿过的行人造成不方便了，行人们也将不满直接就发泄出来，骂骂咧咧，似乎这些人专门从农村赶到城里就是为了此刻挡住他们的路。

似乎那一刻，也没人去想他们曾经带给自己的方便。

他们的确需要避雨的地方，他们也的确没有专门避雨的地方！

雨雪天，对他们来说是愁苦的天。活儿是可以挪前推后的，雨雪天干的活儿似乎也让人多少有点不放心。他们大多没活儿可干，可回家又有很长的一段路，自然又无法马上实现。雨雪天的他们，常常很尴尬。那时，你往街边一瞅，就会看见一摆溜躲在屋檐下的他们，脸上是茫然，是无助。

雨雪天，在家里就觉得很不踏实，老想往街上跑，是心里记挂他们吧？可是远远地看着他们，心里又异常难受。那一刻的我其实也没有“得广厦千万间”的梦想，也没有“大庇天下寒士”使之“俱欢颜”的壮志。只是觉得难受，为他们的处境；也觉得无奈，为自己的无力。

这种感觉产生的直接后果就是，找他们干活，我从不讨价还价。还会问他们有上学的孩子没，有的话，再送上几本杂志或一两本书。

我从不喊他们“民工”，他们是我的兄弟。

我的乡土情结

进城很多年了，可总有很多不适应：水泥地过于坚硬，楼房不接地气，连笑容瞧上去也很模式化……城市在我，似乎百无是处。

——我的乡土情结在作祟？

我不喜欢在超市买蔬菜，总有一种很奇怪的感觉：进了超市的蔬菜不接地气儿，菜们别扭，我也不舒服。

想想吧，超市那一排排青菜上面都有水管，水管上遍布小窟窿眼儿，雾化的水汽争先恐后地从其中挤出后，张张扬扬地弥散开来，将菜们朦朦胧胧地笼罩起来。那种设施，让菜们避免了干燥、推迟了枯萎，然而这刻意的粉饰，使得菜们更显得一身疲惫，了无生机。想想，被委屈成那样的菜们，再吃进我的肚子，不只是胃口不舒服，菜们更难受。

再看看那些被装进盒子里塑封的各种菜们吧，看起来鲜鲜的，硬硬的。可谁想过，菜们也是生命，也曾在阳光下自由地呼吸，也曾尽情尽兴地舒展着自己，一下子没了呼吸，恐怕不仅仅是憋屈吧？塑料将它们包裹得紧紧地、牢牢地，如同制成菜的木乃伊。那些几乎窒息了的菜们，在没有成为人们的胃口的祭品之前，早已失去了蓬勃的生命。你买的，也只是彼此的不舒服。

便宜点的如红白萝卜、土豆，这些原本在地下的菜，被打理得干干净净，干净地让我觉得陌生。

我喜欢去农贸市场买菜。

满地大大小小的菜摊儿，那些大婶大妈们一脸乡村泥土才有的亲切。带着泥的萝卜、莲菜们多么可爱，好像晃动着身子说，我才从地里出来，可新鲜了，带我回家吧。买不买，你都想摸一下小家伙，好像是同泥土打招呼。

菜们是大小不一。曾因偷懒而没可着劲儿长的，还没长好就被请出地里的，如今都羞羞答答地躲在了其他菜们的后面。瞧，菜们也有反省心啊，多像乡村里的孩子。

想买大的，想买小的，各自挑拣自己想要的。菜摊的主人们会说，挑吧，拣吧，挑完拣完也就卖完了。菜摊的主人不会因为你小心眼儿偷偷掐掉枯萎的叶儿就给你白眼，她会说，谁掏钱不想买能吃的好菜？掐吧，没事。

是因为自己地里产的就显得很宽容，还是泥土滋养久了本身就有泥土的厚实？我真的不知道，只觉得蛮喜欢跟她们打交道。她们常常喊着“高了高了”，说着“多了多了”，却不会从秤上取下一两根。她们会很大气地说，这要是在我家门口或地头，白拿几个都行。

有时，我也会傻傻地想：在农贸市场上的菜们，会不会以为自己是走亲戚呀？被捡到篮子里拎走时，会不会开心地咯咯笑？被放在水龙头下冲洗时会不会当洗澡般快乐？

我常常想起乡间，乡间小路乡里娃娃，乡间的花花草草，那会儿，整个心就浸泡在幸福里。

伤心的香椿

满街又是卖香椿芽儿的乡下老人，挎个篮子，香椿一小把一小把扎得整整齐齐，单单等着谁满心欢喜地将它们带回家。

在我，香椿已成了沉甸甸不忍回望的记忆。记忆里的香椿，每片叶芽儿上都应有滚动着的水珠儿。不，不是水珠儿，是母亲委屈的泪珠儿。

电话，又是烦人的电话。特别在我很焦躁满心的窝火又没有出口的时候，显得更为刺耳。电话那端呢，似乎察觉出我的心理，只是试探地响一两声就挂断。隔一会儿，再响一两声，怯怯的，又有些不甘。

接通了电话，都不曾看来电显示，就很不痛快地问，谁呀？“是我，凌娃。”母亲的声音，“我娃没事吧？咋烦得很？”母亲的声音里又多了担心。

记得当时的我，脑子绝对叫驴踢坏了或叫门夹扁了，说了句“烦是因为你老打电话，没事我就挂了”。人呀，最容易伤害的总是最亲最近的人。下午，我又接到了电话，父亲的。他说，你妈老说你最爱吃香椿，夹上香椿辣子能吃两个馍馍。她把香椿在你小区门卫那里放着，你一会儿去取。

不只是香椿，第一茬鲜嫩的韭菜，第一个香甜的玉米棒子，第一批熟了的脆脆甜甜的香瓜，凡是我们家地里的，似乎只是我吃了，她和父亲才能开始吃。而我，每次她怯怯地打电话要我回家，或是想给我送进城，我都是那么不耐烦。没空回家取，又怕她进城我没时间招呼。她百般无奈才不打招呼进城，而后给我将东西放在小区门卫那儿，离开后，才打电话给我。

此刻，满街都是卖香椿的。是的，满街都是。却没有人烦我，催我回家去取。那个总是烦我的人走了，走到活着的我穷尽一生也无法到达的远方。只留下伤心的香椿，看着我。

香椿，满街的香椿，我却不忍去碰触。

软弱与强大

突然心生一念：强大的政府向弱小的个人妥协，就靠近了和谐。这个念头的滋生源于看闲书的结果，可谓“歪打正着”。

美国华盛顿州的奥林匹克公园被称为“世界第一静”的公园。这一安静来自一个叫格登·汉普顿的小人物。他觉得公园里最大的噪声应是树叶落地的声音，他这么想着，带着挑剔的眼睛、耳朵就开始多管闲事了。他发现公园上空有航班经过，于是要求航空公司修改航线，不要飞临公园上空。想想，就如同你觉得村民们需要新鲜的空气不允许强权者开矿盈利般。滑稽的事竟然也有了结果，由于汉普顿的坚持，航空公司不得不做出让步，对所有航班航线进行了修改。

格登·汉普顿是可爱的，航空公司也是可敬的。和谐，美好，由此而生。

奥林匹克是那样激动人心，能成为一届奥运会的举办地，对任何一个地方都是最大的幸事。却有一个地方，仅仅因为居民认为比赛场馆的修建与来来往往的运动员和观众有可能破坏他们的环境，不同意申办奥运会，政府只得放弃申办冬奥会的权利。这个地方叫班夫。

班夫，真是一个神奇的地方。在那里，民主一定如空气般弥漫于天地间，民众可以说出自己认为正确的话，而掷地有声。民众单纯、直率，政府也能配合。那种氛围下的地方，真是妙不可言。

冰岛的黄金瀑布，那巨大水流不也曾吸引了政府注意，想在那儿建造一个水电站？但是住在附近的一位妇女坚持认为这样做会破坏自然景观，毅然与政府打起了官司。最终，她胜利了，为我们保留了自然，保留了蔚为壮观的瀑布。

呵呵，一个妇道人家可以与强大的政府讲道论理，原本就是很可爱的事情。竟然以妇女的成功告终，更是理性的浪漫。

个体都显得弱小，却不是因为弱小而需要同情，弱小更需要的是尊重。强大未必就是摧枯拉朽地动山摇，强大或许更像和风，送暖，催生，却不伤人。

强大与弱小相处的形式，就是社会和谐发展的力证。

孩子，这就是生活的真实

“尽可能地去帮助别人，你会感受到生活里还是好人多……”我是经常这么给你说的，你也接受了我的思想。你的确是个善良的孩子，从语言到行为。

“给妈妈帮个忙，把这一百块钱换成零钱。”大街上，我给了你张百元票面，让你去换。

我看着你从一个商店出来进另一个商店，也看到你的神色越来越难看，脸越拉越长。过了好一会儿，你垂头丧气地回到我面前，嘟哝道：“一问不买东西，都不给换。”

孩子，妈妈今天要告诉你的就是“生活的真实”。

不是每个人的善良都那么毫无遮掩地飘摆在空中，你一伸手就可以扯来享用。有些人的善良，蛰伏在心底，单单等着你用温暖将它唤醒。也不是每个人都有着一颗善良的心，而那些人恰恰是最需要善良来滋润的，你得用自己的善良来感染他，引导他走向善良。

所以我的孩子，在生活里，你要么唤醒他人心中的善良从而得到帮助，要么传递善良给那些远离善良的人们让他们从善如流，要么接受冷漠的现实自己依旧善良。

在你屡屡受挫后，妈妈带着你去了另外的商店。

“麻烦您了，帮我验一下钱的真假。”我是这样开口了，店主人验了，说“没问题，是真的”。我接着说，“我儿子的老师布置了篇作文，题目是《陌生的热心人》，他想通过换零钱来表现陌生人的善良，我想让他写你帮助我们换零钱的事。您看行不行啊？”妈妈的话一出口，店主人马上爽快地答应。

出门后，你问我：“这算不算撒谎？”

孩子，妈妈也说不上是不是撒谎，不过我们的确没有伤害别人，这倒是真的。妈妈只是用这种方式唤醒了他从善的本性——我已经将他定义为“热心人”，于是他便奔着热心的方向去了。瞧，你去了好几家没换成，妈妈只去了一家就得到了帮助，因为妈妈唤醒他心底沉睡着的善良。

前几天，在天合园，我们遇见了一个在秋风中唱歌的小伙子，咱们不是都感觉到衣着单薄的他在瑟瑟发抖？在我们靠近前，大家只是围观，静静地围观，没有举动的围观。

妈妈上前，在他前面的小桶里放进了 10 块钱。后来，围观的人就陆陆续续开始放钱了。妈妈的小举动点燃了一些人心里的善良，我的小善良就蓬蓬勃勃地壮大了。

生活里，或许很多人一时半会还不知道怎样的做法是正确的，他们需要别人给予一种暗示，那一刻的妈妈，就以实际行动给了他们暗示。

所以我的孩子，以自己的善良去感染他人吧，那样，个人的小善良才会发酵成众人的大善良。

你还记得那次我们送你外婆回家的事吗？你外婆六十多岁且中风后身体不便，我们搀扶着她站在公交车上，就是没人让座。后来，终于等到了俩座位。妈妈跟你外婆坐下不久，又上来一个老太太。妈妈站起来，让那位老太太坐下。

瞧，我们遭遇到了冷漠，可我们依然要善良待人。

孩子，生活真的没有你小的时候妈妈讲的童话那般美好，可是我的孩子，不管你遭遇到什么，妈妈只希望，你永远牵手善良，不要跟她分开！

购买憧憬，储存快乐

在购买方面，我表现得相当盲目，盲目而且固执。

这条裙子让我眼前一亮：设计简单而别致，色彩淡雅中不能掩饰的是高贵，腰部收得更是恰到妙处，大大的下摆给人情不自禁想旋转的感觉。

我让售货员打包时，她疑惑地看着我问："给谁买？都不试一下？"当她知道我是买给自己时，瞪大了难以置信的眼睛，善意地提醒道："这裙子太瘦了，瘦高个的人能穿，不大适合你。"

"我知道现在穿不上，等我减肥后就能穿了。"我笑着回答道，"就当买了减肥的动力。"

那人一脸不能理解的无奈。我也清清楚楚地知道，即使完全减到排骨型，也是不合适的。我的"海拔"太对不起观众了，那裙子是穿在模特身上的。

裙子就那么一直静静地挂在衣柜里。有时，我会将它平放在床上，在想象中自己慢慢变瘦，美美长高，而后穿上它，在各个房间旋转、穿梭，似乎成了骄傲的公主。

有时，我也试着零距离和它接近，绷得很紧，以致呼吸都有些困难，勉强上身，还得站上小板凳下摆才能完全离开地面。脱下它，就会强烈地感觉到适合自己的才是最好的，自己舒服的才是最适合自己的。

一条裙子，让我在想象中美丽，也让我在现实中更明确地认识生活，它带给我的快乐谁能估量出呢？尽管它真的不合适我的肥胖和矮小。

书房里还有把我专门买回的吉他，说真的，我一丁点儿都不懂吉他，更不会弹奏。

只是喜欢看歌手们弹吉他时如痴如醉的神情，潇洒而神奇，时而如暴雨般急猛，时而似恋人般轻柔。小小吉他，不像钢琴那样庞大而奢侈，没有小提琴那样多的演奏讲究，放在膝头，矗在地上，甚至扛在肩头反手拨弹，它就是那么随和地帮助你倾诉自己的心声。

静寂中摸着吉他，想象着歌手演奏的样子，偶尔手指弹一下，哈，自己也能让它发出声响，这不就是一种极大的满足？

在购买时，我似乎是那么不切实际，那么盲目。只有我自己明白，我购买的是憧憬，储存的是快乐。

大师们的小可爱

大师们的小可爱，犹如一个个移动着的光斑，让他们不再高大成遥不可及，反倒折射出人性的温和。

米开朗基罗的嫉妒

米开朗基罗发现达·芬奇为佛罗伦萨国政厅画的壁画报酬是一万金币，而自己雕刻的《大卫》报酬只是四百金币。他心中不平，决定也要画一幅壁画与达·芬奇较量。其间米开朗基罗被教皇召到了罗马，等他回来时，达·芬奇已因别的原因中止壁画远走他乡。

站在达·芬奇的壁画前，米开朗基罗感到了稀世的伟大！

米开朗基罗受邀接手主持圣彼得大教堂的修建工程，他很是别扭。这是曾很嫉妒自己的建筑师布拉曼特设计并主持修建的。他无法推辞又无法说服自己接受，就提出以改变布拉曼特的方案为接受条件。

当米开朗基罗以挑剔的目光一遍遍审视布拉曼特的设计方案后，惊呼：谁想否认这么精彩的方案，一定是疯子！

可以不服，可以挑战，甚至可以产生取而代之的心理，可一旦面对作品，只有公道的眼睛！这，就是米开朗基罗，大师的嫉妒！

弗洛伊德的冲天牛气

卢西安·弗洛伊德是被誉为“20世纪毕加索之外的最伟大的艺术家”。女王伊丽莎白一直希望能够请其为自己画一幅画像。

王室人员赶到时，弗洛伊德正在为一乡下村妇画画，头也没抬说，我正忙着，女王实在想叫我画，就到我这儿来，我抽空给她画一张。女王大驾光临时，弗洛伊德正在给一个穿着寒碜满脸污垢的流浪汉作画。画家对女王说，您看，我很忙，等有时间了，再给您画吧。

女王再次来到时画家正在休息，画家淡淡地说，我正在休息，没时间给您作画，再等一段时间。女王又一次来了，画家夹着画板正要出门，再次被拒绝……

女王一次次满心欢喜而来，一次次失望而去。6年，71次，却不曾如愿。

艺术因独立而可敬，不攀附权贵是弗洛伊德成就佳作的底色！

大师们的小可爱，让大师们弥散着人性的芬芳。

有种茫然是大爱

记得和李老师相遇的一刹那，我不知是若狂的欣喜还是难抑的激动，一时也无法说清楚，只有一种感觉是强烈的：我被欣喜、激动所淹没！

在我一次次竭尽全力却屡屡被否定以致心灰意冷时，在我自己都因看不见希望而否定自己快要放弃时，是李老师用夹在作业本里的字条鼓励我，我才爬出阴霾得足以让人窒息的低谷。

“李……李老师！”开口，竟已结结巴巴，“李老师，身体还好吧？”

“好，好，好。”已80多岁的李老师依旧是未开口就笑意满脸，只是目光里有种没有记忆的茫然。当我给李老师做了自我介绍并说出他曾经给我的许多帮助时，李老师似乎也没有什么印象，只是不忍拂我好意，“哦，哦”地回应着，眼睛里努力回忆却没有结果的茫然。

面对李老师的茫然，我没有丝毫的怪怨。好像我们班每个同学都曾被他悉心关照过，一届又一届，几十年了，帮助过的学生太多太多了，李老师当然想不起我是谁了。

我常常想起李老师的茫然，那是一种心有大爱不求回报的茫然！

想想同样是教师的自己，我却清楚地记得自己做过的好多事。

刚踏上讲台那年，有个叫党恒星的男孩，家境比较差，学习特别好，全年级第一二名，我不时地给他以帮助；有个叫亚萍的，父母离异后由年迈的奶奶抚养，为了纠正她的自由散漫，我曾留她住在我的单身宿舍里；遇到很有写作天赋的仵琳，如同看到曾经的自己，疼爱有加；肯钻研爱思考又能主动与人沟通的范超，我总是叮嘱他别丢掉这种精神；还有热情友善的郭龙凯……

快二十年的教学工作，每届学生，几乎都有那么几个印象特别深的留存在我的记忆里。

那些已经长大成人的学生前来拜访时，我总涌出为人师的骄傲，似乎学生们前来看望我是理所当然的，——我曾经对他们特殊关照过的。那么，其他学生呢？我是否在快毕业的时候都叫不上他们的名字？帮助的人少，就记得特别清楚；关爱的人多了，也就没有太大的区别了。

这，恐怕就是李老师的“茫然”和我的“清楚”在本质上的区别吧。

突然间，我为自己的清楚记忆而羞愧。要是哪天，我也记不起自己用心呵护过的学生，恐怕那时，我才走近了李老师，达到了师者的境界。

小善，暖心

很冷的天，很大的风。一对母女站在街道的拐角处等着什么。她们衣着朴素，背着碎花布缝成的布兜儿，看样子是乡下来的。

女儿推开拐角处商店的门，回头对老人说：“妈，快进来避一阵子。”老人显得很犹豫，问女儿认得人家不，能不能进去。

“老婶子，认不认得都得让您老人家避避风啊。”

店里的人开口搭了话，老人才随着女儿进去。

就是那一句话，我在风中足足站了好几分钟。而后我也推开了商店的门，买了自己需要的物品。临走，我笑着对店主说，认不认得你都让老人家进来避风，买你的东西心里也踏实。

其实我原本是去大超市购物的。在购物时，我更偏向于大的超市，似乎大的超市不会有假冒伪劣的东西。然而就是因为那句话，我进了那家小商店。

——善，即便再小，也可以繁衍滋生出更多的善。

“大叔，割点五花肉。”一进肉铺，看见上面还挂着一点肉，我就庆幸自己来早了点，晚一点，就没肉吃了。

大叔迟疑了一下，说：“那肉不能卖给你。”见我满脸疑惑，他解释道，“那是昨天剩的没卖完，今日卖了一天还剩在那儿，陈了。你想吃的话，明天过来买新鲜的。”我又问他不能卖那肉咋处理。大叔说，“我回去大火一煮小火一炖，自家吃。卖给你，我心里不瓷实。”

也就是那件事后，我买肉，就认准了那家。做事容易，做事但求自己心安却是难得。

——心安，是小善，却足以温暖人心。

搀扶着老母亲去老家的小镇上给她买身衣服。遇上集会，人多，人挤。许多店家，一看顾客没有买的意思，恨不得立马把你推出门去。

我很小心地搀扶着老母亲，唯恐别人撞了她。母亲人胖，个儿又不高，合适的衣服不大容易找，以致母亲都转累了。害她受累，我心里很是过意不去。

进了一家服装店。

“老人家乏了，就叫坐下歇歇。”店主从柜台后拿出一个凳子来，冲我笑着说，“买不买无所谓，不要把老人家累着了。”

最后，在那家店里同样没找到适合母亲穿的衣服，我从店里挑选了一些小东西，就因为她递过来一个凳子让母亲坐下。

——老吾老以及人之老，我喜欢这样的生意人。你闻到的，不是铜臭味儿，而是人性的芬芳。

小善，同样暖心。

“喜欢”，真的难以负重

曾经，我很喜欢纯白底色、以黑色细竖条纹简单装饰的连衣裙，然而，有一天看见个肥胖到浑身赘肉且言语粗俗的女人穿着它扭动着水桶腰……

我回到家的第一件事就是整理衣柜，将那种衣服打包送了人。

多年来，我一直很喜欢那幅画，河水浅浅，崖畔绿绿，一间茅草屋静静地伫立着，如陶公般的老人扛锄远眺，自然、清丽、古朴。可那次郊游，竟然奇迹般看到了平铺在眼前的那幅“画”：扛锄远眺的老人是被儿子儿媳赶出家的，茅草屋是他难以遮挡寒暑的家！

一进门我径直去了书房，亲手撕毁了自己梦中的“天堂”。

已经奔四十的人了，我依然是个乖女儿，严格地执行着母亲几十年的心得“桃吃饱，杏吃少，李子树下埋死人”。水果里，我只喜欢吃桃子，洗净、剥皮、去核，一个接一个地吃。可有一天，我直接上水果批发市场，去得很早，买卖还没有进行。就看见好几个人坐在筐子上聊天吃早点，筐子里竟是桃子。

从此，一见到桃子我就想到那几个摇摆的屁股，就恶心。

似乎是那一刻才意识到："喜欢"这玩意，很脆弱，不经意间就破碎了。

于是就想，既然如此，干脆让心空着不再喜欢，岂不更省心！却发现，拒绝了"喜欢"，也就被"快乐""精彩"乃至"陶醉"所拒绝。"喜欢"其实就是心之愉悦的"滋生剂""助长剂"，因为有喜欢，平淡的日子才过得有滋有味！

不浓不艳，轻轻的，喜欢来时不需要太多的理由；不烦不躁，隐隐的，喜欢去时为什么不可以做到了无痕迹。曾经拥有过那种飞扬或者激荡的情愫就足够了，又何必苛求太多。

有喜欢充实心灵时，我便对引发我喜欢的心存感恩，喜欢烟消云散时，我就看作喜欢赶着再去恩泽他人，如此想着，既快乐又轻松了。

纷扰嘈杂的生活中，喜欢，其实是在保护着我提升着我。

我喜欢独自阅读，独自闲云野鹤般出游，而后敲击键盘以文字的形式表达自己独特的感受与认知。喜欢充实着我的生活，也忙碌了我的生活，于是我远离了堕落自己伤害别人的闲言碎语。

想喜欢就喜欢吧，只要你喜欢的是健康的、不会伤及别人的；想喜欢就喜欢吧，喜欢原本就是天高云淡般的飘逸与洒脱；想喜欢就喜欢吧，也许喜欢就是一股风，带来过清凉就可以了。

我的师专

说真的，说起二十五年前自己毕业的学校渭南师专，即使在今天，我也从来没有因为它的“不入流”而觉得脸红，倒常常一说就是“我的师专”。

渭南，是关中平原上的一座小城市，渭南师专就坐落在这座小城市东南方已进入郊区的绵延起伏的大塬之下。倘若自北而南漫步校园，会一直拾级而上。这是座依塬势起伏而建的学校。

简陋而报刊云集的中文阅览室很是狭长，空气似乎也不怎么畅通。可里面的我们，早去的有座位便如捡了天大的便宜般脸上洋溢着窃喜，晚到的没座位站着也是尽是幸福。我呢，常常是带两个夹好咸菜的馒头和一瓶水，可以不疲不倦地坐一天。

我忘不了，阅览室曾经冲击并考验了我的道德底线。

我习惯于边阅读边做读书笔记，大量的书写内容常常令我手指、手腕酸痛。每每写累了时，看着书刊上的那些需要我抄写的美文佳作，心儿就蠢蠢欲动。偷偷地撕下来的确很轻松，如若别人也有这样的想法，我又怎么可能看到好文章呢？

心儿打个颠倒，抽身事外，也就看见了自己的狭隘。

晦暗却藏书颇多的图书借阅馆，也是我常去的地方。经常在此办公的是那个戴着黑边大眼镜的年轻女老师，个头较矮，走路有些困难，看上去身体不大好。据说是某教授的女儿，这份工作属于照顾性的安排。我恐怕是给她添麻烦较多的一个学生吧。至今回忆起来，留给我的，还是那位女老师的善解人意。

我要求自己很苛刻，从周一到周五，除了上课外，就是泡中文阅览室。另外，一周至少看文史哲方面三本书。那时，借阅馆的规定是一次最多只能借三本书。因为我的频频借阅，不苟言笑的她给了我赞许的微笑，便默许我四本五本也可以借阅。也不论我从借阅卡上查出什么书，她都会不厌其烦地转几圈找，甚或踩着凳子帮我找。她所做的这一切，我在借阅窗口外都是可以看见的。

刻苦的学生能遇到善解人意的老师，不能不说是一种幸运。

实验楼是理科生们的舞台，我从没进去过。听化学系的一个老乡说，实验室里的管理员老师，在里面多是看书或擦拭、摆放仪器，静静的，就等着有兴趣的学生一展身手。

我的师专真是魅力无穷，连外面的人也愿意玉成师专就读的学子们。瞧，走来一个拎着两个大黄旅行包的中年男子，他呀，是售书人老赵。

听说老赵是从效益不错旱涝保收的国营单位辞了职，提着两个大黄旅行包做起了书贩子。老赵的书，全是正版名著，又都是半价。那年头，“打折”这个词语还没有进入生活，老赵就给清贫又喜欢读书的我们带来了许多快乐！

老赵自己更快乐，他幽默地说，挣钱多少是小事，俺是贩卖知识的，图个品位。俺是不是和知识一样的金贵？

如果说卖书真能为老赵带来些许效益的话，那他还从事一项纯粹体力劳作仅仅是为了方便我们的工作——义务进行图书交流。你不想保留《三国演义》了，想换本《水浒》，他就帮着找人换书。

那时，隔一阵，我们就问，老赵几天没来了？——老赵几乎等同于我们共同的亲戚！老赵曾说过，我就爱看娃娃们看书的样子。

想起老赵，我就想起剑桥大学的旧书商台维。1896 年，这位旧书商来到剑桥，摆了一个小书摊，从此一待就是 40 年，直到 1936 年去世。剑桥的老师宿儒为了表扬他对剑桥的贡献，共同为他举办了一场大型餐会，以台维先生为上宾。台维去世后，剑桥人为他出版了《剑桥的台维》一书。

老赵像台维一样可敬，他把卖书这件事做得庄严而伟大，以自己的绵薄之力播撒着文化。只是遗憾的是，我的师专却没有为这样一位默默奉献者撰文以正名。

推算一下，老赵大叔如今也怕六十多了，您过得可否康安？每一个帮助过我们的人，都应该铭记在心的。二十多年后的今天，我只能以这种方式将您感谢！

曾到西北大学中文系找老乡玩，老乡恰巧没在，等她回来的时间里，和她的舍友一起谈论文学。

我完整地背诵着赫尔德对莎士比亚的评价："……有一个人使我心里浮现出这样一个庄严场面：高高地坐在一块岩石顶上！他脚下风暴雷雨交加，海在咆哮；但他的头部却被明朗的天空照耀着！那么，莎士比亚就是这样……"我剖析塞万提斯的堂·吉诃德如何落得四处碰壁，留下千古笑柄。我赞叹托尔斯泰改变了自己的贵族生活，根绝一切享乐，自己去锯木、煮汤、缝靴子，要用自己额上流着的汗来换取面包，并终生与文明的罪恶和谎言对抗。我说我永远都会以桑提亚哥的思想为行动指南，“一个人并不是生来就给打败的，你尽可以消灭他，可就是打不败他。”……

记得当时，面对我的侃侃而谈，她们惊奇地问我在哪所大学就读。当我响亮地说出“渭南师专”后，她们惊疑地瞪大了眼睛。

我的师专为什么就不可以走出因勤勉而让她欣慰的学生？我不是第一个，更不可能是最后一个。当然，自己走过的路，又怎能忘记？

起伏的南塬啊，不仅仅是我的师专舒适地躺在您的怀里，调皮的我，常常闯进您的心窝里挠痒痒，您感觉到我带给您的快乐了吗？

一毛钱的咸菜丝夹进四个小馍里，装进塑料袋，外加一瓶水，我就顺势攀缘而上，闯进南塬深处。报纸一铺，盘腿而坐，摊开书，就实实在在地拥抱了我的快乐。有时，爬上树，倚在树杈间看书。除了有事外出，几乎所有的周末都是这样度过的，借阅的书籍也就是这样被消化的。

不过，南塬不只是我一个人的风水宝地，三三两两的，点缀在南塬上，来者不拥挤，南塬也绝不寂寞。记得有一次，我在茂密的树杈间看累了，一低头，才意识到自己遇上麻烦了：靠树身而坐的，竟然是我熟识的老乡婷。那个男孩，看上去很腼腆，具体是哪个系的，我不知道。

问题似乎越来越严重：我不能发出一丁点儿声音不说，还不能活动一下身子。这些都是其次，我的沉默与坐功是出了名的。可是，有些生理需求不是以人的意志为转移的，我需要放松一下。

记得最后的结果是，帮人帮到底，送佛送上西天。我强忍着自己的痛苦玉成了老乡。这件事并没有结束，我突发奇想，以此写了表现爱情主题的小小说，换来二十块的稿费。编辑部寄来的样报则送给了主人公婷。

吃一堑长一智，那以后，我再也不曾爬上树读书了。

师专三年，南塬，给了我太多的快乐。冬日是向阳的山坡，夏天则是庇荫处，不算薄薄的那层报纸，真正的幕天席地，坐着倚着躺着，率性而为，好不舒服。

今天，我曾带过的一个学生很沮丧地说，老师，我真倒霉，考砸了，可能只能上渭南师院。渭南师院就是我二十年前就读的渭南师专发展起来的，已迁校至城市中心地带，比起我的师专，条件好多了。相对于人，条件并不是最重要的，不管在哪里，都要活出最精彩的自己。我给她讲过《送东阳马生序》，今天又特意为她写了《我的师专》，都是可以带上开始大学生涯的。

童年的那只蚂蚁

我总觉得，三十多年前的那只蚂蚁，一直尾随着我，直到今天。

孤独的童年，我和自己的影子对过话，也曾傻傻地看着流云就是大半天，而时间，就是那样被无知的少年大把大把地挥霍。下过雨后，闲着没事的我独自坐在石阶上边发呆边玩弄鞋带，一只蚂蚁就在那样的情形中闯入我的视野……

它顺着石阶往上爬，蚂蚁的速度真慢呀，看得我眼睛都累了，它才好不容易攀住石阶的上沿。我手指轻轻一滑动，它就掉在了地上。

蚂蚁一翻身，又爬了过来，依旧顺着石阶往上爬。突然，我有了一种冲动，一种和蚂蚁比耐性的冲动。于是，在它刚攀住石阶的上沿时，我又故技重演。

被扒拉得更远的蚂蚁似乎没有记忆，还是往台阶的方向爬，还是上台阶，还是向上。我似乎有点恼怒了，竟然敢和我比？又一次在它刚攀住石阶的上沿时，我将它扒拉得更远，看你还逞能不？

而蚂蚁，一如既往。

一只愈挫愈勇的蚂蚁？

我被激怒了，掐起蚂蚁就把它带到台阶下面的土地上，潮湿的泥土地雨气还未散尽。我一个手指狠狠地按下去，一个坑。我长舒了一口气，该死了吧，顽固的东西！一切都结束了。

那时倒没觉得无聊的我做了件残忍的事，真的，只是小孩子的赌气。瞅着小坑许久，准备起身离开时，一个小黑点从土里露了出来。蚂蚁，真的是那只蚂蚁！

它艰难地爬出小坑，竟然、竟然依旧爬向台阶……

它为什么一定要爬过台阶？什么也阻挠不了的坚决？是不是有个蚂蚁在等它？它有很要紧的事情去做？还是它自己太好奇了想越过台阶进里面看个究竟？年幼的我虽不得而知，却开始觉得这是一只了不起的蚂蚁，不再戏弄它。

它终于顺利地爬上了台阶，几乎是在房子里转了一圈，又折身爬出了台阶，而后没有一丝留恋地断然离去。

放不下的倒是我，怎么就觉得那只蚂蚁并没有离去，反倒是爬进了我的心里，一直陪伴着、跟随着我……

农村女孩子都能帮助母亲做针线活，我咋就两只手抓不住一个鳖似的笨拙？

二十年前的高考，如千军万马过独木桥。大考小考，轮番轰炸，我有种被烤焦的感觉。多少次，我都想放弃。父母土里刨食几十年，也没有饿死，不是照样活得挺好的？我并不是很聪明的，为什么要这么辛苦？

工作中，总感觉到自己已经够尽力了，可并不曾出类拔萃，反而落后于人。

……

多少次，懈怠时，想放弃时，那只蚂蚁就张牙舞爪地出现在我眼前……我，就笑了。

柿子树

一直，我对柿子树有种奇特而说不出的迷恋。

只要进入乡村，目光搜寻的第一个对象就是柿子树，找到柿子树，就眼珠儿不打转地盯着看，目光似乎要轻轻抚过树的每一寸肌肤，那时，再郁闷的心情也会因此而欢快起来，每一片叶子都招摇着我的惬意！那一刻，我就被浸泡在一种不可名状的酣畅淋漓之中！

对柿子树的这种要命的癖好源于儿时……

巷头，遮天蔽日的大柿子树。在五六岁的我看来，硕大的树冠几乎就是“遮天蔽日”了，我得跑到老远老远才能将它的整个形样都看到。

大点的孩子，像猴子般，柿子树上到处都是。而我们这些既上不了树又不安于待在娘怀里的小毛猴儿，唯一的乐趣就是围着柿子树打闹嬉戏奔跑。偶尔有人抛下一片叶子，我们就跳着蹦着像捉蝴蝶般争着抢着看谁能接住那片叶子。

巷头的柿子树，用我们的话说，“咱们的柿子树”，它是全巷子人的。

地头、打麦场，往往也会有几棵柿子树，想想三四十年前的关中农村吧。

收麦一把镰，碾麦凭碌碡，全是人力。大汗淋漓收麦子碾麦子时，是没有熟透的柿子吃的，可那硕大的树冠的确能让劳累的大人们歇息、纳凉。

每每看到柿子树，似乎就回到了童年。

等没有大人时，不会爬树的我们，就把砖块一层层垒起，站上去踮着脚尖，幸运地攀住了一枝，就摘那些指甲盖大小的小青柿子，装上满满一兜。从家里把针和线悄悄地拿出来，几个人找个没人的地儿，用线将小青柿子连成串，挂在脖子上，摇着摆着就像戴上了项链般得意。这种事断然不能被大人察觉的，不然，会训斥我们“糟蹋柿子就是造孽”！

入秋渐久，柿子开始变红变软，我们叫“软蛋”。大孩子爬上树由着性子随便摘着吃，年幼又不会爬树的我们，只能在树下仰着小脸想自己的法子了。

找来土块，对准瞅好的“软蛋”抛上去，落下来的，大多依旧是土块。有那么一次，“软蛋”似乎就挂在我的头顶，仰着脸，直直地将土块抛上去，随之“啪”的一声，红红的黏黏的柿子泥满脸都是！紧接着，又是一声，土块也落到我的脸上，那狼狈，是难以想象的。母亲知道了，戳着我的脑门：“馋嘴！要是拿石头往上抛，还不把你脸砸破？”

收柿子的时节到了，满树下都是孩子，“软蛋”尽够吃，硬的能储藏的柿子就分给了大伙儿。家家窗台、门楣上都摆满柿子，冬天晚上火气大，吃颗“软蛋”，从心里都是凉滋滋的。

冬藏了，大人们不忙了，我们也表现得不错，赶上母亲心情又好，就可以吃上柿子饼了。殷勤地帮着母亲将柿子去皮除核，看着母亲用柿子泥和面、揉成团、压做饼，而后就眼巴巴地围着“滋滋”响的平底小油锅。母亲夸张地挥舞小铲，柿子饼先从铲里滑向锅里，不一会儿，小铲轻轻压着饼慢慢渗油，再翻过来，再压。出锅了，几个小脑袋都凑过去，“一边去”，母亲脸一板，“先是姥姥的。”

事实上，每次都是这种一成不变的顺序，可我们的非分之想为什么总是按捺不住？是被姥姥惯坏的。当我们兄妹仨排着队将第一个柿子饼送给姥姥时，她总是说，“来，一人一口。”

印象里，只要是关中农村，似乎巷头、场里、地畔无处不有柿子树。我竟然荒唐到，只要找到柿子树，就感觉很是亲近，如同回到自己的老家。

柿子树的迷恋，莫非就是家的情结？

被伤害的美丽

不知怎的，我开始害怕讲述美丽的故事，好像美丽的故事总是一经出口，立即就被击打至破碎！

曾经，在深圳工作的小妹打电话说给我一件有关民工的事。

在三层办公室的窗口，她看到一个民工模样的男子站在大厦不远处看着里面，好长一段时间都不曾走开。小妹说，看着他，自己就想到了外出打工的小弟，就想他是不是想找人又不敢贸然进去。她就走出去主动问那个男子有什么需要帮忙的，那人不好意思地直摆手，说“没事没事”。

你知道他为什么长时间地站在外面朝里看吗？小妹在电话里还问了我。紧接着她就说出了缘由：这个民工几年前参与了这座大厦浩大的铺地板工程，他在想象着自己铺的地板平整、好看的样子。

——当一个人将一件简单的工作当作艺术时，那种美好的心境是他人难以想象到的，这个民工不也做到了吗？

当我将这件事转述给别人时，换来的却是一脸不屑：切，咱好歹还有点文化，工作不就是把时间换成票子？民工有那素质？

美丽的花儿一绽开，就是凄风冷雨，香消玉殒便成了定局！似乎是从那以后吧，那些美丽的故事，我都深深地藏于心底。可是，喜欢传播美丽的秉性又使我不甘寂寞。

那天，办公室里。我说，我从杂志上看到一个很美丽很温馨的故事，而且我相信它是百分之百的真实。说这话时我特别激动，我知道，这是被久违的欣喜冲击所致。

办公室里八个人同时抬起了头，几乎是异口同声地问，“你没事吧”？

我相信，等听完我的故事，大伙一定都会拥有和我相同的感觉，便顾自讲起那个很美丽也很温馨的故事。

阅览室里，一个人径直走进来，被管理员叫住：“登记名字和卡号！”那人有点不知所措：“我没有卡号。”“是这学校的吗？”管理员没有抬头，只是继续着手上的活。“不是。”“哪儿的？”“工地上的。”管理员顿了一下，抬起头，看着这个陌生的来客，问道：“哪儿的工地？”“就是……学校操场后面的那个。”低沉的声音有些不自信。沉默……等待……管理员缓缓地却是很肯定地说：“进去看吧。”

先是小赵，一脸不屑：“小儿科也能骗你？一个民工敢‘径直’吗？既然已经‘径直’了，怎么可能‘不知所措’？漏洞百出，你还感动？”小赵凭自己敏锐的语言感悟找到了最直接的突破口。

而小李则先是哈哈大笑：“你真笨到炕头上了！！一听就是假。没有卡号还非亲非故谁敢放他进去？不怕违反制度影响扣奖金？”

喜欢开玩笑的老胡让我哭笑不得：“这是一道纯粹的数学题：编故事的人没智商，被感动的人缺智商，两者一碰撞，就叫‘合并同类项’。”

“关键是民工的素质。”连一向很少说话的老李也搭腔了，“那些民工，不把书偷出去论斤卖掉算学校的造化了！”老李因此还讲了一件民工与小区住户的矛盾纠纷。

……

小陶还一本正经地进行总结：“总之，现在那些玩文字游戏的，为了标新立异哗众取宠，根本就不管靠谱不靠谱。一句话，骗你没商量！”

那一刻，我只有一个感觉，赶快逃出去，否则，就被悲哀淹没了！

一个很美丽的故事，即使那个故事真的与事实有点出入，也是为了张扬一种美丽，又何苦将它戳得千疮百孔直至破碎才罢休?!

第五辑

裁剪一段时光

一辈子的修行

亲爱的孩子们，倘使读书仅仅为了提升阅读与写作，那么就委屈了被你们读过的书们。那种目的在读书，只是断章取义式的吸纳，难以做到因内心喜悦而疼惜文字从而传承其思想。

倘若你们能撇开“考试”，因为想了解远方的精彩而读书，因为自己的视野需要拓宽而读书，因为自己的心灵需要滋养而读书，因为自己的思想需要丰盈而读书……那就进入了自觉自愿的读书阶段，而这种阅读，将带来心灵的饱满与舒展。

试想一下吧，亲爱的孩子们。因为以上需求，你们捧起书，一定宛如心的独舞。自愿阅读，说形象点，就像一个人的狂欢，看似孤独实则热闹。我有时甚至这样想：生活，是身体的阅读；阅读，是心灵的生活。如此说来，读书与生活更加密不可分了，说读书是一辈子的修行，并不夸张。

这个时代似乎有点浮躁，不论做什么事情，人们总会问“有什么用”。好吧，咱们也世俗一次，看看读书究竟有什么用。

读书，可以冲破局限，让你的心比脚走得更远，让你的心比现实更宽阔。

你看到孔子四处游说，摩西走出沙漠，释迦牟尼在菩提树下顿悟，穆罕默德在麦加城里传教，康德仰望星空，尼采抱马痛哭，托尔斯泰倒在车站……因为读书，你会接触到这些精神大师，你会强烈地感觉到自己的渺小，你会因此更好地热爱这个世界。

借助书籍，贫穷的你一样可以独行万里：累了，就歇息在孔子的教馆，屈原的江边，司马迁的梁山岗，杜甫的少陵原，曹雪芹的石头上，鲁迅的秋夜里。或者，听贝多芬的声音，呼吸罗曼·罗兰的气息，甚至到雪国，去瓦尔登湖畔……你会惊奇地发现，书里藏着一双翅膀，一双能够让你的心自由飞翔的翅膀。是的，因为读书，双腿残疾者也可以行走万里，让心高高飞翔。

读书，还可以疗伤，让你绝望的心头萌生绿意，让你的创伤慢慢愈合。

看到不美丽的简·爱充满了魅力，你还因为自己不漂亮而伤心吗？看到桑提亚哥八十五天漂浮海上只拖回一副鱼骨，你还觉得自己付出多而收获少吗？看到卢梭那么坦诚地忏悔，你还没勇气回望自己走过的弯路吗？看到富贵失去所有亲人还那么努力地活着，你还觉得自己是个倒霉蛋吗？……

你发现，书就是一位心灵的牧师，梳理你的思绪，抚平你的忧伤，化解你的悲愤，给你注入继续前行的力量。是的，书是智者，顺着他的手指，你就看清了自己要去的方向。

读书，更可以让你理性又不失感性地融入生活。

人真的是种奇怪的生物，有时他会因情绪失控而变得面目全非，甚至万分狰狞。说过激的话，做过分的事，而后又懊恼不已。而大量阅读，会间接地给你很多体验，让你在别人的文字里学着打理自己的情感，疏导自己的心理，趋于理性。阅读又可以滋养柔顺你的心境，让你的感情更饱满，心胸更宽容，思想更深刻。换句话说，长期浸染在书里，你的灵魂里就平添了书的清香与雅致，你将成为感性为主理性护航的人。

读书的作用显然不止我说的这一点，你们完全可以将我说的当成冰山的一角。读书可以益智，可以怡情，可以精进，可以改变自己影响他人……倘若你们要求我说尽读书的好，就相当于给我一只碗，却希求我舀尽江河之水。

亲爱的孩子们，在我眼里，文字是有生命的。有时我甚至会想，那些经常被写错的字会不会满心怨气，那些总被用错的词会不会憋屈，那些被用来辱骂人的字儿会不会渐渐地失去文字固有的清香……

在我看来，阅读几乎相当于导航：不知天高地厚而忘乎所以时，阅读可以让我回归清醒；茫然无措烦躁郁闷时，心结就在阅读中打开了；受伤悲愤难以自拔时，阅读可以划开阴霾让阳光照进心间……

亲爱的孩子们，我是如此不能自拔地热爱着阅读，也深信：正感受着生活的美好或者向往美好的你们，一定也会亲近阅读。因为我们都知道，阅读是场终身修行！

遗失目的也美好

我似乎做什么事情都容易遗失目的：常常模糊了大事小事的界限，常常丧失了主要次要的层次感，当然也常常因此自责，却难以改邪归正，甚至，越走越远。

原本说好了是看日出的，说好了要早早赶到山顶占据最佳的观日位置。

可是，那棵挺立在石阶中间的巨松，威武而霸道地拦住了我的双脚。我的双手情不自禁地爱抚着它炸裂的树身：烈日苦雨凄风凛雪之下，它历经数百年乃至成千年的沧桑，静默在这里，不就是为了等待人流中的知己？我来了，就应该将它与寂寞剥离开来，给它些许的温暖，哪怕只是很短暂很短暂的。

别过巨松，只是走一小段，刚一抬头，目光就收不回来了：那原本白得刺眼的裸露的岩石上，生生地长出一丛多情的绿。真的是岩石，还那么陡峭，那绿该何等痴情何等神奇才会留足于此？你忍心无视而过？我是做不到的，只有满心里的敬畏，只恨无法触摸。

看，那陡峭的石缝间竟然有水汩汩流淌，你不感动于水的执着？

哦，天哪，我就是这么一路掉链子，以至于整个齿轮都不能快速前行。终于没有占到最好的位置，终于没有尽兴地看日出。可我心里，已欢喜无比艳阳高照了。

好像这样遗失目的之事常常发生。

跟朋友上街购物，所有店铺都要进去瞧瞧。

那匹蓝底小白碎花的布，多像小时候穿过的第一件洋布衫的布，那时的我骄傲得小脸蛋都通红通红的；那粉红色还带着小兔帽子的小衣服，穿上它谁家的小丫头都会超可爱；那头饰，年轻姑娘戴上去一定很妩媚，不就成了头上倭堕髻的罗敷；那盆花昂扬地怒放着，搁阳台上，过路人准会行注目礼的……

朋友气恼了，说你不买东西改卖脸了？我立马赔着笑再次明确了此行的目的调整了路线。

似乎无论干啥，我都容易耽于沿途而遗失目的，总能邂逅美好并沉溺其中难以自拔。遗失目的，只因邂逅美好，邂逅的，或许是期待美好的自己。

温情的搌布瓜

初夏，楼下栏杆处的搌布瓜拱出了嫩芽儿，看得我满心欢喜：温情的搌布瓜。“搌布瓜”是我们合阳的俗称，顾名思义，能在厨房里当搌布擦抹案板碗碟用的瓜。

搌布瓜是一楼住户卫哥种的，他拉二胡唱秦腔，生性率直，为官却不争利。楼前的护栏下有块狭长的空地，卫哥就松土种花草，搌布瓜是主打。

我们呢，搌布瓜的芽儿拱出来了，就满心期盼地想着藤蔓扯开来的喜人架势；藤蔓开始朝着栏杆攀爬了，就满心憧憬等着一面绿墙的出现；绿墙上缀满黄花了，闻着花香就想象着嫩瓜的可爱；结瓜了吃着嫩瓜，倒开始想着瓜老了还可以当柔软的搌布使……那个美呀，滋润了心，香了嘴巴，临了，还挺实用的。完全的不劳而大获，还不停地变化着，简直是天上掉馅饼直接落嘴里的感觉。

说白了，长这么大，我还真没见过如此温情之至的植物：真的是敞开来的无私，义无反顾的奉献，彻头彻尾的忘我。

不信？那就跟着我在想象中体验体验吧：

某天，你低头无意一瞥，哇，“嫩芽儿？”你的心好像被什么挠了一下，痒痒的。好像那小小的芽儿被你这么一看，就浑身攒着劲长了起来，似乎你的眼前已然蓬蓬勃勃一大片。

期盼，对，期盼的快乐，搌布瓜给你的第一份礼物就是期盼！

嫩芽儿长起来真不费劲，一天一个样，一截一截蹿着长。你呀，就一直分享着嫩芽儿成长的喜悦。很快，它们就野心勃勃地向着栏杆进军了。先是胆大的一根试探着，缠绕了一圈。似乎没事？真的没事啊！呼啦啦，一片就齐头并进地开过来了。不几天，栏杆就被一大片搌布瓜的藤蔓爬满，绿茵茵的藤蔓，声势浩大地张扬着。你的眼前，就呈现出了一面厚实的绿墙！

你的得意在心里冒着泡，好像是你自己征服了一片荒芜之地。不是吗，死寂的布满铁锈的丑陋的栏杆变得绿油油的，真是神奇。

这是搌布瓜送给你的第二份礼物，让你真真切切地感受到了进取的力量，以至于激发了你沉睡已久的斗志。感谢那面绿墙吧，将旺盛的生命力具体而形象地铺展在你的眼前。

或许搌布瓜不愿意躺在功劳簿上享清福吧，又或许它觉得只是一个劲地绿似乎也不怎么养眼，就想着用花来点缀点缀，让你的视觉不再疲劳。是短短几天吧，又或许是一觉睡醒，黄色的状如喇叭的花儿就活活泼泼地开满了绿墙。

瞧，这就是它送给你的第三个礼物，原本不是观赏的花却承担起让你赏心悦目的责任，只要力所能及，就尽可能地灿烂自己快乐别人。

这时小孩子们就活跃起来了，站在栏杆下数花朵，数着数着，心就痒痒了，小手儿就伸上去了。大人们就出声了：嗨，别摘，还有好看的瓜在后面等着呢。他们就不情不愿又不得不缩回了手。那是当着大人们的面，谁知道心里咋想的？反正总会碰见手里拿着小黄花的孩子，小脸蛋乐得都能鼓起来。

或许花们也害怕了，唯恐被小孩子摘了去，那不白来世上一遭吗？就慌忙开始攒着劲儿坐果。小小的细细的瓜儿就探头探脑了，有雨就闹腾，见风就猛长。今天才小拇指般，没几天的时间，就小黄瓜样了。

嫩嫩的搌布瓜见油翻炒就是一道菜，所以我们可爱可亲的搌布瓜也被有些人叫“菜瓜”或“丝瓜”。

吃吧，长得太密集了，不摘藤蔓就支撑不住了。我们上楼时就问心无愧地摘一个当盘菜。放心吧，绝对绿色，没有任何化肥农药，卫哥只是浇水而已。

是吃不完，还是长得快？很快，瓜们就老了，没口感了，不能当菜吃了。好了，这才省心呢，小孩大人都不惦记了，就剩下自个儿好好长了。

越长越大，胖胖的，长长的，有风吹过，还得意地摆动呢。

入秋了，叶们尽管不舍，也不得不盘旋着飘落。瓜们就裸露起来寂寞起来，伤心得连皮儿也日渐变黄，更别说心里的空空落落。

得了，各自将自己中意的瓜请回家吧，卫哥才懒得搭理呢，他只在乎种。一截绳子绑着瓜蒂，挂起来。晒干，去皮，除籽，柔柔的搌布就出来了。

瞧瞧，仅仅跟着我想了这么一通，都觉得很是滋润，美吧？

多温情的搌布瓜。谁说不是？

败给了“没意思”

很多时候，我们都败给了看似没意思的小事情。

1

我所在的这条小街东西两边有很多小商店，卖的也都是日用小百货，物品的种类、价格相差无几。只是很多人都喜欢进东面中间的“客悦”商店，进去后质量、价格一概不问，直接拿东西付钱。

那家小店跟别的店唯一不同的，是店门口的台阶上摆着好些花。花盆呢，多是废品利用：不是破了沿儿的塑料盆，就是白色泡沫箱子，还有食用油的塑料桶剪去上半部分，等等，反正没正儿八经的花盆。花儿自然也不名贵，吊兰、景天、绣球花、铺盆草等，都是剪一枝插入就可成活的。

爱花的人，一定是心地柔软，如此接地气地养花，更是热爱生活，这样的人断然不会也不忍用假货欺骗顾客的。这是我自己进店买东西的理由，似乎没有道理也不合逻辑。这样想的人一定不会只有我一个，小店生意的红火就是力证。

2

第一次开着小货车跟着后勤处的老王去买扫帚。

进了南关市场，两排都是卖扫帚簸箕的，老王看都不看，一直往前走。走到尽头，他却说：“可能她今天有事没来，明天再来看。”我就纳闷了，是买扫帚有技术含量还是他想照顾自己熟人的生意？

第二天再陪他前去，才发现他要买的扫帚跟别的还真不一样：扫帚把用布缠得瓷瓷实实，扫起来不扎手。扫帚很多，缠的布颜色、质地也不相同，看得出都是旧布料，可的确给使用者带来了方便。我们先买了半学期的，一个班发5把，50个班。

事情是小，可用心如此，她的生意能不好吗？

3

我所在的这条小街还有好几家面馆，我喜欢去较远的那家，却真的与量大味美无关。

顾客一掀开门帘，老板娘就会满脸是笑打招呼，“来了，赶紧坐”，那殷勤样，好像顾客都是她家金贵的亲戚。要调味了，她会不厌其烦地问你，有忌口的没？辣子、醋放多少？

附近面馆是不少，可这家并不高档的面馆，生意就是好。

很多人在很多时候，都败给了“没意思”。很多没意思其实都很有意思。

忽略，就是伤害

你说天慢慢凉了，可以出去转转了，青龙山下的农家乐确实不错。你是在饭桌上说出这话的。她显得很高兴，附和着说，你小时候经常去，那会儿还没开发呢，就唠叨起你小时候的事来。

你便觉得不耐烦了，你觉得自己很随意的一句话，她都可以扯出一大堆陈芝麻烂谷子的陈年往事，便摆手道，真是树老根多人老话多。

她马上闭了嘴巴。她现在很听你的话，比小时的你听话多了。小时候的你，仗着她对你的疼爱，非但不听话，还犟嘴，死倔。

你觉得她好像很奇怪，一见到你，一说到你，就变得话多，健谈。其实你没有注意到的是，更多的时候，不管别人说得多么富有激情神采飞扬，她都是沉默着的。似乎在岁月的磨蚀下，她的兴奋点只剩下一个——你及跟你有关的一切。

她悄悄找了几件衣服，比试着，不知穿哪件更好。或许是想到要跟你一起出门，担心自己辱没了你的形象吧。你总有那么多的臭讲究。

可是那天，你喊了媳妇儿子就往出走。儿子想起什么，问，奶奶不去吗？你说，奶奶去啥？年纪大了，腿脚不方便。

你根本没注意到，她的神色一下子黯淡下来，直到你们已经走了很远，她还扶着门框。

她用手背抹着不争气的眼睛，她是在生气自己，怎么跟小孩子一样。

你觉得自己其实是个孝顺的儿子，把她带到城里跟着自己享福，比起老家里那些没见过世面的老太太，不知要好多少。

其实你哪里知道，她除了买菜做饭接送你的宝贝儿子，很少出去。城市的热闹与繁华，真的跟她没有一丁点儿的关系。她待在你这里，是觉得还可以给你帮些忙，让你们一家三口进门就能端起碗，放下碗就能进卧室休息。更多的时候，她是独自坐在阳台上，瞅着南边，那是老家的方向，那里有她放不下而又熟悉的一切。

那天，来了几个外地的朋友。你很热情，招呼着他们出去吃大餐。临出门，有人提议说，把阿姨也带上吧。你根本就没征求她的意见就说，咱说啥我妈也听不懂，家里啥都有，就不去了。

你是不是忘了，连给小时候的你补个补丁，她都会征求你的意见，问你想要啥颜色，想要啥图案。好像再小再小的事，她都会征求你的意见，一直是这样的。她疼你爱你，就很在乎你的感觉。

可是，你呢？你总有意无意地把她划拉在你的快乐之外，让原本对城市就很陌生的她更加孤独。

爱她，就别忽略她。忽略，就是伤害。

目　光

我国影视剧里展现经商题材的可以说是不胜枚举。

《白银帝国》里票号“天成元”，纵横欧亚九千里，称雄商场五百年；《乔家大院》中商界英雄乔致庸，开辟商路汇通天下，为民族商业建立了不朽的功勋；《大境门》极尽夸张，描写了年轻儒商王瑞昌历尽千难万险，却极富传奇色彩的创业故事；《聚宝盆》中沈万山敢于跟皇帝“对半筑城”。还有《红顶商人胡雪岩》《中国商人》《东方商人》《钱王》《天道》……

突然觉得胸口堵得慌：是中国人缺钱还是底气不足需要用钱来支撑，才如此疯狂地猛拍商业题材？浩瀚的影视库里，有多少部纯文化的题材？

之所以这样发问，是因为我参观了“天一阁”，感触颇深。

有400多年历史的“天一阁”，是我国也是亚洲现存图书馆中历史最悠久且保持原貌原样的图书馆，是世界现存最古老的三个家族图书馆之一。它的存在，可以说是极端艰难和极端悲怆的文化奇迹。创办者范钦，当他走到生命的尽头时，将遗产进行了奇怪的分配：一份是万两白银，可以马上享用；一份是一楼藏书，还得花巨额保存。大儿子范大冲选择了一楼藏书。

自此，400多年，一个家族，一场保护藏书的接连不断的接力赛，也是任何考验都汗颜的接力赛——只有无穷无尽的付出却没有终了之时。责任，诚信，韧性，耐力……我觉得应该是将人性所有的美德聚集在一起，才可能持续下来的一场接力赛。倘使其中一棒出了差错，将前功尽弃，一切都付诸东流！其险恶其残酷，即便穷尽我们的想象也无法感受丝毫。如此说来，范大冲的子子孙孙该是何等坚毅何等竭力！

突然就想到“目光”这个词，目光落在哪里，就意味着心记挂着哪里。动辄斥资过亿，拍出的巨片，哪个是撇开票房只是为了弘扬文化或民族精神？400多年完美的接力赛，究竟能吸引谁的目光抵达谁的心灵深处？

——不会只剩下不忍面对先贤的感伤吧？

暖心的花事

小区东面有家花店，我最喜欢的去处。

许是因为我极喜欢养花的缘故吧，得空就在花店闲聊，聊的自然多是花事。

记得我曾满眼羡慕地说，你店里的花开得真漂亮。我养的都是一些草，景天、芦荟、仙人球；花太娇嫩了，怕养不好。

花店的经营者是个很文静的女人。她脸上总挂着淡淡的笑，轻声细语地接上了话：你养的也是花，都开花，年份没养到才没开。养花就像养小孩一样，要有耐心。每一种草都会开出自己的花，只是花的大小、颜色、香味不同。有些花，花色浅，花形小，花香淡，你都感觉不到它就开了。

临了，她又道，开花，就是花的出息。就像你在学校里教的学生，不说出息大小，每个娃娃都会有自己的出息。

也是从那以后，我看书倦了，写作累了，就去花店坐坐，养眼养心。

“女子，前半年买的这盆花，叶子咋变黄了？”说话间进来个端着花盆的老爷子。也是，下面那层叶子都已枯黄。

“老人家，缺肥了。”她接过了花盆，“要不先放在我这里，我上些花肥给您养好了再端回去，行不？”

老人家自然乐呵呵地离开了。

“你还回收‘残花败柳’？”我打趣道，随后说出了自己真实的想法，“花草成那样了，看着都烦心。”

她笑了，将花盆端向了店后，我也尾随过去。不同档次的花盆，看得出来，都是康复中的花草，她也顺便整理起来，还调侃道：“自己卖出去的花，就像嫁出去的姑娘，有了问题就得回娘家。”

看得出来，这是个心性很好的女人，我不知道她是否“知书”，但绝对“达理”。

一天，又经过花店门口，大大小小的花盆儿，她正将自己育好的花苗往里面移栽。

“真麻烦，你全栽在大盆里面挤一点怕啥？谁看上哪个再找个花盆移栽不就得了。”我不以为然。

“都放在一起，花没有自家的空间，可能就没有好好扎根好好长的想法，都是将就着长。”她解释道，“就像人，住集体宿舍和住单间的想法就不一样。”我说你这个人真奇怪，总能把花花草草想成人。她头一扬骄傲地说，“天天伺候花，就通花性了。小花就得栽到小盆里，它就没负担，就能长好。小花要是栽到大盆里，它就发愁：‘天哪，就要我长这么一大盆？’心里有了负担就不好好长了。反过来，你把大花栽到小盆里，它就觉得憋得难受，性子就暴躁，就胡乱生斜枝地疯长……”

我明白了即使没人买花她却还在不停换花盆的原因：花就像人，得有和自己相称的空间，她不想让自己的花们受一点儿委屈。

我习惯了得空就进那个花店坐坐，看着花儿，听她说一些暖心的花事，幸福就铺天盖地席卷而来。

买东西

真不知出于什么心理，人们买东西好像就得经过讨价还价这个拉锯过程，不那样，似乎就缺少了买东西的快感，似乎就多付了钱吃了亏。就是这个原因，买东西成了我最苦恼的事。

“你看，刚刚从地里割的，多水灵多新鲜。”卖菜的大姐拨弄着蔬菜说着，我点头示意她说得没错。“咱这是露天地里的菜，不是大棚的，产量低。产量低吃亏的是种菜的，你们不是吃着更放心……”我又点头。“农村人不容易，风吹日晒的……”我赶紧负疚地打住了她的话，好像就是我将她推入水深火热中。买回了一大堆，可以送人呀，又值不了多钱，她怪恓惶的。

“你看，这布多拽实，值不值这个钱？你看，这花色，多雅致，穿上绝对上档次。你看……”我附和着还像鸡啄米般一个劲点头，以至于被同行的朋友照着脑袋拍了一巴掌。

似乎经常这样，我总是毋庸置疑地认同卖者的言语，情不自禁地站错了队，忘了实践别人告诉我的“卖从天上要，买从地上还”“拦腰砍都没错”等等诸多理论。

——卖家难道说得不对吗？无懈可击的对！

每每出门购物，同行的朋友总一再叮咛：看上什么，要不动声色，还要表现出很不满意只是勉强凑合；下来就开始挑毛病，挑剔才是买主，人家不介意的；而且要做出心不在焉随时要走的样子；即便真的走了，咱货比三家觉得还就是人家的好，就二返长安啊，没啥不好意思的。买东西嘛，都这样，谁也别笑话谁。

听了半天我还是不大理解，反问道，不对，正因为我表现出爱，他们才应该很快以最合适的价格卖给我。这样，我会珍惜他的东西呀！

朋友又敲了一下我的脑袋，说，你真傻到骨头上了！人家只是想通过卖东西挣钱，不是给闺女找婆家，还得找疼惜娃的才放心？

晕。买个东西，咋还有那么多的讲究。

“还有最最重要的一点！”朋友每次都扯着我脆弱的头发说出这句话，她已深恶痛绝我的不长记性。“他们就是说破天，说不挣钱挣吆喝、亏本赔钱等等，你都不要相信。人家开店就是为了挣钱，不是为了看你这张难看的脸！”

好吧好吧，买个东西还整出这么多的条条框框，简直是摧残我。

其实在心里我一直期盼着不二价：合理标价，拿东西交钱走人，干脆利索。

就在刚才，看了篇域外游记，作者看上了一样东西，刚开口想讨价还价，店主将手指向门的方向，而后忙自己的去了，不再搭理。忽而又记起余秋雨先生也在一篇文章中写道他在威尼斯看中一个面具，朋友帮他搞了几句价，店家坚决不卖了，原价乃至高价都不卖了。店家认为识货的人是不会搞价的，搞价就是怀疑、否定物品的质量！

天呀，帅呆了，世界上真有理想国啊：尊重商品，尊重店家，更尊重自己的喜爱！

温情的山

离小城不足二十里有座山，名号梁山，不曾聚集过英雄好汉，也谈不上险峻或浑厚，甚至用小城人轻蔑的话说，一个大土疙瘩而已。就算是个大土疙瘩吧，我每周都会去拜访那从来没领略过那么可爱那么温情那么善解人意的山。

路旁有树是山之常态，只是，梁山的树有些不同。

隔一段就会有那么一两棵斜斜地站在路边，似乎就等着有点困倦的你靠上去，树身倾斜，顺势靠上去，很是舒适。有些地方是急转弯，在急转弯处竟然都有树，还是较为粗大的那种，绝对能承受得了你不小心时的冲力，不至于摔下去。莫非这些树们，是山的精灵，呵护前来上山的人们？

有些地方很陡峭，陡峭到几乎无从攀登。可就是奇了怪了，往往就会出现那么几棵树，一棵一棵铺排开来，攀缘着树，便可上去。而那些树们，有的已经很倾斜了，可还是坚强地守护在那里，年年吐绿绽翠，年年助人攀爬，难不成它们也是心里有承诺？

其实整座山，更多的是低矮的杂树，细而小。可就是山路上总点缀着一些粗大的树，夏日登山，给你荫蔽，绝不会让你长时间地曝晒。

山上的树是友善的，似乎，连石头也不甘落后。

按理梁山是座小土山，可是，一说“可是”就是转变的前奏。走了一段你有点累了，一低头，就会在附近看到一块石头，真的是石头，光光溜溜的，似乎连一点尘埃都不曾有过。原本是座土山，可就是在山路上会出现这样一些石头，很自然地镶嵌在土里。是山突兀出来的筋骨还是山的善意？不管你如何的费解，它就那样出现了，甚至让你恍惚间觉得是刻意的人为。

有时啊，在你觉得视觉疲惫时，或许一抬头，路边就会突现出一块凌空而出的巨石，或是长势扭曲奇怪的大树，趣味顿生，一扫疲倦。

这山啊，更像舞台，肆意上演着友好与善意。

在村人的努力下，山已经被照顾得有模有样了，自然就有了收费的。收费的是位长者，一人两块，他还清扫附近的卫生。可总有讨价还价的，几个人给五块也就过去了，他绝对不会死缠硬磨的，笑笑也就作罢。有时上山的人三五成群连说带笑，无视他的存在，他问一声没有吱声的，就继续打扫卫生。

昨天下山时，前面一段山路上竟然多出来几十只羊儿，如平铺的白毯子，很悠闲地躺在路上。原本不宽的山路，被彻彻底底占得严严实实。怎么下山？只有这一条路。试探着靠近，靠近。一只羊起来，两只羊起来，所有的羊如训练有素般起来了，斜站在靠沟的一边，行人安全通过。

呵呵，山已如此，连山上的羊们，也是那么善解人意。

多温情的一座山。

吆　喝

在小城的街头巷尾，不绝于耳的是小商小贩们的吆喝声。他们生意的好坏一定取决于吆喝。自以为被理性从头发丝武装到脚趾甲的我，很多时候就是听着吆喝，眉开眼笑情不自禁地掏了腰包。

商贩们的吆喝特点分明。

恐怖的吆喝以一男性卖豆腐的为代表。

他的声音似尖刀，好像生生硬硬地划破空气中种种阻挡，击穿你的耳膜。倘若你恰好在家，会强烈地感觉到那声音在固执地划伤着你家的窗玻璃，那是一股不罢不休的劲儿。以至于你会很担心地跑到窗边，跑到门口，害怕因为它的冲击你的家不再严实得能遮风挡雨。最不幸的就是你刚好在距离他不远的街道上，你恨不得身长翅膀飞快逃离，因为再快的脚步都赶不上你厌烦的心。那会儿的你会痛苦于自己居然有听力，听力居然不能做到自行筛选或屏蔽。

他的吆喝简单直白，就是“豆腐”二字。一张口，那个“豆”字似乎倾尽了力气，声音重而有爆破力，到了“腐”就成了强弩之末，仓促了事。更奇怪的是，他的声音穿透力极强，强到让你无法忍受。每每听到那个气短的“腐”后，我总会滋生出一种奇怪的想法：那人马上就离开了，再不走就得送去急救了。可他就是不走，持久地喊，喊声里面似乎有威胁的味儿：不卖完我决不离开！

有好几次，几近发疯的我跑了前巷跑了后巷，跑到十字路口，愣是没找到他，而他的声音还在挑衅着我的忍耐底线。我已经在心里将其视为神人了。卖豆腐的最最具有杀伤力，此吆喝声独一无二，绝非“之一”。

上升一个级别，远离恐怖却显得死气沉沉，以蹬三轮走街串巷卖菜的为主。商贩多是中年妇女，看起来都没有蔫不拉唧的菜们精神。她们的吆喝朴素到懒得报出东西的名称，只喊“卖菜哩——”声音单调、枯燥，如同那张没有表情变化的脸。吆喝声大多不是很大，不喜欢归不喜欢，不会做较长时间的滞留，不影响到你的心情。

再上升一个级别，多是固定在一个地方不动的摊点，商贩都是中年男性。比如南关市场口那位。“爆米花花棉花糖，核桃热毛栗——”从字数多少上看，前后都不一样，想来都不会押韵。但是，“但是”这个词儿一出现就意味着情况大变。从他的嘴里出来就多了韵味：前半句他喊得轻快而调皮，字字如赛跑，你根本就来不及掂量几个字；后半句的腔调则闲暇悠长，弥补了字数上的少，到了“毛”字处还高扬了一下，令人回味。效果如何？我只能给你说，独自一人时，我会不由自主地学他吆喝。类似这种吆喝，在小城比较多，属于大众型吆喝吧。小城人还是蛮有情趣的。

最高级别的吆喝来了，都是年轻男子，声音好听又身手敏捷，边讲解边演示还辅助些调皮动作，像极了街头说唱歌手。

听——

“能切直能切弯，切了萝卜切土豆。张大妈，李二嫂，谁也切不了这么细。万里长城长又长，从北京到沈阳，就怕没我这萝卜丝长。可以削，也能剁，左一转，右一拧，就连萝卜也开花。老大妈，八十八，没见过萝卜这么花；老大爷高寿九十九，就是没见过土豆会开花。不是考学进北大，需要三年到四年，也不是电脑高科技，需要脑瓜快速转。我在切你来看，还不会交那学杂费……”多诙谐，多幽默，只是卖多功能厨房用具的。

“龙头坏，马桶漏，电视机上飘雪花。顶钳子，赛起子，一个能顶仨。董存瑞，个儿高，刚好能顶炸药包；潘长江，个子矮，人家小品有多好。这七件，有大又有小，谁也离不了。米涨了，油贵了，喝口凉水都收费。七件只要十块钱，十块钱顶个屁，到不了美国去不了意大利，不用全家来开会……”多精彩，多顺口，只是卖家用小组合的。

这种吆喝，真是听觉视觉上的超级享受。没事时我就喜欢在小城里溜达，遇到这种吆喝的，就情不自禁地把手伸进了腰包……

别鄙视我们的农民兄弟

我一直不明白，为什么有人要鄙视那些给我们的生活带来极大方便的农民工，难道仅仅因为他们身上有拍不尽的泥土？

一

清晨，迎宾大道两旁坐满了晨练后休憩的城里人。上完早市批发完蔬菜瓜果的乡下人，也从心底彻底轻松下来，拎着空空的笼和尼龙袋，疲惫不堪地坐了下来。

即便不是坐在同一条石椅上，也会因为距离太近而起身离开的，是城里人。

当你买到新鲜的蔬菜瓜果吃得津津有味时，可曾想到过他们？你对他们可曾心存感恩？

二

下午，广场上是跳折扇舞锻炼身体的人们。附近工地上下了工的几个妇人，看着看着，眼热了，也在后面跟着扭了起来。旁边正扭动着的城里人显出讨厌的神情，狠狠地剜了她们一眼，嫌恶地移开了。

有谁去想这个广场在修建时，不论是烈日的曝晒下还是刺骨的寒风中，到处是农民工夫妇劳作的身影？在他们的付出中，我们期盼着憧憬着今天的舒适。

三

历时两年，百合公园建成快要交工了，孩子按捺不住好奇，闹着要一睹为快。“那里脏得很，别去！”你一把扯住了孩子。那里有一些农民工正蹲在地上用抹布仔细地擦拭铺好的瓷砖。

干吗不能让孩子看看由脏乱到洁净的付出过程，也许他会因此学会珍惜别人的劳动成果。你享受他们的劳动成果却无视他们的劳动，莫非城市的钢筋水泥已经铺到了你的心灵深处？

四

想吃绿色水果了，到处找那些真正农民模样的人，希望买到纯正的绿色而非贩子们处理过的污染。一边大口嚼着农民兄弟姐妹汗水浇灌出来的甘甜水果，一边训斥着身边的孩子：“再不好好学习，就像那些卖水果的一样没出息！”

……

其实，说了这么多，难道我就没有歧视过我的兄弟姐妹？那天，去朋友家看正在装修的房子，一个小伙子边油漆边哼着小曲。

“还潇洒得很呀。”当我冒出来这句话时，不是同样歧视了他吗？难道农民工就应该是哭丧着脸极不情愿地摔摔打打地干活吗？为什么他们就不能开开心心潇潇洒洒地劳动？

农民兄弟姐妹用挥洒着的汗水浇灌着我们的快乐，给我们艰辛地铺着通往幸福的道路，可是我们呢，难道我们就必须报之以歧视吗？

别鄙视我的农民兄弟，特别是当你正享受着他们的付出时。

宴　席

如果说这世上还有一种温情的受刑，非赴宴莫属。

想想吧，一个很不喜欢与人交谈的人，放在一个热闹得近乎沸腾的环境里，几乎所有人都想当然地认为很热闹的宴席才算好宴席，是何等尴尬。

我是个比较单纯的人，单纯到吃就是吃，静静地感受博大精深的吃文化也是一桩美事；谈就是谈，掏心掏肺或旁征博引纵横千年也是听觉的奢华享受。可宴席似乎更像个怪胎，面对精致美味的食物却说着与此无关的话题，以致话题失去了严肃，食物失去了美味，真是两败俱伤的无聊活动。

如果说以上纯属我个人躲避赴宴的歪理邪说，那么宴席还真有让人真正恐惧的……

一桌人，只有那个举办宴席的是你的朋友，其他人你根本不认识，完全陌生。朋友会殷勤地给你介绍：这位是谁谁，知道吧，名气很大；那是谁谁，你肯定听过……其实你压根儿就没听过，还得很有礼貌地小鸡啄米般不断点着头，做出听说过并很感兴趣的样子，还得问上一两句客气话来证明你真的听说过。没有人请你赴宴是为了扫大家的兴。

当然，有时宴席上的人你全认识，没有一个生面孔。只是一入宴席，彼此的远近亲疏一看就知晓，也不是很舒服的事情，宴席反成了“华丽的拼桌就餐”。

宴席开始了，除比较严肃的会议性宴席外，男的怎么一上桌子都成了段子高手？他们说再无趣再无聊甚至再黄再色的段子，你也不可以充耳不闻，更不可以制止。除非你是靓女骚女且坐在一桌男人中，靓女是女性的最高级，骚女是宴席女性的顶顶级。

男人们的宴席最不能让人忍受的，就是挥臂激昂唾液飞溅。有些人似乎一上宴席摇身就成英雄，而后……而后醉态百出，落地成狗熊。酒桌啊酒桌，你让很多男人原形毕露丑态百出失去了高度。

纯女人们的宴席更奇葩。一次宴席，就是一次大规模发酵是是非非：谁的家庭隐约出现了裂缝，谁跟领导黏黏糊糊走得很近很近，谁家的孩子又怎么了……看上去都是热情的关注，可怎么听怎么看都掩饰不住幸灾乐祸的味道。还有那些无中生有的流长飞短，让所有菜肴都变了味道。

你有猎奇心理想了解熟悉的人最新最隐秘的事情？联系其他熟悉的人办一次宴席吧，绝对会满足你的一切好奇！

当然了，在宴席上你万万不可只是埋头品尝，哪怕你是顶级吃货，那样就会被轻视没见过世面，尽管她们也不是天天赴盛宴。女人们的宴席最不能忍受的是她们的矫情。她们会矫情地说，多点素菜，鱿鱼海鲜天天吃，都腻了。鬼知道她们天天吃啥。

当然了，也不是所有的宴席都是沙场与是非场。两三好友，即便野炊，也是盛宴的味道。

裁剪一段时光

日子总是那么忙忙碌碌紧紧张张，忙碌得忘记了自己的爱好，紧张得听不见心的呼唤。时间也有边角料啊，裁剪一段小小的足以忽略的时间留给自己挥霍吧。

出神，发愣，犯傻，乃至开小差，却宛如参加一场场流动的盛宴。

是中午时分吧，你的眼睛入迷地看着地图上那个被夹在法国德国意大利中间的国家。它有个美丽的名字叫瑞士，瑞士有个极为华美的地方叫卢塞恩。瓦格纳说“卢塞恩的温柔使我把音乐都忘了”，雨果说“在这里待上一小时，人将成为一尊雕像”。而托尔斯泰来到那里后，觉得自己快要被铺天盖地的美所淹没，以至于想紧紧地抱住某个人。

于是，那个中午，你闭了眼，卢塞恩那绝美得令人窒息的湖光山色于想象中在你眼前铺展开来……

而那一天，就因为你思想“抛锚”了那一会儿，一下子鲜活起来。

有段日子，种种琐事压身，你觉得疲惫不堪，甚或有种快撑不下去的崩溃感。于是你心一横，请了几天假。独自，远足，且没有目的——你突然厌烦了所谓的目的。

就这样漫无目的地走着看着，遇见了有趣的人，经历了奇异的事，你才发现，“邂逅”原来是很美丽的一个词儿，甚至等同于“惊喜”！

一次休憩，你摆脱了曾死死纠缠着自己的种种不良心理，好长一段时间都很舒心。

生活的节奏越来越快，你我也都在很努力地往前赶。可是人呀，真的不是机器，发条总上得那么紧，迟早会出问题的。

偶尔裁剪一段时光留给自己挥霍吧，允许自己出神，发愣，犯傻，甚至开小差。是张弛有度，更是蓄精养锐！

别惊扰他人的幸福

偶遇幸事或满心欢喜时，我就喜欢听歌，那感觉特棒，好像全世界都随着轻快的歌声而欢舞。

此刻，就是。

兜里揣着音乐盒，出了家门就飘进了对面的公园。躲开人多处，走上林间小径。原以为林间清静，才发觉，林间是清静的热闹——

连椅上坐俩老太太，满脸欣喜地手拉着手轻诉着；石头上靠俩学生模样的，肩挨着肩，在吐露自己的小欢喜；迎面走着一对老夫妇，是不是只有在没人注意时才手挽着手；循声望去，不远处有个小伙子在诵读，夕阳在他脸上涂了层迷人的暖色……

呵呵，莫非俩人时，更喜欢选择安静？或者说，宁静才是最好的交流氛围？还是幸福害怕被热闹所惊扰躲进了安静处？

我放的音乐是不是已经惊扰了他们？这一闪念，我赶忙关掉了它。他们兴许都揣着自己的小幸福，我怎忍心惊扰？

——不惊扰别人的幸福，就是对别人最大的尊重。

也就是那一刻，我突然想起一位老人来。

她跟着女儿在城里生活，可每次回乡下老家，都先收起自己的金项链金戒指玉石手镯，穿的呢，也是进城前的陈旧衣服。女儿曾很不理解，说人家都是穿金戴银衣锦还乡，你是怕露富别人借钱啊？

老人长叹一声，说我那些老姊妹，没我的好福气——能跟着娃娃到城里享福，我不能穿得太好，那样就跟她们生分了，也叫她们不舒服。

也是，老人每次回到村里，从不说城里的好，总说城里有这样那样的不方便，听得老姊妹们不住地惋惜，对她满是同情。每次回城，她们也都争着给她带点地里的特产。

这位老人就是我的妗妈，她跟着孝顺而富有的表妹在城里过得很舒服。

——不惊扰别人的幸福，是种美德！

见过幸福花吧，它薄如蝉翼，甚至都不敢对着它哈口气。幸福或许真是那样，很脆弱，别去惊扰他人的幸福，好吗？

思念，与清明无关

转眼，清明将至。我对您的思念，哪里只会与清明有关？时时，处处，都是您不曾远去的身影啊，母亲！

还记得行动不便的您，冬天，就喜欢靠墙坐在暖暖的太阳下，用花花绿绿的毛线给我钩着沙发上的坐垫，一下子就钩了几套，说换着铺就不显得单调。或是纳鞋垫，大大小小，一双一双，说自己的眼睛越来越看不清了，得多纳些，攒着用。用夏天收集的麦秸为我连缀着箅子帘，捆扎了一卷又一卷，总说这些不经用，总怕不够用。

一直是您，为我美丽着并不富裕的家。

转身，才发现黑金刚的叶子们已蒙上了一层灰尘。自您离开后，没有谁像您那样连黑金刚的叶子都无比疼爱地擦洗干净。黑金刚会不会在呼吸不畅时就想起那个殷勤的老太太您呢？

现在，我才强烈地感觉到，您是多么舍不得离开我呀！所有的物件，都烙上了您深深的印记。

也记得是在一个黄昏，和我坐在外面的阳台上，您突然开口道：

走和不走都好。走了，到那边就能见你外爷外婆，还有你二哥。不走，在这边有你、你大哥。我就是放心不下你，脑子一根筋，一天到晚就知道趴在电脑上写东西……

我知道，在心里，您是为我骄傲的。一来人就拿出我写的书给人家看，可就是看不惯我熬夜太劳累。

知道吗，有时，我真的想把您赶出我的记忆。我不想整天泪水涟涟，可是，当我决定这样做时，才觉得自己的想法是多么荒唐多么滑稽：我的容貌我的性格，活脱脱的一个年轻时的您，我又怎么可能割断对您的思念？

清明快到了，我又给您捎了些钱过去。我知道，您一向都很节约，节约到对自己很苛刻的程度。我呢，一有空就回家看您，给您捎钱过去。我就想呀，这钱捎得多多的，都堆在您旁边，看得您心烦了，为了省心自然就得花钱。

外婆是在您 50 多岁时才去世的，那时，您哭得是那么伤心，说“我成了没妈的娃了”。可您呢？您走得那么匆忙，匆忙到忘了我的年龄，我该如何面对您的猝然离去？我曾替您看望病中的外婆，我也曾陪着您一起回忆外婆，可是我呢，我年幼的孩子只会在您坟前欢快地跑来跑去。苦痛，我只有独自咽下。

罢了罢了，您给了我生命，我又给过您什么？我们是永远也扯不平的。

倘若您能感觉到我的思念，就托个梦给我吧。

我的理想家庭

随手翻开一本杂志，第一篇文章就是老舍先生的《我的理想家庭》，看得心里直痒痒。我的理想家庭又是怎样的？掩卷遐想，姑且让囚禁已久的心奢侈一次。

住的，当然不能是鸽子窝般的单元房了。那家伙悬空，心里从没踏实过。加之抬头举目，满眼豆腐渣，老担心一觉还没睡醒就粉身碎骨灰飞烟灭。即便是钢铁浇筑不担心质量，想想那家伙是从地面突兀起来，不接地气，总是别扭。住的得是小院，不能铺水泥或地砖，纯粹的土地，就可以种菜养花了。种菜是俗世，烟火味儿；养花是怡情，清爽气儿。身心都照顾上了，岂不是神仙日子？得有一架秋千，秋千最好在高大的花树下。想想吧，落红飞絮，捧本书荡在秋千上，是不是美得酣畅美得无以复加？还得有石桌石凳，那玩意是好东西，用处多得去了：下棋，临帖，月下小酌……

还有最最重要的一点，绝对绝对不能有高高的砖砌的院墙和威武厚重的大铁门。那装备那感觉，怎么看都像监狱。人怎么可以花大力气囚禁自己呢？篱笆是最好的院墙，界而未界，隔而未隔。篱笆下种上爬山虎、牵牛花，丝瓜也行，藤类能攀缘就好。这样，我不就拥有了富有生机且四季色彩变化的植物墙，多美。门呢，自然得跟篱笆墙配套，柴荆。

院子称心合意了，院里有几间房子才合适？

书房是必需的，好歹也能赖成读书人了。凡身肉体无法自由，精神得有相对独立的空间。书房得朝南向阳，看阳光在书页间跳舞是件很美好很享受的事。书房三面是直达屋顶的书柜，自己喜欢的书们再也不用憋屈地压进箱子塞在床底下，受潮发霉不见天日。更可以大气地请回自己仰慕已久的大家，书房里名家济济一堂，该是何等热闹。书房里一桌一椅即可，有书柜们压阵，已够奢华。其他物件都是多余，再名贵的摆设，白送也不要，还嫌影响书们的视线。

孩子嘛，两个吧，一个过于孤单，两个的话就可以从与兄弟姐妹相处中学会理解、照顾别人，更快更好地成长。如果既有男孩也有女孩，就需要两间房子。我们一间，还得有个客房。热情待客是必须的，有的人家来了客人为了省事直接去宾馆订房子，看起来高大上，其实多少有点拒人于千里之外的生疏感。加上一间灶房，房子六七间，就可以了。

最最重要的出来了，人啊。老人们常说“人是房芯子”。人是房的魂，魂比衣服比肉体要紧多了。

我的爱人应该是怎样的？我喜欢也只用“爱人”这个词。觉得“男人”过于强调性别，“老公”过于时尚缺少厚重感。“爱人”真的不错，是个温暖的感性词语。我不是白富美，他也不需要高富帅。踏实，坦诚，有担当，向往美好，具有这般美德的人跟天使有区别吗？太美满了！

孩子们呢，我不会苛求他们完美，成长就是不断犯错并努力改正的过程。他们可以调皮，可以贪玩，可以惹是生非。我只要求他们本质好，所有的错源于暂时不明事理，一旦懂事了，定会从善如流。当然了，既然有那样的爱人，我们一定可以悉心陪同孩子们慢慢成长，给他们一个健康而快乐的家庭氛围。

哦，还得说工作？我呢，在家读书写作照顾孩子们，爱人外出工作赚钱养家，总有一个热闹而温馨的家等他回来。小孩子们嘛，心理健康是第一要务，职业就是玩，在玩中提升自己，没有压力只有快乐，对他们来说成长就是享受生命。

这，就是我理想中的家庭，美吧？你说是“白日梦”？大白天能做的梦一定是清醒的梦，清醒就更容易实现。

善念如花

生活的海面上，常常泛起善的浪花。有幸采撷，用心收藏，幸福便在心里再次绽放成花。

（一）

婶娘还没老糊涂却简直是满口胡言。

她逢人就说，看我媳妇给我买的袄，多合身。好像自己就缺买衣服的那几个小钱，老喜欢穿着儿媳买的衣服到处招摇。

婆媳之间呀，容易有矛盾，不是人经常说婆媳矛盾是“阶级矛盾”“敌我矛盾”“你死我活的矛盾”吗？况且她那儿媳，怎么说呢，也不是原装的，儿子是再婚。有啥可骄傲的？谁知道这个又能过多久？

婶娘还到处给人说儿媳对她孙子有多疼爱，跟亲生的一样。婶娘说时声情并茂，好像事情就发生在眼前。我甚至想，婶娘会不会有一点就夸大，没的也捏造？这人一老呀，就好面子，就虚荣。

我终于见到了婶娘的儿媳，我的嫂子。嫂子的一句话着实让我震动：

你看，我都没做多少事，我婆婆把我能夸成一朵花。我心里老觉得自家没做好，就想做得再好些。

婶娘其实很聪明的，给了儿媳向善的方向，儿媳怎能不努力成为那样的人呢？

（二）

老姑婆总是满脸挂笑，似乎从来没有烦心事。

老姑婆赶集回来，手里多了张 50 元的假钞。知道了的人都诅咒那个欺骗老姑婆的人，说："造孽哩，忍心哄一个老人。""骗老人家，真是头上流脓脚底生疮，心坏透了。"

老姑婆倒像局外人般很是平静，她有很充分的理由让自己远离生气：假钱是花出去了，心里就不踏实了，心里不踏实了，多别扭？咱心里没事，花假钱的人心里才难受哩。唉，为了一点钱，弄得自家心里不舒坦，多恓惶的人。老姑婆倒是很同情那个人。

在老姑婆眼里，事情的得失就是那么让人不可思议，所以才有了"平静的受害者给愤愤不平的旁观者开导"的场景。

老姑婆常说的话是"没啥过不去的，放过了别人，自家心里就宽展了"。可不，容了别人，自家心里就宽了。这，恐怕是宽容的另一种解释吧。

左邻右舍，路南村北，谁有事情想不通了，都喜欢找老姑婆说道说道。那次，老姑婆给人宽心的时候我恰好在场。

你看，你心里喜欢了，眉里眼里都开了花，多好；你心里不高兴了，拧着眉绷着脸，多难受？……不要记恨，恨是很累人的事。

遇到烦心事或是想不通时，我常常想起老姑婆，想起她老人家，就没有想不通的事没有过不去的坎。

（三）

皮鞋有点脱胶，得麻烦师傅打理一下。正在欣赏着师傅娴熟的技艺，突然进来一个人。

“师傅，擦皮鞋不？”外地口音？抬眼一看，满脸疲惫的中年男子，戴着眼镜，夹着公文包，看上去文绉绉的。

“两块。得等一会儿。”

那人就坐了下来，在他脱下鞋的一刹那，我的感觉坏透了：两只袜子破了两个洞，大脚趾都出来了。一个死要面子活受罪的家伙！

“现在的人，真幸福，连鞋都不用自个擦了。”我调侃道。

那人竟然笑了，很坦然地接上了话：“出了门，没条件自己擦；不擦，看起来太邋遢，不好见人。你肯定笑话我袜子破了还擦鞋。袜子破了只有我自家不舒服，鞋脏了人家看着不舒服。咱就当讲公德吧。”

就是那一刻，我的脸红了。每个人都有自己的生活法则，不明就里，怎就讥讽别人？总以为素面朝天是最真实的，却忽视了打扮自己也是对别人的一种尊重。打理好自己，自己养心，别人养眼，也算利己惠人的一种善举吧。

有了善的念头，自然会绽放成花。

吃　相

母亲一直看重“相”讲究“相”，她常说“站有站相，坐有坐相”，在“吃相”上更是讲究，严厉得近乎苛刻。

她不允许谁绷着脸坐在饭桌旁。依她的话说，人家辛辛苦苦把饭做好了让你吃，还拉着个脸，哪有资格坐在饭桌边？她不允许我们在饭桌上扯东道西地闲聊，理由很奇怪：饭菜都把自家委屈成那样让你吃，你还能那样敷衍地吃？再小的孩子，上饭桌前母亲都要给他们把手洗干净，似乎与讲究卫生无关，而是手干净了，摸过去，碗碟筷子馍馍都是舒服的。坐上饭桌，母亲不允许“吧唧吧唧”狼吞虎咽地吃，说那样就是猪八戒吃人参果，糟蹋了饭菜，也对不住做饭人的心；也不允许举着筷子在碟子里挑来拣去，理由是一双筷子一张嘴，谁吃你的哈喇子；更不允许站起来去夹远处的菜……

只是一个简单的吃饭，母亲的讲究真让人受不了。说给母亲时，她笑了，说，菜跟庄稼，长好长熟都不容易，再没个吃相，做人就太容易了。

暑假的一天，来了金贵的客人，父亲出去买了个大西瓜来招待。刀一闪，弟弟的哈喇子就流出来了。正吃着瓜，弟弟就从凳子上跳了下来，蹲在地上，两腿分开，胳膊撑在膝盖上，一块接一块迫不及待地啃着。西瓜汁顺着胳膊、腿流到了地上。我也想那样放开地吃啊，可我不能也不敢。我和哥哥给弟弟使着眼色，挤得我们眼睛生疼，可弟弟的全部心思都放在吃瓜上，根本对不上光。吃得高兴了，他还直接用衣袖抹着嘴巴。他没有瞅见母亲铁青的脸，母亲的脸更像暴雨前的天，阴沉得让我跟哥哥都觉得害怕。

客人前脚出门，母亲就把弟弟叫到了跟前。母亲问他：西瓜吃好了吃饱了？弟弟满脸欢喜，还意犹未尽地咂着嘴唇。母亲说，两腿分开，西瓜汁流了一地，再有没有比那更难看的样子……

那天下午，弟弟一直站在墙根下面，还被禁止吃晚饭。在那个吃不饱的年月，这应该是最严厉的惩罚了。从那以后，弟弟每每吃东西，目光总会不停地瞅一下母亲的脸色。

母亲常说的话是，一个人连自家的吃相都管不好，能干好啥？不是吗，都管不好自己的嘴巴及自己的姿态，何谈其他?!

母亲已经离开八年了，每每坐在饭桌前，我就想起她老人家。一家人欢欢喜喜地坐在饭桌前，心怀感恩地吃顿安宁饭，对做饭人，对饭菜，乃至对母亲，都是敬意。

只因喜欢

我喜欢买烤馕，一买就是几个。并不是我爱吃烤馕，而是喜欢看卖烤馕的新疆大嫂。

她先将烤馕一个一个摞整齐，而后轻撮一下打开塑料袋，将烤馕很小心翼翼地放进去，双手轻拍、放气，而后再打个活结。找钱更虔诚，将一张张零乱揉皱了的纸币压平整了，再含笑双手捧上。

我喜欢看她的神情，笑意似乎在眉梢抖动。我喜欢看她的每一个细小的动作，每一个细小的动作都包裹着对顾客的尊重。

不唯买烤馕如此。其实很多时候，我热衷于做某件事，仅仅因为喜欢某个细节。比如，经常绕道“天顺堂”药店进去和老王叔闲聊。

记得第一次见老王叔时，专门负责抓药的他竟然给拿着坐堂医生开的处方对抓药的病人说了这样一段话：

“要检查好、认准病，才能对症下药。那个医生说你缺铁，你就狠补，补得脸黑成锅底；这个医生说缺钙，你又猛补，补得胳膊腿硬得弯不了……”

那个听明白了的病人，没抓药就离开了。

老王叔开口不离药名。他说自个在中药里泡了几十年了，身上都有了药味儿；他说炮制煎熬中药得讲究的渠渠道道可多了，只是现在的人追求简单糟蹋了中药，光知道挣钱，恨不得把中药也种到大棚里。

听他说话就是如沐春风。

“……像‘陈皮’，叫‘陈皮’是因为三年后才可作药用。‘防己’，人最重要的是防止自己心里出了邪心歪念……我没事了就爱看着药名瞎想，‘知母’艰辛就“当归”尽孝。古人说得好，子欲养而亲不在……”老王叔边和我说话边拉开药箱子，宽大的手掌抚过，淡淡的药味随着他的手掌就弥漫开来。

看着他，我常常想，是药有了人味还是人有了药味？反正，我就是喜欢绕道“天顺堂”药店进去和老王叔闲聊。

这一段，小区又搞基建了，我喜欢去工地附近转转，只是喜欢看到那位穿白衬衫戴白手套皮鞋锃亮的泥瓦匠。我感觉到自己看他时，似乎就像看脚手架，总得仰着头。听别的工友说，不论在哪里干活，他都是那身打扮。

“笨狗扎狼狗势。”工友们是如此不屑地评价他，“不就是个瓦匠，还以为自己是城里吃闲饭的？”

我暗自观察了好多次，他每次从脚手架上下来时，除了白手套上有砖灰外，白衬衫上绝无一星半点的泥浆什么，皮鞋依旧那么干净。而其他人，倒真的和他没法比。

或许，这个小伙子之所以这样，只是想知道自己到底脏到什么程度而已。一个时刻看护着自己的人，是不会脏到哪里的。我也确信，优雅的生活才是最本质的高贵。

每每出门，抬头侧耳，我准能捕捉到等着自己发现的喜欢。也正因为有了这些星星点点又遍布每个角落的喜欢，我一直觉得自己像占了天大的便宜般，偷着乐。

|第六辑|

爱，不会缺席

可爱的孔子

孔子的可爱，在于他其实挺接地气，绝非遥不可及的圣人。

孔子怕别人不相信自己，也像我等一样动辄发毒誓以澄清自己。

子见南子，子路不说。夫子矢之曰："予所否者，天厌之！天厌之！"

这师徒俩的对话是啥意思？就是孔子去拜见南子（卫灵公的夫人，据说史书记载，其行为淫乱，名声不好），子路为此不高兴。孔子急了，就发誓说，我如果做了错事，上天就会厌弃我啊，上天就会厌弃我啊。

瞧瞧，孔子是不是俗人一个？是不是也没有"公道自在人心，是非任由人说"的洒脱？

孔子也爱钱呀，为了得到财富他绝对会屈尊的。

子曰："富而可求也，虽执鞭之士，吾亦为之。"

孔子在独自唠叨啥？就是财富如果是可以求得的，即使是手持皮鞭的下等差役，我也去做。

呵呵，这话说得，多像我等小人物，累死累活做牛做马汗珠子摔成八瓣都行，只要能挣下钱。

瞅瞅，孔子多直率，坦言只要来路光明正大，他是不会拒绝财富的。

我们都知道，生而为人，就不会仅仅满足于物质追求，更想拥有广阔的精神境界。孔子也不例外啊，也想有机会证明一下自己的能耐。

子贡曰："有美玉于斯，韫椟而藏诸？求善贾而沽诸？"子曰："沽之哉！沽之哉！我待贾者也。"

这，又是啥意思？就是子贡问孔子，有一块美玉在这里，是把它放在柜子里藏起来，还是寻找识货的商人把它卖掉？孔子说，卖掉它！卖掉它！我正等着识货的商人呢！

想象吧，孔子连声说"沽之哉"，显得多么迫不及待，以至于我都已经看见他老人家挥舞着双臂在喊，我是有能耐的，我是有能耐的，快来发现我任用我吧。

我们普通人，被人误解又百口莫辩时，大多发毒誓以澄清自己，孔子也不例外。我们希望自己过得幸福，经济便不容忽视，孔子亦想屈尊得到财富。在物质方面满足了，我们便想证明自己的能耐即实现人生抱负，孔子不也如此。

静静地反复品读《论语》，你或许会闻到孔子的呼吸，那么真切，绝非遥不可及的圣人，倒像朴实率直的邻居大哥。

或许，他自己也不愿意被高高地架空在那里吧？

“灵猴”范哥

范哥只比我大四个月，一直喊他哥是俺素质高。如今啊，很多年轻人拍着中年人的肩膀喊“哥们儿”。范哥跟我都属猴，他是我见过的最最钟情于自己属相——猴——的人，从来没有辜负过。

不信？我说几件小破事，让亲们开开眼。

记忆里的范哥，干啥都在树上，像猴子不？据他奶奶说，他才四五个月大，抱着他一出房门，就兴奋得伸着胳膊指着树咿咿呀呀。抱至树下，他就乐和得手舞足蹈，否则就咧开嘴巴歇斯底里挣断筋不倒茬地哭，不罢不休，直到你赶紧把他抱到某棵树下，才破涕为笑。

真是奇怪。

他那八十高龄的太奶奶说，一只离不开树的小猴子。

说来更奇怪。范哥家的院子里有棵树，不高，却很粗，树身分成五大杈，像张开而又微翘的大手。太矮，不能用来做家具；那么粗，烧柴又显得可惜。于是呀，它就那么一直不尴不尬让大家很不舒服地站在院子里。而范哥后来的种种行为证明了这棵树委委屈屈几十年，将自家长成那样讨人嫌的奇模怪样，单单就为了等范哥的到来。只要把范哥放在树杈上，他就欢喜得“咯咯咯”笑个不停。再大一点晓得安全了，他吃饭，得在树上；他午睡，得在树上；连拉屎撒尿，同样得在树上进行。只要上了树，他心里的每一个犄角旮旯都舒舒坦坦。

曾经有过多次，年幼的范哥做了错事害怕大人惩戒时，不用找，他一定可怜巴巴地站在树上，满眼惊慌。是不是有点“守树待逮”的味儿？大人再大的怒火，也因他的好笑而不再深究。

六岁那年，曾经有过两次，睡到半夜，范哥突然号啕大哭。寂静的深夜，整条巷子乃至整个村庄，恐怕都能听得见那骇人的哭声。过后他母亲给好奇的邻人解释，那小子闭着眼睛就是狠哭，一副不管不顾混账十足的样子。摸他额头，不发烧；问他话，不应答。把大人吓得：该不会是中了邪吧？太奶奶眼都没睁，不耐烦地说，讨债的碎东西，抱树上不就得了！别说，抱着放在树杈上，哭声立止，竟浮出浅浅笑意。随即，鼾声四起，是成人那种干活疲惫后睡得香熟的打鼾，酣畅，淋漓，通透全身。

最奇怪的是，那次以后，范哥对树的依赖似乎有所减轻，最明显的是不再上树行屎尿之事。此前，即便憋得脸蛋通红，憋得捂着肚子转圈儿，不在树上，他是无论如何都无法解手的。

那年，正好他哥该上小学了。母亲说了句“屋里忙得没人管你弟，你到学校就引上”，范哥就跟在他哥屁股后面开始了“溜学”生涯——就是坐在教室后面的地上不出声地自己玩。后来，他也给自己要了笔、本子，说是想画画。再后来，他成了正儿八经跟他哥同班的学生。

这个戏法就变大了，咋回事呀？

数学老师几次提问，范哥在教室后面第一个喊出了正确答案。老师笑道，这小东西，脑子猴精猴精，直接上学得了。

此举导致范哥的同学比他大两三岁。范哥受欺负不？反正几个回合下来，范哥还成了核心人物，只要他参与的“扰民事件”总是过程顺利结果完满。小到偷瓜，大到偷果，再大到因为割草而跟邻村的孩子们打群架，范哥都能根据各人的情况做到最好的分工。偷时，自己树上放哨。可别以为范哥是躲奸溜滑之辈，打架，他则以拼命三郎的悍势冲在最前面。

我问，你当时就不怕挨揍？范哥一本正经地说，连小个子都那么玩命，他们敢惹？随即又笑了，说关键时候不破点皮流点血，能当老大？一脸憨憨的狡黠。

行动利索脑子活络，又如此依赖过树，不是灵猴是什么？

胜利者

那次战斗极为惨烈，持续了七天七夜。兵环顾四周，只有自己的喘气声。

残腿，断臂，血肉模糊。兵竟找不到一个完整的同伴。

兵找了好几把枪，却没找到一颗子弹可以上膛。兵还是将没有子弹的枪背在身上，兵觉得，没有枪的兵就不是兵！

在敌人围上来时，兵已经找到了那面布满弹孔的旗帜，那面旗帜就像装满子弹的枪。兵拄着旗杆站了起来，站起来的兵似乎浑身又有了力量。

兵嘴角还尽是浅浅的绒毛，兵只是个十七岁的孩子。可兵的目光里却是积淀已久的仇恨。

投降吧。

那个长官似乎也没有胜利者的得意，他对兵说话时眼睛却瞅着兵身后的大树。长官觉得真没劲，打了七天七夜，收获只是个孩子。

兵拄着旗杆。兵其实很虚弱很虚弱，可依旧直直地挺立着，纹丝不动。

长官不耐烦了，抬手，子弹从兵耳际擦过。

兵往前走了几步，费力地将旗举了起来。

长官又一抬手，兵跪了下去——子弹打中了兵的腿。

兵拄着旗杆，再次站了起来。

长官突然觉得自己的腿软了一下，好像那一枪打在了自己腿上。

你，投降吧。长官的声音里没有了底气。

兵拄着旗，又往前挪了几步。兵的目光里喷射着愤怒的火焰，牙齿紧咬着，似乎一张口就能撕裂什么。

长官抬手，打中了兵另一条腿。

兵跪了下来。兵只能跪着。跪着的兵拄着旗杆依旧挺直着身子！兵挺直着身子，跪着往前挪动。

身后，是两道血迹……

可怜的人

一个很衰老且驼着背的老妇人推着一辆简易架子车出现在我的眼前，说“简易”，是因为两个车轱辘上面直接是块平板，上面堆了些捡拾的废纸板、塑料桶之类的。她后面跟着一个更为苍老的男人。

我是在南关菜市那里遇见他们的。

那男人沿着摊点问菜价，也不在乎卖菜人嫌恶的脸色，拎起又放下。似乎没有摊主愿意跟他多说一个字。他问“便宜点”，人家只是以很干脆的摇头作答。

最后，他一样菜也没买。我看不出他的神情变化，黝黑的脸上布满皱纹，连喜怒哀乐也无处可藏。

简易架子车上是少得可怜的收获，还没处理掉呢，兜里没钱吧？

我想给他们买些菜，可如何送给他们？他们会不会觉得是受了羞辱？他们是在辛苦的讨生活，可毕竟不是乞讨。

我很纠结，很纠结的我就一直尾随着他们。

他们离开了南关菜市上了解放路。

我推着自行车缓缓地跟在他们后面。那老妇人一见到路边的果皮箱就放下车子，爬上去翻找。一路上的果皮箱挨个翻找，都一无所获，甚至连块纸片也没有。已经下午六点多，恐怕此前别人已经捡过了。

四，五，六……十一，跟在后面的我数着他们翻过的果皮箱。十一个果皮箱，十一个希望啊，可几乎都是空荡荡的！

他们一路缓慢地往前挪着，我用“挪”，是因为他们的确苍老到行动不便！

这条街到了尽头，该拐弯了，我才心有不甘地离开。

一路尾随，其实我尾随的是自己无法施予的纠结：给他们一点帮助吧，哪怕只是一顿饭钱。春寒料峭，让他们热热乎乎地吃一顿。可是，可是我如何施予他们？会不会因此伤害了他们的尊严？我倒不担心会惯坏他们，已经如此苍老了，即使他们因此想不劳而获靠乞讨为生，又如何？垂暮之年的老人了！

可是，我真的没有施以援手。我是不敢，怕他们误解；我更不会妥帖地表达自己的友善。

我很遗憾地发现，在我的生活里缺少了一课——如何施予困苦中的人们。从小到大，似乎没有人教我如何去帮助别人又不会使别人尴尬，真的没有人教给我。

我经常给路边的乞讨者零钱，我也积极帮助过街头卖艺为生的。可面对这一种生活窘迫却还在努力地自食其力的人，我如何传递自己的关爱？

没有施予的习惯，自然不会施予的方式。

可怜啊，因为缺了一节课，便看着困苦从我眼前走过，却无能为力，任遗憾涨满心间。

疼，依旧爱着

我时常想起大学时的同学晓栋。

就在刚才，给孩子们说到亲情，又想起了他，自然就讲起他的事。讲着讲着，我泣不成声，惹得那些心软的女孩们也泪水涟涟。

2010 年暑假，大学毕业 18 年，我第一次见到晓栋和他的家人。相见前，有同学专门给我提了醒，说见了晓栋的女儿不要问什么，那孩子有病。按理说打了预防针已经有了心理准备，可看到孩子的那一刻，我的失态还是掩饰不住，吃惊的神情却努力装着镇定，目光分明难以移开却不敢过问。

——他的女儿软软地瘫倒在沙发里，头无力地耷拉着。

此前我做了充分的估计：孩子的腿有些跛，或者胳膊弯曲不方便，甚至干脆头有点歪，却绝对没想到情况是如此糟糕——瘫痪！

我不忍直视不敢直视又不能不直视，作为第一次见面的阿姨，怎么可以做到无视孩子？怎么可能不问问孩子？可是我真的不知道该如何问她，又问她什么。

附近好几个老同学都赶来了，我们准备去饭店。

“来，让爸爸背上可爱的小公主。”晓栋满脸是笑走过去，还冲着女儿做了个鬼脸。

饭桌上，夫妇俩一人一旁，给女儿夹着菜，又逐一介绍着我们这些叔叔阿姨们。说他们夫妇那神情是享受，绝对没人会相信。可我从他们脸上看到的，就是泛滥着的笑。

饭后，晓栋的爱人照看着孩子在另一间房子里休息，我们在一起叙旧。我当时还是忍不住地说了句，晓栋，你们还可以再生一个的。晓栋没有丝毫尴尬，他说，我知道大家都在回避说孩子，其实大家最关心的，就是孩子。我不会再生的，真的不会。

在晓栋的讲述中，我知道了他们两口子曾多年带着孩子到处求医，在绝望中寻找希望，好不容易萌发的希望又被残酷的现实一次次击碎，他们才心有不甘却不得不接受了这个现实。

我不能再生孩子，绝对不能！晓栋说得很坚决，而他的理由也充分得让我们落泪。

我不生二胎是不敢生二胎，我不放心我自己。虽说手心手背都是肉，可第二个娃健健康康活活泼泼，我肯定会喜欢的。这个娃已经够倒霉了，我还能忍心叫娃心里再难受？我不敢生二胎，我怕我会偏心。

我要真生了老二，健健康康的老二，对老二也是不公平的。我照顾我娃是心甘情愿，她妹或者她弟照顾她就未必是心甘情愿了。我们两口子走了，只能把老大留给老二照顾，我咋忍心把自己的负担留给老二？

我没有想到，晓栋竟是这样想的，连对想象中的老二，也是那么不忍，唯恐伤害。

有人就问，那将来咋办？你们老了，照顾不了娃了，娃咋办？

晓栋淡淡地笑了，我不知道我娃能活多久，我才早早买了车带着她四处转转，尽可能让她开心。现在最重要的就是攒钱，将来我俩真的要走了，就提前把娃送到最好的养老院，不会叫我娃受一点儿苦的。

晓栋说时，我一直沉默着。我被他的想法深深地震撼了，那该是何等纯粹得没有掺杂一丁点儿杂质的父爱！

我的同学晓栋，上大学时很腼腆的男孩，腼腆到同学几年很少主动和别人交流。成了父亲，却让我敬仰！

总是很烦恼的小丫头

妹妹的女儿张楠茜，一个 9 岁的小丫头，她总是很烦恼很烦恼。她的烦恼样，让我很心疼。

妹妹带我去看中山桥——黄河第一桥，是德国人在一百多年前建造的。据说前一段维修中山桥的时候，连个螺丝都没生锈，被国人惊叹是奇迹。

低头就是黄河，张楠茜让我跟着她沿着小台阶下到黄河边去。妹妹说，楠茜呀，不要让姨妈下去，下面有点脏。张楠茜瞪着大眼睛一脸认真地说："我就是想让姨妈闻闻黄河的臭味。"妹妹笑道，这小丫头，带客人游玩是让客人看到美的好的，不是让客人看到不好的。"我是想让姨妈知道，黄河已经重度污染了，是人破坏环境弄成的。它从雪山上刚流下来时，肯定不是这样。"张楠茜解释道。

我心头一震，一个对环境有着强烈的忧患意识的小丫头，可敬的小丫头！

我们继续走向中山桥。发现了一块垃圾，张楠茜马上弯腰捡了起来，一瞅见垃圾箱，就飞快地跑了过去。一路上，她一直捡拾着。

是垃圾好不容易遇见一个关注它们的人，总是踊跃地挤到张楠茜的面前，还是张楠茜因为关注而总能看见更多的垃圾？反正张楠茜是一路弯腰捡拾。她越捡拾越沮丧，以至于像大人般很是烦恼地长叹一声："唉，啥时能捡完啊？"

那时，我没有跟她一起弯腰捡拾，尽管我很想。我怕别人会误解我是在作秀。突然有种很可怜的感觉，面对张楠茜，面对自己的尴尬处境。

踏上中山桥，张楠茜欢快地说，姨妈，我带你参观黄河第一桥。我们拉着手，说着桥的气派与壮观。

突然，楠茜惊呼一声："看，垃圾！"顺着她手指的方向望去，桥下的水中漂浮着黑色的垃圾。"还到处流呢，咋办呀？"她急切地拍着护栏跺着脚。是的，她还皱着眉头噘着小嘴巴呢。"姨妈，人家黄河的源头，是雪山上融化的水，肯定是很清很清的。"

这是她第二次给我提黄河的发源，提黄河水固有的清澈。谁，会将黄河固有的清澈总装在心里，除了感慨水土流失，而后深深遗憾它如今的浑浊？我眼前，这个9岁的小丫头，就是这样的。

在大铁桥上，我远观近看，蹦出来的都是僵化的词儿——"坚固""宏伟"。又是很突然，张楠茜拽了我一下，我看见了她指着的黑色的字——有人在桥的护栏上用笔乱涂乱画做广告。

张楠茜试探着用小手擦了擦，没反应，又使劲搓了搓，那些东西依旧厚颜无耻地一动不动。张楠茜没辙了，紧皱眉头，嘟哝道，咋办呀？

好在往前走了几步，看到一个小贴纸上写的"保护黄河倡议书"，我们一起读了上面的几条倡议。我笑了，张楠茜也笑了。

张楠茜因为有人关注黄河而笑，我因为张楠茜不再孤单而笑。

不曾远去的姥姥

姥姥已经故去30年了。她老人家不识字，也没文化，可直到今天，我依旧喜欢回忆她做过的事，琢磨她说过的话。

姥姥爱娃娃，哪家娃娃都爱，叫哪家的娃娃都是“亲蛋蛋”。在我们这里，“亲蛋蛋”是最亲最近的长辈对晚辈的爱称。

姥姥怀里常揣着两样东西，一把小梳子，一些纸：给女娃娃梳好看的辫子，给男娃娃擦鼻涕。我个头长大了，心眼儿却变小了，觉得她那样做就是多事。姥姥不烦不恼，只是说，你再大点就懂了，娃娃只有让人疼让人爱了，才知道咋样疼自家咋样爱人家。

每每在爹操起家伙准备狠狠地教训我们时，姥姥就发话了：骂娃打娃，不是为了你出气痛快，是让娃知道自家错了，咋样做才是对的。也常常在娘拧我耳朵时，姥姥就搭腔了：长耳朵是为了听话学好的，不是图拧起来方便。

冬天，姥姥更不允许爹娘打骂我们。姥姥说，天寒地冻的，娃娃一哭，脸就皴了，难看不说，心比天还冷。

可是，姥姥做的饭，我不是很爱吃的。她从不用提味的大蒜大葱，甚至味重点的洋葱都不让生吃。她做的菜，吃起来没滋没味的。姥姥的理由很充分：那些东西，香自家臭人家，能不吃就不吃。如今想来，姥姥虽没信奉过什么，却是菩萨心肠的。

该上初中了，在十里外的镇上。我个子矮，人又有些面软。特别在冬天，吃饭时老挤不到热水灶前，蒸的红薯馍、玉米发糕也常被没啥吃的学生提前拎走，就只得吃冷馍喝凉水。实在受不了了，就不想上学了。再说了，同村辍学的孩子越来越多。谁不喜欢家里的热炕锅里的热饭？

我给姥姥哭诉着在学校遭的罪，想让姥姥说服爹娘让我也停学。姥姥说，娃呀，你只要想着将来的好，眼下受啥苦都能熬过去。

心里装着将来的福，才受得了当下的苦。每每想到姥姥的这句话，在我，就没有过不去的坎。

姥姥说过的话、做过的事很多很多，在她老人家离开 30 多年后的今天，对我，竟是越来越清晰。姥姥，一直不曾远去。

爱的胚芽向阳生长

第一次见同事小李的女儿彤彤时，觉得很诧异：一个不到七岁的小女孩，竟然有耐心留着快齐腰的长发？留这么长的头发会影响到玩，梳这么长的头发麻烦吧？我将心里的疑惑说给小彤彤时，她竟是一脸幸福的憨笑："我就爱留长头发。"她还一点儿也不避生地趴在我耳边说，"头发长了能卖钱，攒了钱给我爷买电动车！"

哦？见我满脸诧异，同事小李笑道："不要听小屁孩胡说，就她那头发，还指望买电动车？猴年马月的事，等到钱攒够，她爷都走不动路了。"

小彤彤的脸立马沉下来，噘着小嘴："我就是要给我爷攒钱买电动车，我就是不剪头发！"说罢小彤彤扭身进了自己的房间，并重重地关上了门。

事情的来龙去脉原来是这样的：

小彤彤见同桌的爷爷天天用电动车轻轻松松接送同桌，而自己的爷爷很吃力地蹬自行车接送自己，就想让爷爷也有一辆电动车。她将自己的想法说给了妈妈。"头发留长了就能卖钱，那你给你爷爷攒钱买电动车。"小李说自己当时是开玩笑的，只是想尽快结束和女儿的交谈，转入询问她在校的学习情况。一句玩笑，竟在彤彤心里扎了根：那头发，再热再麻烦，都不让剪了。

“那么长的头发，梳起来很麻烦，她自己干啥也不方便，真固执，就是不让理发。我都拿她没办法了……”小李叹了口气，脸上尽是无奈与不理解，似乎等着我的安慰。

我笑了，拍了拍同事的肩，说：“你真幸福。”她满脸诧异。我解释道，“有一个懂得感恩的女儿，那么小，就知道以自己的实际行为心疼长辈。多招人喜欢的孩子，做妈的难道不幸福？”

太理智了就可能产生绝望甚至滋生冷漠，我喜欢天真可爱的小彤彤：她在想象中用自己的头发为爷爷攒钱买电动车。

我给同事提了个建议：“带彤彤剪一次头发卖掉，让孩子看到自己的头发的确换来了钱。老人手脚灵活的话，你就添些钱给老人家买辆电动车。”

这样做的用意对孩子也有一种暗示：你积极努力了，别人就会帮助你，可能会更快地实现心里的愿望。

在小彤彤身上，你或许看到了自己孩子的影子。当孩子向你绽露出爱的胚芽时，千万不要用理智来伤害她，应该用爱心和智慧引导孩子，让爱的胚芽向着阳光成长！

坐在拐角的老人

娃，几点了？

循声看去，说话的是拐角处树下面的老人，被护栏上的广告牌挡着，仅能看见肩膀以上的部分。正值红灯，反正是等，我就走了过去。原来，她是坐在轮椅上的。

我掏出手机看了一下时间，10点40分。您有事？

我娃早晨把我推下来时，这里还没有太阳。老人解释道，现在有点热了。

我看得出她不是有点热，而是很热很热了。额头渗出了汗，甚至有点亮晶晶的。她手里还握着手帕，给自己扇着。我将老人的轮椅推到阴凉处。树不大，随太阳移动的阴凉自然也不大。我有点遗憾地说，现在能好些，很快就又热了，阴凉太小了。

老了，就不方便了。拖累娃娃，成了累赘。老人说这话时一脸不好意思。我娃怕我一个人在单元楼上闷着，就把我推到街上。街上就是眼宽。他下班路过，就把我推回去。

绿灯第二次亮了，我不能再耽搁了，就匆匆和老人别过。得赶回家做饭，孩子快放学了。过了十字路口，心里还是不忍，又回头看了看老人。她低着头，也只是低着头。

后来，我便注意到了那个拐角，注意到了老人。

更多的时候，老人只是低着头，似乎在瞌睡，或者是看自己垂在胸前的手。大街上人来人往的热热闹闹，看起来与她无关。

处在车水马龙的大街拐角，她依旧是孤独而寂寞的。

每每路过那个十字路口，看着老人，我就会想：要是突然下雨了，她咋办？她孩子的单位距离这个街角远吗？她需要解手吗？她会不会为此而很少喝水……

有时在办公室里，我也会突然想起老人来，就想起她或低着头睡觉或看着自己的手的情形。或许，热闹里的孤独才是最最伤害人的？我的心里也就涌起一阵难受。甚至突发奇想，是不是应该有像托儿所一样的托老院？子女上班前将孤单又不能自理的老人送过去，下班了再接回来，多好啊。

又想到二十年前，自己还在乡下工作时的一件事。

去另外一个单位找朋友。一进单位，就看见一个很小很小的孩子靠着树歇斯底里地哭。奇怪的是，就那样的狠哭却一直靠着树站立着，不像一般孩童在地上打滚。走近一看，原来孩子身上有条宽宽的带子，他被绑在树身上。小孩子看样子一岁多点吧。谁在搞恶作剧？我刚准备解开小孩身上的带子，有人喊住了我。

年轻的女人，应该是孩子的妈妈。她说别管，省得跟在他屁股后面跑，安全，没事。

那女人正在大铁盆旁洗着一大堆衣服。

是呀，孩子就在自己眼皮子底下，安全，又不耽搁自己干活。那个做法看上去挺不错的。可是至今为止，我一直忘不了小孩被绑在树上大哭的情形，我也一直觉得那个小孩应该是世界上最不幸的小孩了。

坐在拐角处的老人，被绑在树上的小孩，如此的相似：沉浸在没有自由也没有了亲人相伴的孤独中。

让人落泪的母亲

一个女人，一绺凌乱的头发在风中飘荡着，她看起来是那么苍老，以致我都不敢猜测她的实际年龄，却穿着很扎眼的绿裤子大红棉袄。李飞正蹲着给她系鞋带，她弯腰摩挲着李飞的双肩，一脸傻笑。

——题记

记忆里总抹不去的母亲，是我的学生李飞的母亲。

有了外遇的丈夫和她离了婚，她神经错乱以致成了“游疯子”——时而清醒时而发疯。父亲母亲都已过世，一个兄弟还是过继的，娘家已经没有了至亲的人，没人照顾的她就四处游荡，衣衫邋遢，饥一顿饱一顿。这是我接管班级不久听别的老师说给我的李飞母亲的情况。

我也就理解了李飞凡事开言动语极其谨慎又略显胆怯，明白了他脾气那么好几乎什么都能忍受的由来。

一个女人，一绺凌乱的头发在风中飘荡着，她看起来是那么苍老，以致我都不敢猜测她的实际年龄，却穿着很扎眼的绿裤子大红棉袄。李飞正蹲着给她系鞋带，她弯腰摩挲着李飞的双肩，一脸傻笑。

李飞一抬头，看见了我，一愣，马上又笑了，微笑着的眼里似乎有晶亮的东西在闪动。“张老师，这是我妈！”

他再低头的当儿，我看见了泪水的滑落。为了避免尴尬，我匆匆离开。

晚自习前，在操场上，李飞给我说起了他的母亲。

那还是我上小学三年级时的事了。

刚走出校门口，我就听见“李飞”“李飞”的喊声。学校对面的大树下，我妈靠着树，手里拿着个糖葫芦。“我娃过来，给我娃糖葫芦吃。”我妈那时已经神经不大对劲了，扣子找不到该进的纽门，一边衣角高高翘起。她只是一个劲地问：“她打我娃不？你爸是不是只听她的话对我娃不好？”

临走，我妈说，她现在给人家单位扫地，还能给我挣钱，还能天天见我。

后来，因为我妈受了刺激没记性，地扫不干净还天天丢扫帚，人家就不要她了……

我只是静静地听着，偶尔飞快地瞥他一眼。我怕看得他讲不下去，看得他伤心流泪。

我妈隔一段就来看我一次，从不空手来，几根麻花，几个油糕，甚至是几块都已经发霉的饼干。我不知道我妈从哪弄来的，她不能劳动，又没人给她一分钱。她拿来我就吃，有时都恶心得想吐。

我能为我妈做到的就只有这一点，我妈看我吃得香就高兴。

一个 15 岁的小伙子，李飞突然泪如雨下。“张老师，我真的想哭，我妈就是可怜！”他没看我，我却看见了他的泪水。

我上五年级时，我妈给我送来一双棉鞋，歪歪扭扭的针脚，我妈纳的。我妈以前做的活特别好，真的，只是……

我没要，我妈就哭了。我怕现在这个妈生气，不敢要，要了也不能穿出来，我放哪？

“张老师，要是现在，我就敢要，我妈就不难过了。”

中考那两天，时间紧迫，心里紧张，人就显得特别乱。几天后，我从门卫师傅那里领了十块钱，皱巴巴的，一块、两快。门卫师傅说，有个看起来疯疯癫癫的女人等了两天，没见我，就给他留下来了。

我不知道这十块钱我妈攒了多少天，我不知道这十块钱演算成别的有钱人的钱是多少……

李飞静静地讲着，我就一直跟着李飞走在关于他母亲的记忆里。

沉默了许久，李飞说：“张老师，我没有什么远大理想，只想将来考个好点的大学，找份差不多的工作，把我妈照顾好就行了。”说时一脸沉浸在想象中的欢喜，欢喜中掩饰不住一丝悲凉。

这，已是好多年前的事了。那时小城里连用手机都是奢侈，自然没有QQ或微信之类，我们也就失去了联系。现在，我也不知道李飞如何，更不知道他母亲的情形，只是常常想起。

我的老师们

从教近二十年，我从不敢以“老师”自称。生活里，举目抬头间，尽是我的老师！

——题记

表姐的妯娌，蛮横而傲气十足，言谈举止间，无不流露着浅薄。而表姐，总给予她帮助，结果好心常被当作驴肝肺，还落一身臊臭。

“姐，你犯得着吗？吃饱了撑的？”我很不理解表姐的做法，照我的性子，早就瞪起眼和她闹翻了。

表姐只是笑笑，说：“就是计较，也得看和啥人。懂理不讲理是一回事，那人压根啥都不懂，计较啥？”

——不能为了所谓的扯平，就将自己降到对方的程度。

也许，小人喜欢为难君子，只是怕自己寂寞，让君子在和其理论中也蹲下来成为他的同伴。如此想来，便明白了必须保持自己的高度，中伤诋毁自己的谣言便不能在自己心中扎下仇恨的根。

儿子月考成绩不太理想。因为，其他班多进行了一个单元，出的题里面有二十分超出了他们班的所学范围。尽管不理想，儿子还是他们班第一。

儿子没有丝毫欢喜，我安慰他：“已经是你们班第一了，还是该高兴才对。没在全年级的前面，不怪你自己，是老师没讲到那里。”

“下一个单元并不难，要是我提前预习一下，一定能做出来。还是我自己太懒，只等老师讲。以后要提前预习……”

儿子的话，在我，如醍醐灌顶，顿时明朗。

——问题出来了，先从自己身上找原因，才能踩稳走好脚下每一步！

生活中，不如意欠顺心丢面子伤自尊的事来了，我是否该像儿子那样冷静地自我剖析并及时调整做事的方式？

正上课，真是鸡毛蒜皮的小事，因为心情不好，便莫名的异常恼怒，情绪失控的我，奚落讥讽如枪林弹雨般射向肇事者——一个平时很少惹事的男孩。

他没有解释，只是瞪大眼睛看着我，一脸无辜。

离放学还有几分钟，突然就下起了雨，从淅淅沥沥到泼洒而下。出了校门没骑几米远，链子又掉了。捣弄了几下，一手油腻于事无济。还淋了一身雨水，狼狈不堪，心情更是坏透了。

“老师，我帮你。”闻声抬头，却是被我刚刚狠狠训斥过的那个男生。

雨中，他弯腰给我试着搭链条，如注的大雨中，刚刚才被我不分青红皂白猛训的学生为我搭链条。我想解释，想表示一下歉意，刚一开口，被他一句“没事的”挡了回来。

——付出友好的行动就是不记仇的最好方式！

对心灵来说，语言有时真是多余，行动就是心灵最好的外衣！

再过一个月就中考了，为了充分利用座位资源，我将前

45 名的学生集中到教室的前六排。我班的任务是上线 35 人。考虑到临场发挥，我增加了 10 名。

过了两天，魏娜来到办公室。我知道她在闹情绪，我看没有多少希望将她从第三排调到第七排。“张老师，”她竟然是笑着开了口，“你看这是什么东西？”说话间她伸开掌心，一枚黑色扁平的小东西。我拿起来瞧了一会儿，摇头作答。“咱们校园里长的。”她暗示道。我依旧茫然。“紫藤萝的籽儿。那么美丽的紫藤萝的种子就是这么不起眼，平常得连老师您一时半会都判断不出来。”魏娜看着我继续说，“张老师，再普通再丑陋的种子，都可能开出美丽的花，您说呢？”她又莞尔一笑，“我就是基础不太扎实，您照顾我让我和李静坐同桌，对我帮助很大。再给我一次机会，看我这个种子能不能开花？”她期待着看着我。我能拒绝魏娜的请求吗？

——平和，又不伤害别人，还能说服别人接受你的想法。

给别人机会，就是给自己机会。一个月后，魏娜还真考上了。她再一次用事实告诉我，花开，才是种子最好的表白！

生活中，聆听，旁观，智慧处处都有，老师比比皆是，而我，永远只是一位“学生”。

花　事

我不是如花般美丽的女人，然而我喜欢等花开、赏花艳、想花事。

——写在前面的话

花儿是否在乎生长的环境开放的时间？

花在乎开在乡村鄙野抑或朱门深院吗？“驿路断桥边，寂寞开无主”，那朵朵梅花就不精神吗？或者干脆偷懒不开放？

花在乎开在草长莺飞的阳春或滴水成冰的寒冬吗？“已是悬崖百丈冰，犹有花枝俏”，花儿才懒得去理会什么“出身”与“家世”！

——只有开放，才成其为花，开放是花的使命！

花儿是不是积蓄了所有力量只为绽开的一刹那？

等着花开，真是一件幸事美事！花骨朵，圆圆鼓鼓的，等着盼着，只为她绽放的一瞬间。花开无声悄然绽放，那没有舒展的花瓣儿是羞涩遮面的朦胧俊俏。

花儿真是积蓄了所有的力量只为绽开？仿佛又不是，绽开后，才拉开了花儿美艳的帷幕。风吹来雨袭来，“零落成泥碾作尘，只有香如故”，就是花儿的执着！

花儿有高低贵贱之别吗？

遍地的星星花，离地不过数寸，是花里的卑微者吗？可花们灿灿烂烂地一簇一堆地盛开着，花瓣的抖动里尽是流淌着的欢快。周围高大的树木又如何？卑微不哭，卑微更得团结，花儿明白：彼此给予才能彼此温暖！

富贵的牡丹歧视乃至践踏过她们吗？花香的浓淡花色的差异，才构成千姿百态异彩纷呈的花世界，俯仰间风情万种！

花儿会不会遭人误解心中蓄满委屈？会不会在寂寞中迷失自我？

“轻薄杨花逐水流”，“水性杨花”，杨花怎么就成了坏女人的代名词？杨花愤怒过吗？还是杨花只是想着杨花的事而不搭理人的流言蜚语才依旧招展着？

悬崖上那朵叫不上名的花儿，她的舞姿在风中定格成可望而不可即的美丽。“孤芳”果真能够做到“自赏”，真的不错，“宁可抱香枝头老，不随黄叶舞秋风”，她守住了自己，不轻易将别的花儿的生活方式转化成自己的风向标！

花儿的荣耀和耻辱又是什么，与品格还是地位有关？

康乃馨作为“母亲花”的象征，被孝顺的儿女捧给辛劳的母亲时，花香会不会更浓，花色会不会更艳？

罂粟花会不会因为她的果实被用在摧残人的身体后，鲜美已大不如从前？她会不会将活着当成一种屈辱？

昂首，落英缤纷，生命就是一个过程，花也会零落，花正在零落。伸手，一片花瓣躺进我的掌心。花的零落，是枝的不挽留还是花的执着？“落红不是无情物，化作春泥更护花”，是的，是大地感召下的无私给予！

花非我，我非花，我终究和花有着不可逾越的距离。然而，等花开，赏花艳，想花事，凡夫俗子的我，在花香里开始贴近自己的心灵深处，开始纯净，开始澄明……

生命的美丽，尽在过程

好友邀我去西安游玩，说她考到了驾照买了车，我很为她高兴。她是个工作很认真生活极严谨且异常节俭的人，我为她开始享受生活而欢喜。

事情起源于前一段她正年富力强的姑父突然去世，备受打击的姑姑恍惚间也遇到了车祸，所谓“祸不单行”。这两桩突发事件促使好友一夜间改变了多年简朴到苛刻的生活方式，开始享受人生。

好友在电话里慨叹道，姑父姑姑两个人很会过日子，能挣钱更会省钱，结果还不是就那样走了。这人呀……

生命本是一个过程，生命的芬芳与美丽全在于过程的精彩。

我想到了自己的母亲，含辛茹苦节衣缩食地拉扯我们兄妹从苦日子中走来。而今，日子富裕了，可她依旧很仔细过着她的“小日子”，恨不得把一分钱掰成八瓣用，对自己很是苛刻。她总说，“饱年要防饥年”，“过日子要细水长流”……

买上百元一件的新衣服在如今是很平常的小事，而她，将我们给她买的新衣服总压在箱子底等出门走亲戚时穿。于是，只见她总穿着寒碜的旧衣服，新衣服一件件压着，等旧衣服穿不成了新衣服拿出来时，又成了过时的。

在我们都很幸福时她依旧被过去的苦难包裹着。

身边一个女人煤气中毒走了，我前去安慰时，她只有 14 岁的女儿哭得撕心裂肺。孩子拿着一件件衣物数说着，这件妈妈没舍得穿过一次，那件妈妈总拿出来摩挲着就是舍不得穿……孩子泪流满面地哭诉着。逝者白发苍苍的老母亲跌坐在那儿，近乎机械地摸着女儿冰冷的脸，只有纵横的浊泪。

多可怜的女人，走得让你的至亲那么心痛。据说，在女儿的强烈要求下，下葬前还给她买了真皮大衣、项链，都随她而去。

又何必呢？活着时呢？想想她活时的情形一切都没了意义。生命，既然重在过程，最要紧的，便是过程的美丽了。

昂头俯首间，白云的优雅、绿草的芬芳，你可曾感受过？眼前身后缤纷的胜景繁闹的街市，你是否领略过？

其实，更多的时候，我们要学会放松自己，从物质或者精神上奖赏犒劳自己，缓解疲惫，以便心中的热情饱满能够持久延续。

可以勤勉，只是别忘了善待自己。生命的美丽，尽在过程。

你可以不理解，但不能不成长

孩子，我做的很多事，你都不理解。毕竟更年期遇到了青春期，认知上一时难以达到完全一致也是正常的，即使有亲情作为纽带，也无法超越某种理解上的鸿沟。

我想说的是，你可以不理解我的所作所为，但你不能不成长。

你的床原本很大，可一大半是混杂在一起的衣服书本玩具。你的书桌也不小，可堆满了书本杂志乃至小零食。看着你每天都从衣服堆里扒拉衣服穿，在书本堆里将就地写作业，我只能说，你的房间将“凌乱”一词诠释得立体而形象。

我说你应该收拾好自己的房间，房间整齐了，自己干啥方便，也看着舒服。你俩眼一瞪说“成大事不拘小节”。我说你“一屋不扫何以扫天下”，你说爱因斯坦还披着毛毯出门连自己都收拾不整齐却在物理界闹出大动静。我们理论的结局常常是，我被你说得哑口无言，你的理由总是那么充分。

我愤然道：闲话少说，马上整理！

你不情不愿，你疲疲沓沓，你满心的情绪毫不遮掩地写在眼里表现在行动上。尽管如此，我依旧坚持在一旁站立着看你慢慢地收拾。

我给你钱让你独自外出买衣物，我不让你叫外卖让你自己动手做饭菜，我甚至不给你零花钱让你卖报赚钱……

你可以暂时不理解我的“苛刻”，可你必须那么做，因为你不能拒绝成长。你终将离开妈妈外出求学、生活，你必须学会打理自己的生活，包括最简单的整理房间购买东西做饭。你不可以依赖我成了习惯。“年龄小”不是放纵你的理由，“日子还长着哩”不是逃避的借口，你必须学会很好地照顾自己。

我们去省城办事，途中，上来一个拎着蛇皮袋子的妇女。她一脸疲惫，裤腿上还沾着泥土，似乎刚从地里出来。我让你往里面挪挪，咱们挤挤她就可以坐下了。你的脸上写满了不耐烦，甚至反感。

仅仅因为她是农民吗？我的母亲你的外婆就是农民。外婆赶往城里来看我们，哪次不是一手挎着篮子，一手拎着鼓鼓的蛇皮袋子。她要给我们带的心意太多太多了，即使塞满蛇皮袋子也装不下。有时为了赶车又不耽搁劳动，她放下锄头顾不上梳洗一下就赶往路口等班车。

孩子，人，没有身份的尊卑之分，只有品格的高下之别。不要下眼看那么经济差点或者生活拮据的人，也不要仰视那些当权有势之人。

你可以暂时不理解我的行为，但是我还是希望你不要以外在形象或财富权势看人，要尊重身边或有缘相遇的每个人，特别是那些需要我们帮助的人。

你不理解的很多，不理解我怎么那么多事：我把衣物洗干净放在街上果皮箱的旁边，里面有纸条提示谁需要就可以带走；我给你买了特别耐读的书，常提醒你借给你们班同学看看；我会邀请送水工坐下喝杯水，跟他拉几句家常……你可以不理解我的“多事”，但是我还是希望你也去“多事”，我真的希望你成为一个心地柔软的人。

孩子，你可以不理解我的种种做法，但是你不能不成长。我之所以固执地那样去做，是因为我知道，你就在我的旁边看着。当你理解了的时候，至少知道哪种是较好的做法。果真这样，我就不遗憾了。

孩子，请你心平气和地说话

孩子，你的妈妈我今年 45 岁了，换句话说，我到“更年期”了。当然，我也记得很清楚，你今年 16 岁了，用你的话说，“别忘了我也是青春期”。

我知道你不希望我用一个词——“叛逆”，你觉得这个词本身就不公道，就界定了你做的事总是错的，你喜欢用“青春”。你说，是我的“青春期”倒霉地遇上了你的“更年期”。

孩子，“青春”这个词妈妈也喜欢，意味着活力，泼洒着激情，可是“青春”是不是也可能有迷失方向的茫然或精力过剩的浮躁？但是，这绝不意味着不辨对错是非、时时处处都跟大人唱反调！

“你是不是不说我就不自在？你是不是看我啥都不顺眼？你是不是觉得人家的娃都比我好？你是不是都后悔生了我这么一个犟嘴的儿子……”

呵呵，孩子，你一跟妈妈开口说话，似乎习惯了反问语气，而且一反问起来就气势磅礴形成排比，咄咄逼人。

我也常常问自己：这应该是一个孩子对妈妈说话的语气吗？这就是我辛辛苦苦引导培养的孩子吗？我究竟做错了什么惹得他如此对我……我觉得自己快要被太多的疑问与不理解所淹没。

“再不要说为我好，为我好就不要老说我！”你似乎还是满腔怒火。

你的火气很大，给妈妈说话就像一块一块砸来硬邦邦的石头。

是的，我是老说你。我说你该剪头发了，可我连续说了三周，你依旧让它如女生的长发般在风中潇洒地飘扬着；我说你该将换下的衣服放进洗衣房，你是一直答应着，可依旧到处乱丢……

我是一直在说，你也一直在答应。可听见了答应了，并不曾落到实处，我为什么就不能再次提醒？我说“赶早不赶迟”，“提前准备好，不要落下什么”。你是答应着，却从不提前做好准备，总是慌乱中丢三落四而后喊我给你送东西下楼。

孩子，你为什么就不能心平气和地跟妈妈说话呢？烦躁是种恶劣的情绪，会像瘟疫般使人受伤。你是青春期，可青春期不是不理智的借口，也不是做事邋邋遢遢有始无终的理由，更不可以目无尊长！倘若你对自己至亲的人都缺少耐心与爱心，不能做到心平气和，何谈对别人?!

请你心平气和地说话，从跟妈妈开始吧。

读懂一株植物

小时候，我不愿意去地里。有个很重要的原因，就是从田间地头走过时，衣服上总会沾上很多带刺的小球儿，出了地得一个一个小心地摘下来，摘时稍微有点扎手。

地里咋会长那么讨厌的家伙？它的存在，让我对跟着母亲下地干活产生抵触情绪。我宁愿在家里跟着奶奶学着纳鞋垫，学着纺棉花，或者学着做种种烦琐的家务活，也不愿下地。

小学四年级时，语文老师让我们写《秋天的田野》，别的同学都在写田野的美丽，我竟是声讨万恶的小刺球。老师批了句"跑题了"。如今想来，秋天的田野，丰收的田野，我咋满心满眼都是不待见的小刺球？这不是盯着黑子否定太阳的幼稚吗？

多年后，跟着老中医学抓中药，竟然又看到了它——烦人的小刺球。我惊呼并说出自己的纠结时，老中医看着我笑了，满脸宽容：它叫苍耳。它的茎、皮制成的纤维可做麻绳、麻袋，根可以治疗高血压、痢疾、痈疽等，茎、叶能解毒杀虫、祛风散热，开的花可以治白癞顽癣，这刺球能散风湿、通鼻窍、止痛杀虫……

老中医说得很仔细，我也听得很明白：原来，这个被我从小到大一直讨厌的小家伙，无一处不造福于人！原来，我一直都没有读懂苍耳。它看似没皮没脸地缠着人，其实是拜托人顺路把自己捎回家。有点小灾小病的，不出门不求人，它就可以让你安宁下来。而我，却一直讨厌苍耳逃避苍耳。多少年了，记忆里的苍耳该不会委屈得泪流成河吧？

读懂一株植物，我用了多年的时间。读懂一件事，读懂一个人，又该用多长时间？

“安静”的教育

第一次看到将“安静”放在“教育”前的，是一篇描述德国教育的文章，看得我怦然心动继而懊恼更多的孩子“生不逢地”，似乎有崇洋媚外的嫌疑。继而又安慰自己：向往或靠拢美好，应是人之天性，不必心生歉意。

据说在德国（用了据说，是因为我不曾亲见，了解途径是各种资料），你根本看不到铺天盖地席卷而来的教育公司和补习班招生的广告。毋庸置疑的是德国的教育是世界顶尖的。更值得一提的是，德国的《基本法》第七条第六款明确规定，禁止设立先修学校。这意味着孩子们在上小学前，任何人都不可以对儿童进行所谓的学前教育。德国幼儿园教什么？基本的社会常识，比如不允许暴力、不大声说话等；孩子的动手能力，让他们从小就主动做具体的事情；培养孩子的情商，特别是领导力。即使到了小学，也只上半天课，下午主要是根据自己的爱好学习有关素质修养的课。德国教育界的普遍观点是：如果太早强行教授所谓知识，小孩子各方面并不成熟，没有思辨能力，最后只会变成背书和读书机器。

这就是德国的教育，几近静待花开的境界。

而我们，喊得近乎疯狂的是“不要让孩子输在起跑线上”。疯狂始于幼儿园，几千乃至数万孩子竞争几百个名额，斥巨资买学区房。家长们一碰头，开口闭嘴都是“孩子学了什么达到什么级别”，“参加什么获得什么奖项”“补了什么功课效果怎样”。

社会，学校，家长，使劲搅动着，教育已经被搅动得面目全非远离了本质。作为受教育的孩子，如同被抛入苦海，哪里能把住自己的航向？这种疯狂教育下自然会出现种种高低差异：高分低能，高学历低情商，高文化低素质！

这就是我们的教育，几近疯狂的动态模式。

教育的差异实则是国之不同、民之迥异。

正值暑期，放眼周遭，大街小巷，到处是铺天盖地的教育宣传，或补课，或培训，似乎所有的家长都一脸焦虑地奔跑着吼着“假期就是加油站”，身后是咬紧牙铆足劲志在必得或颓废茫然无所适从的孩子们，更远的身后则是一张张利益既得者狂笑到扭曲的脸。

膨胀着的教育高唱产业化的凯歌！

是悲，还是喜？作为一名教育工作者，我虽哭笑不得，却还满心期待，期待着我们的教育也能沉静下来。只有沉静，才有可能思考，才会积淀。

盘点过滤，直达幸福

一进朋友的家，就看见博古架上有两只瓷猪，一只粉红色，一只暗灰色。朋友是属猪，不至于需要两只吧？心里不藏话的我就说出了自己的疑惑：博古架上完全可以摆放更养眼的东西，没必要让两只猪做门迎吧？

朋友笑了，说，它是不怎么养眼，可养心啊。见我满眼疑惑，朋友索性给我抖了底。

我要是心情极不好或摊上很倒霉的事，心里的坎半天也过不去，就写张纸条记下来，塞进暗灰色的猪肚子里。心情很好或有了高兴激动的事，满心里都是欢喜感动，也写纸条记下来，塞进粉红色的猪肚子里。

然后呢？我问。

朋友说，隔上几个月，我就把它们取出来，自然分成两堆。

暗灰色猪肚子的纸条，我再看一遍，再感受一下，大多会觉得没有什么，自己完全可以承受。就彻底撕掉它们，曾经的不快、伤心也就彻底消失。我发现，对于暗灰色猪肚子的纸条，我常常是一张不留。回首时，所有曾经觉得受不了的往事，都变轻了，变淡了，变得可以忽略了。

粉红色猪肚子里的纸条，我同样会再看一遍，再感受一次。我想将那些不值得保留的轻幸福微幸福也撕掉，却发现每一张都不忍心撕掉，每一张比放进去时更让我欢喜。回望时，欢喜似乎跑上了宣纸，扩散，弥漫，满心里都是。

朋友索性将我带进她的书房，从柜子里取出一个精美的手袋，给我炫耀般说，这里面都是我每年收集起来的快乐、幸福。我闲下来或心情不太好时，就盘腿坐在床上，将手袋里的纸条儿都倒出来，看着看着，就乐出声来。临了，朋友一脸灿烂地说，我现在基本不给暗灰色的猪肚子里放纸条了。

不是所有的日子都心静如水不起波澜，倘若日日如此，也会腻烦，腻烦的结果还是苦恼。想象与纠结有缘，你纠结一件事久了，所有的细节都会被想象所膨胀，痛苦或快乐就会随着你的纠结在想象中滋长，蔓延，遂成蓬勃之势。

粉红可以亮丽你所有的心情与日子，暗灰只会雪上加霜。盘点而后过滤，便可直达幸福！

享受梦想

我曾给闺蜜说，我的梦想就是拥有一间独立的书房，一排排的书籍，当指尖轻轻滑过书脊时，那一定是最美的舞蹈。有了独立的书房，我一定会安安静静地坐在书房里，阅读，写作，决不会到处乱窜挥霍时光。

我说时信誓旦旦，两眼放光，似乎已经与眼前拖拖拉拉的我决裂成了两个人。闺蜜只是笑着，不曾插一句话。临了，她才问我，干嘛那么渴望有间书房？我说，你看，一排排的书，暖暖的阳光，想想都是很美很美的。

闺蜜依旧笑着，她说，一排排的书暖暖的阳光，图书馆靠窗的那排位置就可以享受到的。等有了书房才能用心读书的人，即使有了书房，也未必能用心读书。太在乎条件了，未必是好事。

我的梦想呀，是在海边拥有一套别墅，带本书，坐在岩石上，浪花轻抚着脚丫子，海风徐徐吹来，偶尔传来海鸥的叫声。看书倦了累了，在沙滩上堆城堡，想想都能乐出声来。闺蜜说时眼睛都幸福地眯成了一条缝儿。我现在是没能力拥有海边别墅，或许多年后我还没能力拥有，可我每年都去海滨度几天假，完全像梦想中那样生活。

记住，不要把梦想推到遥不可及的地方。梦想，是用来享受的。闺蜜走前给我留下这么一句话。

闺蜜的话让我心头一震：太在乎条件了，未必是好事？是的，一味地等条件，即使条件成熟了，也未必能马上进入状态。或许成熟了的条件太安逸了，反倒更不能用心用功了。

于是，在图书馆，我还真找到了梦想：一排排的书，暖暖的阳光，坐在其中看书的我。虽然，它不仅仅属于我，可一点儿都不妨碍我享受快乐。

现在的我，一杯红酒在手，幸福的感觉溢满心间。

为什么要考虑只有换套住房才有条件设计出酒柜的摆放？为什么要等到那个阔气的酒柜买进家里才可以惬意地喝上红酒？

梦想既然华美，不好好享受岂不可惜？

用笨的方式爱你

“真是的，笨死了，再不能给你谈智商了，太伤感情。”

“你真该长长见识，太雷人了也是犯罪啊！”

……

孩子，每每你一脸不耐烦地抱怨、嘲笑时，妈妈心里很不舒服，尽管我知道你并没有什么恶意。我的孩子，我一直就是以这种很笨很笨的方式疼你爱你。在你之前，很多人都因此而嘲笑过妈妈，只有在你嘲笑时，我才会不舒服才会伤心。

孩子，如果你知道了别人嘲笑我的事，就不会再嘲笑我了，真的。

妈妈手笨，用你外婆的话，“除了对文字有点感觉，两只手笨得捉不住一只呆鳖”。瞧瞧，两只手，连只呆鳖也捉不住，真的好笨哟。可是，为了迎接你的到来，妈妈开始学习织毛衣，我得让我的心肝宝贝穿上妈妈织满母爱的毛衣。妈妈将针法写在纸上，每织一针都看着它，唯恐出错。

有天晚上两点起床，一针一针织，结果到五点多才发现织反了，于是一针一针又往下退。退比织慢多了，直到中午十一点，才退回到原来的针脚处。这件事让单位里的阿姨们笑得差点背过气去，因为还没听说过谁能将毛衣织反了。结果呢，一个婴孩的毛衣，妈妈竟然用了一斤半毛线，手太用力了，毛线自然绷得很紧，没有一点弹性，硬邦邦的，不用穿都能竖起来。

那件毛衣你见过的，现在还压在箱子里。那是妈妈人生中织的第一件也是最后一件东西。你可以怀疑妈妈笨，却不能怀疑妈妈对你爱的纯粹。

一感觉到你的存在，妈妈就开始跑书店，给你买启蒙教育的书籍。找了许多书店，觉得没有自己满意的启蒙图物，决定开始给你编本自己的书。婴幼儿喜欢直观鲜艳的图片，妈妈不会画画，就大量收集各种图片，再编成故事。由浅入深，从简至繁，整体风格则是明快、有趣。于是就有了新的笑话：妈妈到处买各种小食品，只是为了包装袋上的图案。

妈妈其实很挑食的，可为了你有足够的口粮，我变了：只要说营养丰富有利胎儿的成长，我会说服自己即使眉头紧皱也会吃下；只要说有利于产后出奶，我会说服自己猛吃……我觉得我不是为自己吃，而是为我的宝贝吃！于是，妈妈的身体成了水桶。熟识的朋友都说，见过爱娃的，没见过像你这样爱起娃来啥都不管不顾的。

只是为了记录你的成长，妈妈发表了数百篇家庭教育随笔，其中有一篇我这样写：

“我希望他可以一直这么开心地笑，不要荣华富贵，不要功成名就，只要他一直开心地欢笑。即使他选择做个乞丐，只要他笑，我宁愿跟在他的身后端着乞讨的碗……为了他能一直开心的笑，我宁愿从此沉默，将属于我的所有的欢声笑语都留给他……”

这段话，一度成为笑柄。他们说，见过惯娃的，没见过像你这样不要命地惯娃的。

为你选择就读的学校，妈妈也是洋相百出。那个学校啥都不错，就是通往学校的那条街有几家是批发钢材的。想想我的头发都会竖起来：钢筋，随便撞一下，谁受得了？那个学校，门口咋有那么多的游戏厅网吧，环境也太糟糕了吧？那个学校……终于，选了一个很远、妈妈却觉得很放心的学校，于是接送你的重担，自然落在妈妈肩上。可是妈妈没有一点怨言。于是大家伙又笑，干脆在你家里开个学校得了。

不说了孩子，在你没嘲笑妈妈前，妈妈的笑料早已装满箩筐了。可是，为什么别人一再取笑嘲笑妈妈，妈妈心里都是甜滋滋的，而面对你的嘲笑，妈妈却涌起酸酸的感觉？

爱，不会缺席

假期回老家，又见到了邻居阿婆，刚过七十，已神志不清好几年了。

阿婆的儿子、媳妇要去阿婆娘家看望九十多岁的外婆，买了好些酥酥软软的糕点。他们要带东西出门时，却发现所有糕点的包装都打开了，还被取走了一些。回头，是满脸堆笑又显得很不好意思的阿婆，手里拎着个鼓鼓的塑料袋，一副讨好的神情，试探着问："我娃就爱吃糕点，给我娃留点，行不？"

儿媳哭笑不得，儿子别过脸。

儿媳陪着阿婆走在街上。阿婆看见一个人坐在石凳上吃东西，竟然颤巍巍地走过去，笑眯眯地问："娃，好吃不？"那人不好意思地解释说自己吃过的东西，没法再让老人吃了。儿媳赶忙抱歉地用手指头示意自己婆婆脑子不太清爽，就要拉阿婆离开。阿婆却不走开，阿婆的最后一句话让儿媳落泪了。阿婆说："好吃的话，我给我娃也买点儿。"

儿媳回到家说出的第一句话就是，"咱妈没糊涂没傻，再不要说妈糊涂了傻了"。

可是阿婆真的糊涂了，她将所有熟悉的面孔彻彻底底地在大脑里删除了，谁也不认识了。

她扯着儿子的胳膊问："我毛蛋去哪了？"毛蛋就是她儿

子的名字。儿子弯下腰，双手搭在阿婆肩上说："我就是你的毛蛋。"阿婆竟像受了欺负的小孩般抹着眼泪哭了，边哭边诉说，"我毛蛋从小就没吃好过，黑瘦黑瘦的，天天抱着我的腿要吃的，还能长你这么高这么胖？我要找我毛蛋去。我给我毛蛋攒下好吃的了……"

儿子只能将瘦小的阿婆揽在怀里，拍着她的后背，哄她说，"好，咱这就去找毛蛋"。

一到做饭时间，阿婆就倚着厨房的门框，怯怯地讨好地对儿媳说，咱做炒菜面行不，毛蛋爱吃炒菜面。

每每回老家看到阿婆，总让我心疼：没了心智，爱依旧不会缺席。

解开语文阅读的“金钥匙”

张亚凌作品阅读训练

（第一辑）

提分策略　答题技巧

张亚凌　著

非卖品

目　录

白面馍馍藏往事

（1）当我读到“两个白菜帮子做的包子，要支撑着作石匠的父亲将那五十多斤的大铁锤抡几千下，两个包子是父亲的口粮呀，却成为了我们眼馋嘴馋的零食，它从来没有属于过父亲”时，泪水，从眼角滑落。

（2）我想起了三十多年前的自己，想起了三十多年前父亲每天带回家的白面馍馍。

（3）三十多年前的农村，只有在过年的那几天，才能吃到外面是层白白的薄薄的麦面里面却包着杂粮的馍馍。平日里，是见不到麦面的，偶尔，家里也会突然冒出几个很黑很黑的麦面馍馍，那是专门给姥姥蒸的。尽管很黑很黑，可毕竟是麦面馍馍，我依旧眼馋。

（4）“去，甭眼馋，——碎（方言小）娃娃吃好东西的日子长着哩。”在我们兄妹如狼似虎般眼巴巴地盯着姥姥的麦面馍馍时，母亲就像赶前来啄食的小鸡一样，挥动着手臂，我们才极不情愿地一步三回头地挪到姥姥的房门口。

（5）事实上，避开母亲，姥姥总将她的麦面馍馍分给我们吃。那时，早晨红薯粥，中午红薯面条，下午红薯馍馍，晚上饿了，再来点红薯叉叉。那会儿，玉米梆梆糜面糕糕都算很好吃的。结果就是：红薯吃多了，一开口就是一股红薯的酸味，还爱放屁。

（6）除此之外，我，还能吃到什么？事情的转机在于父亲去黄河边的工地上干活。父亲第一次从工地上回来，那会儿哥哥们还没有放学。他从包里掏出一个东西，在我眼前晃了晃，——是白面馍馍，我们过年时才能吃上的白面馍馍！我一把从父亲手里夺过馍馍，狠狠地咬了一大口，天哪，里面还是白面，没有包杂粮。我大口大口地咬，急急地往下咽，生怕有人跟我抢，——我必须在哥哥们回来前消灭干净，尽管我十二分的舍不得，想藏起来慢慢享受。

（7）“别噎着，慢点，喝点水。”父亲笑着拍打着我的后背，不停地提醒我。结果是，即便馍馍卡在喉咙，我还会咬下一口。“你再这样子，我就不给你往回拿了。只要去工地，天天都有。”父亲可能也被我狼吞虎咽的样子吓着了，吓唬道。

（8）后来，我和父亲悄悄约定，每天，我到村口等他，他就给我带回一个白面馍馍。常常不等走到家门口，那个馍馍就进了我的小肚子。

（9）有一次，实在是太愧疚了，我就给父亲说：要是你能多拿回来几个就好了，就都能吃上。父亲笑了，解释说是几个人在一起吃，每次只能剩一个，每次都是他往回拿，咋好意思再要人家饭摊剩下的？

（10）多年后，我和父亲说起他在工地上干活的事，慨叹道："那会儿男人在工地干活就是好，白面馍馍尽够吃，就恓惶了在屋里的人。"那是自然的，给我带回来的是他们吃剩的。

（11）父亲笑了，说，你真是个瓜女子。砸石头背石头，活重活苦，一天下来，一个人就发一个白面馍馍，剩下的都是杂粮。

（12）那一刻，我的心被狠狠地刺了一下：我每天欢快地、理所当然享受的，是父亲一天劳动的奖赏！父亲却很轻松地说自己那时最高兴的事，就是看我狼吞虎咽的憨样。

（13）我又说到自己独自享受那个白面馍馍的自私。父亲说，那算啥事，我娃是千金，你两个哥咋好意思和我娃挣？父亲又说，你打小身体就虚，就软，好好照顾都怕照顾不好，还赶上没吃没穿的苦日子，咋样照顾我娃都不过分，他俩是男娃，风里雨里就长大了。父亲还说，大家都猜他把白面馍馍省下是想孝敬我姥姥的，说得他都不好意思了。临了，父亲就感慨道：人往下亲呐……

阅读理解：

1. 这是一篇回忆性散文，讲述了白面馍馍藏着的往事。

“白面馍馍”在文中多次出现，包含了哪两层含义？

2. 既然在工地干活每天只发一个白面馍馍，父亲为什么当初不告诉我？

3. 怎样理解选文最后一段中“人往下亲呐……”的含义？这是不是说明父亲不孝敬姥姥？说说你的理解与看法。

雪的盛宴

（1）四十年前的关中农村，有些人家还是茅草压顶的低矮的房子。大雪过后，那些房子的屋檐就成了华美的舞台，雪是独舞者，阳光则心甘情愿地充当了道具。

（2）寒冬里刚出来的太阳，极像初来乍到的小姑娘，怯怯地，试探着散发着一点微弱的光。屋顶的积雪实在经不起一点诱惑，只要有阳光，就殷勤地讨好着，欢舞出一层闪闪的亮。那亮，似乎推动着雪们，恍惚间屋顶的雪如波浪般涌动起来。

（3）积雪开始融化，倒有点像此刻的阳光，腼腆而羞涩。一滴，一滴，顺着茅草往下滴。也像在试探，试探地面会不会接受她们的突然造访。慢慢地，太阳似乎适应了寒冷，放开手脚闹腾起来，连小脸蛋也涨红了。雪们也被越来越强的阳光感染了，不再一滴一滴，而是手拉着手肩挽着肩三五成群地奔跑起来。

（4）那时的屋檐下，成了水帘洞，早已憋不住的我们便穿梭其中，好不快活。哪管冰水是打在头上，还是流进脖子里，笑声比屋檐的滴水声响亮多了。

（5）午后，太阳倦了，累了，想歇息了。那光，自然也收敛多了。雪呢，也就似融非融地将就起来。消融了也不急于落下，半推半就，附着在了茅草上。

（6）消融，附着；附着，消融。如此反反复复，倒显得从容而执着。

（7）这时你再看屋檐吧。屋檐前倒挂着参差不齐的锥形冰溜子，一长排的冰溜子。阳光下，那些冰溜子晶莹剔透闪闪发亮，煞是好看。更神奇的景致出现了：屋檐及相应的地面，都有锥形冰溜子。屋檐处向下，地面向上，像两排巨大的白色梳齿，遥相呼应。

（8）而我们，才开始了真正的戏耍。

（9）从玩地下那排冰溜子开始吧。蹲下来，双手绕着冰溜子搓着转着，先是双手冻得通红，而后开始发热，从手心一直热到脸上沁出了汗珠儿。汗珠儿让我们脸上的笑也活泛起来，笑声噼里啪啦抖落一地。

（10）地上那排冰溜子被搓着摇着晃着，早已不能坚守阵地了，我们就开始比赛脚力：站成一排，飞起一脚，看谁的冰溜子踢得远。冰溜子碰撞在对面的墙上，可谓冰花四溅，蔚为壮观。

（11）地面的冰溜子消灭了，而后满脸都是汗珠儿的我们在屋檐下一字排开，一仰头，房檐上倒垂的冰溜子就恰到好处地在嘴边静候着。伸出舌头，舔了起来，宛如吃着最大的冰棒。想想，冬天，穿着破裤子烂袄冻得瑟瑟发抖，却仰着脸蛋舔冰溜子，一群可笑又可爱的小家伙。

（12）玩累了，也真冷得撑不住了，回家前还各自数清自己的“冰棒”是第几个——明天还将继续。

（13）第二天，太阳撒欢的时候，这支队伍就浩浩荡荡地开过来了。各就各位，预备，开舔！

（14）舔着，说笑着，手下拉着扯着，脚下踢着踹着。不亦忙乎，不亦乐乎。

（15）“啪——”一个冰棒竟然脱落了，砸在一张小脸上，脸上便开了朵水花。那家伙竟然忘了疼，像中了彩般笑了起来。于是大家就开始猜测，第二个会是谁？有期盼也有畏惧，那种心情，就叫矛盾吧？

（16）嘴巴舔着，太阳晒着，小手也掰着，冰溜子损失惨重，以至于仅存屋檐下那点——我们跳着蹦着也够不着。下来呀，就进入射击阶段。乡下孩子野，女娃个个都像花木兰。男孩女孩，一人一把弹弓，目标就是变小了的冰溜子……

（17）童年的冬天，冷吗？很冷。有期待吗？期待的不是大火炉而是大雪，期待着奔赴一场雪的盛宴！

阅读训练：

1. 第（1）段画线句子有什么作用？

2. 在第（2）段、第（15）段画线句子中任选一个，从词语及修辞来谈谈语言好在哪里。

3. 第（17）段，“冷得令人恼火”与“有期盼”，矛盾吗？为什么？

4.《雪的盛宴》从内容上可分为几部分？简单概括。

5. 读完本文，从记忆里打捞一段让你心动的景致，不少150个字。

水果的香味

(1) 小时候似乎没有什么水果，印象最深的，就是苹果和香瓜。

(2) 我家院子里有棵苹果树。每年，母亲总在树下数来数去。她的严厉是出了名的，我还没到为了嘴舍得挨打的份儿，也就从不敢打苹果的主意。

(3) 摘苹果时，母亲架着梯子，很小心地一个一个不磕不碰地摘，轻轻地放。那时，我眼巴巴地瞅着母亲，只盼着她不小心撞掉一个，摔得不好了，我就可以捡起来吃了。可母亲不管做啥，都是很小心的。

(4) 想想，小小的我，就一直流着口水，仰着脸，直到脖子酸痛，直到母亲一脸满意地下来。又看着母亲取出五个苹果，锁进炕头的箱子里，把剩下的全部放进铺满麦秸的笼里，挎着去镇上卖。

(5) 起初，我经常趴在箱子边，皱着鼻子使劲闻，就是闻不出苹果的味儿。深秋了，苹果淡淡的香味儿竟然自己钻出了箱子。于是我开始变得安静起来，喜欢待在房子里，喜欢闻空气里弥散着的淡淡的香味儿。冬天来了，房子里的苹果味儿也浓郁起来，以至于我一进房子就想关门，恨不得一口气将那些浓浓的香甜味儿全吸进我的喉咙里，沉淀在我的心里，当然舍不得让它们溜出房外了。

（6）能闻出苹果味的日子里，做作业，看书，我都喜欢趴在炕头的箱子上，那种感觉，就好像我怀里结结实实地抱着很多苹果。

（7）有时，实在憋不住了，就把小伙伴带进我家。我们就站在房子里，一起安安静静地闻着香甜味儿，而后，傻傻地看着，笑着。

（8）年三十晚上，母亲会取出五个苹果，一人一个。母亲与父亲的，通常也会被我们兄妹仨瓜分掉。只是那时的苹果，像个没脾气的老人，绵绵的，入口即化。

（9）也一直记得跟着母亲卖香瓜的事。

（10）我哭着闹着要跟着母亲去镇上卖香瓜，母亲不答应，我就死死地拽着她的衣襟不松手。我们村子离小镇八里路，八里路我也不怕，只要能跟着母亲去卖香瓜。

（11）跟着母亲到了镇上，她在街边找了个地儿蹲下来。我又不能乱跑，害怕把自己弄丢了，就坐在母亲旁边。我一直盯着母亲的笼，我才不希望有人买我们的香瓜呢，卖不出去，我们就可以美美地吃了。

（12）没过多久，我就给母亲说我渴了。母亲将水壶递向我，说渴了喝水。我就耷拉下脑袋不说话了，我自然不想喝水的。太阳越来越高，天越来越热，我就不停地给母亲说，我渴了，我渴了，我不喝水，我就是渴了。母亲似乎听不见我的话，只是吆喝着卖她的香瓜。

(13) 那时的我出奇的固执，我站起来蹲在母亲的对面，不停说着“我渴了”“我渴了”。说时眼睛死死地盯着香瓜，我用眼睛向母亲赤裸裸地表白：吃香瓜才能解渴！

(14) 母亲用手将我划拉到一边，说不喝就是没渴，渴得厉害了，马尿都喝。而后继续吆喝着卖香瓜，不再搭理我。

(15) 热得厉害了，母亲就将自己头上的草帽扣在笼上，怕把香瓜晒皮软了，不脆不甜了。她让我坐到商店门口的台阶上，那里不直晒。我就是不挪，我就是要把自己晒得流油，我就是渴了还不喝水！

(16) 母亲无奈地摇摇头，在笼里看来看去，就是找不到一个可以让我吃的。眼看着笼里的香瓜越来越少，剩下最后三个，竟然也被人买走了。我绝望地“哇——”一下大哭起来：拽着母亲的衣角跑了八里路，不就是想吃香瓜吗？

(17) 记得回去时，我死活都不走半步，要她背着我回家。母亲迁就地背起我，我还伤心地直流泪呢。

(18) 就在刚才，我又给母亲说起苹果和香瓜，我们都笑出了泪花花。

阅读训练：

1. 阅读第（5）段，作者如何写出苹果的香？苹果真那么香吗，你是如何理解的？

2. 分析第（15）段，当时境况如何，又表现了“我”怎样的心理？

3. 为什么“我又给母亲说起苹果跟香瓜，我们都笑出了泪花花”？

4. 从文中找一处“我”的表现，你有机会跟“我”交流的话，想说什么？

因为你，我开始热爱这个世界

（1）以前的我，说“自私而冷漠”绝非夸张：

（2）别人指责不平之事害群之人，我只是一旁冷笑，事不关己从不操心；别人谴责环境污染食品安全，我只是一撇嘴巴，嘲讽其想长生不老在这个世上；别人担忧治安混乱法制无力，我只是一笑了之，保护好自己不就行了……

（3）曾经，我的世界自私到只想到自己、冷漠到容不下对他人的关注。在父母兄长的荫蔽下，在挚友闺蜜的包容中，我肆无忌惮地彰显着深入骨髓的自私与冷漠，倒也生活得逍遥自在。

（4）似乎是一转身的工夫，可爱的亲爱的，你来到了我的身边。看着你，我才感觉到所有的词语都是苍白无力的，所有的表述都不够深情——

（5）我怎能把你比作宝贝？所有的珠宝堆积成山也不及你耀眼！我怎能把你比作我的眼珠子？我宁可没有眼珠子也要让你看得更远！我怎能把你比作心肝？我宁可自己缺心少肝郁闷多病也要让你快乐健康……

（6）我陡然发现，我并不是自私得无可救药，我开始关注自己曾忽视的一切并开始热爱这个世界：我开始不能容忍周围人的粗言恶语，因为你的成长需要一个和谐文明的环境；我开始加入志愿者的行列，因为你的成长需要更清爽更有爱心的环境；我开始阻止那些不守规的人，因为只有在规矩的看护下你才会更好地成长；我开始关注环境关注食品安全，因为我跟世界的联系不再只是白驹过隙的几十年……

（7）真是奇怪，因为你的到来，我的目光变得柔和，我的心变得包容，我的世界被无限拓展——我已不再是从前那个自私冷漠的我。

（8）没有人暗示，也没有人说教，更没有人强迫，我开始热爱这一草一木，似乎每一片草地都会与你嫩嫩的脚踝相亲吻；我开始关注并帮助幼小的孩子，似乎他们身上都印着你深深浅浅的影子；我开始焦虑地关注中国教育，似乎全天下的孩子浓缩成了一个你……

（9）我甚至开始怀疑，那个说“幼吾幼以及人之幼”的老者，他该不是看着自己的婴孩情不自禁地说出了这句话？除了婴孩，还有什么能激起人心底更为长久的热爱？

（10）这样的你出现在我的生活里真的是偶然，可是在我，对你的深爱却是必然！你是那么小，小到我的臂环就是你的整个世界，可我的目光却越过你的头顶开始关注更为广阔的世界，因为你将走向它。

（11）孩子啊，因为你我才得以觉醒，觉醒后的我因为热爱这个世界而一直拼着命般地努力——有点像精卫填海那样可笑与荒唐。我想给你展现的是这样一个世界：会耐心而正确地引导你，能柔软而温情地包容你，最终可以滋养你健康而幸福地生活。

（12）我会一直去努力的，你也会因看到这样一个坚定向前的背影而倍觉踏实，从而深深迷恋上这个世界！

阅读训练：

1. 前三段能否去掉？为什么？

2. 第（5）段用了什么修辞，怎样表现“我”对“你”的疼爱？

3. “我”认为怎样的世界适合“你”？

4. 概括出“我”的形象。

与书的一段“孽缘”

(1) 跟书的故事似乎能装一篓筐甚至打包装一架子车，总也说不完——没皮没脸看书的事多的去了。

(2) 看书也能生纠结，还不是书在心里不罢不休地闹腾？

(3) 街上的书摊是我经常光顾的，守书摊的是个老人，老人有个孙子。每次去，总能看见他缠着爷爷要零钱买吃食，甘蔗、江米条、糖葫芦……我从来不羡慕他吃东西，只觉得他可笑可怜。瞧他，傻不拉几地举着糖葫芦得意地在书摊前走来走去，龇牙咧嘴地炫耀。他真是傻得冒烟啊，竟然对那么诱人的书没有感觉只想着吃。也因此心生怨气，别说我喊爷爷的，我身边的所有亲戚家都没有书。想想就恼火，我要是书摊老人的孙女多好啊！我宁愿一天喊他八百遍“爷爷”，只要我看书不收钱。

(4) 刚才的话似乎不严密，好像并不是我的亲戚家没有书，因为那时几乎每家每户都有书。那书就放在每家炕头女人干活的针线笸里，书里夹着鞋样、丝线，也别着针。

（5）因而我又多了一个毛病：去谁家都想凑近炕沿，而后……而后侧身到炕头，拉过针线笸，开始翻书。那些书，什么内容都有，以至于我不再选择，见书都看，似乎只要是字们排列起来的，就觉得亲切，觉得温暖。

（6）而有些人家直接用书剪鞋样，就留下了遗憾，看得正过瘾，出来一个破洞。于是放不下了，只有想象了。那时的我就很是恼火——有书都不知道珍惜，啥人嘛。

（7）直到今天我也想不明白：为什么家家户户女人的针线笸里都有本夹鞋样、丝线的书？哪怕那家没有一个识字的，哪怕那家穷得只剩下墙皮儿。莫非冥冥中在昭示什么？是告诉人们无论如何家里都离不开书吗？

（8）不过为了看书，我真的做到了脸皮厚得赛城墙。

（9）不管在谁家，只要见了没看过的书，就翻看，看不完就赖着不走，才不管人家是不是要吃饭要睡觉还是多么的嫌恶。别人咳嗽着提醒，也装着没听见。有时人家会很无奈地说，拿回去看吧，明天一早送来就行。

（10）立马就有种皇帝大赦天下的狂喜，飞奔离开。决不食言的，哪怕那晚不睡觉，也要把书看完。即便娘不停地唠叨嫌费灯油也不在乎，大不了被骂几句被捶几下，相对于看书带来的愉悦，都是可以忽视的。

（11）曾经有一段，我似乎得了臆想症，以至于老师问理想时，我说“开个书摊”，被同学们嗤之以鼻。那时我们的理想多是“成为科学家”或“像邱少云黄继光那样为了国家宁愿舍弃生命”，被耻笑是情理之中的。长大一点，梦想升格了——在新华书店工作。在书店上班不就有了看不完的书?

（12）今天想来都笑了，多幼稚啊，新华书店？那里是谁想进就进得去的?

（13）到了初中，因为假小子做派，我被班主任李老师任命为班长。这是我迄今为止当过的最大的官——管理五十二名学生。

（14）自习课我多是拿着自己的书在教室的过道间巡回，这……滋生了徇私舞弊。爱看书的我，对书极为敏感，哪怕包裹着书皮，怎样藏，我也能从表情、动作一眼甄别出来。最后达成默契：我可以不收你的书，你必须看完让我看。我一咳嗽，看书人抬起头，目光对视，完成合约签订。

（15）看来没有约束的权力最容易滋生腐败，连小孩子也不例外。

（16）豆蔻年华，总想着浪漫，更想着灰姑娘能遇到王子，而琼瑶的爱情小说大多如此。于是跟一姐们合买了八本琼瑶的书。还没过两天，她就反悔了，说给她四本，她要卖给别人。我一咬牙，自己买下了。

（17）细想起来，那时爱看书的孩子挺多的，小云就是一个。同是天涯爱书人，小云爱看书的程度不弱于我，我们很快结盟——组团蹭书。在新华书店，假装边交流边选书，其实就是没钱买还想看。每每有工作人员不耐烦地转过来时，我们就开始交流“买哪本，哪本好”，说得有鼻子有眼。他只得愤愤离开。

（18）后来又有几个书虫加入，看书就变得简单而实惠了。

（19）大家一起出去租不同的书，在限定的时间内尽可能很快看完，而后交换着看——掏一本的钱可以看几本，多划算啊，世界上哪有比这更美的事？看完后还相互交流读书心得，咋看都像今天的读书沙龙。

（20）瞧瞧，一不小心，还超前了。

（21）对了，还有一个更骄傲的：我孩子的生日是 4 月 23 日——世界读书日。为娘的爱看书，孩子在娘胎里都会选生日——足足比预产期推迟了 10 天。

阅读训练：

1. 找出首段中照应题目“一段孽缘”的话语，并概括那段孽缘里发生的事。

2. 第（3）段中分析画线句子如何表达感情？

3. 第（7）段，作者说“到今天我也想不明白”，真的想不明白吗？还是想告诉读者什么？

4. 从文中找出一处可以表现孩子小狡猾的事儿，分析一下如何可爱。

5. 最后一段可不可以删去，为什么？

理发琐忆

（1）看梁实秋先生的《理发》，小小理发，妙趣横生，遂想起自己儿时理发的事儿。

（2）儿时的记忆里，一直是母亲给我理发。所谓理发，只是剪短而已，就是剪至短，至最短。发肤受之于父母，她何以那样憎恶我的头发？缘于她很忙，忙得无暇帮我梳理，而我又笨手笨脚，自己怎么努力也收拾不到一块。整日忙得晕头转向的母亲为了减少给我理发的次数，每次都尽可能地剪得很短很短，以至于村里人都叫我“三小子”。我是货真价实的女孩子，还没有傻到美丑不分好坏不辨，母亲的理发，简直是在毁灭我的自尊!! 一旦觉醒，我就果敢地踏上了反抗之旅。

（3）一说要给我理发，我和母亲就开始了斗争：我躲她找，我跑她撵，我犟她打。每次的结局都毫无悬念，一副灰不溜秋的样子被缉拿归案。从古至今，面对强权与暴力，小人物总是无处可遁，我又怎能例外？我被母亲拽着衣领拉到了盛满水的洗脸盆前。

（4）我依旧满心不甘，不肯服服帖帖就范，倔强地扭着脖子试图远离万恶不赦的脸盆。其实那时年幼的我早已明白，是祸躲不过呀，可还是想抗争。母亲呢，仗着她比我高大很多，更倔强地将我可怜的头按向盆里……

（5）开始理发了，我不停地喊“不要短，不要短”，时而还扭扭头以示提醒。母亲有时也会应声说“不短，不短”，有时会干脆重重地拍打一下我无辜的脑袋，骂道，“动，再动就把你的头皮戳破了”。

（6）每次剪完，一如既往的短，一如既往的丑得不堪，别人也一如既往地喊我“三小子”。

（7）后来，戏剧性的变化出现了：即使再短，即使短得紧贴头皮，我的头发还是凌乱不堪，或者说，每一根头发都坚定地昂首挺胸地注视着自己的方向。

（8）母亲很无奈，感慨道：人丑没办法，咋连头发都那么别扭？我解恨地白了母亲一眼，接了句：头发还不是叫你气得，你胡剪它就胡长。

（9）一次跟母亲进城办事，路过理发店门口，母亲看看我已经长得很长又需要她动剪子的头发，心一横，带我进了理发店。

（10）理发店穿白大褂的大姐姐轻轻柔柔地给我搓洗着头发，相比母亲的生拉硬拽，舒服多了，香香的洗发水也比洗衣粉好闻多了。她开始剪发了。母亲在旁边一直提醒她，剪短点。我也一直说，不要短，短了难看。

（11）大姐姐笑着回应母亲说：女娃，剪得太短了不好看。我剪完你看看，想短了咱再收拾——要是剪短了想长就没办法了。

（12）理发店真好，前面有块大镜子，随时可以看到理发的进展。而不像母亲剪发，我站在院台子下面，她在上面。我只能绞尽脑汁地想象着她会剪得多短，头发会有多难看，事实是母亲剪的头发难看得总能超出我的想象。面对房子里那面已经破裂了的镜子，我恨不得砸得稀巴烂，好像是镜子将我的头发照得那么短那么难看。

（13）剪完后，大姐姐还拿起一个东西对着我的头发吹了一会儿，头发就不再湿湿地贴着头皮了，感觉很舒服。镜前的我，头发柔柔顺顺地垂下来，一个很文静的丫头。

（14）那一刻，我爱上了自己。从镜子里，我也看到了母亲满脸羞涩的笑……

（15）距离那时已经三十多年了，我现在还能强烈地感受到第一次看到自己女孩发型时的激动与欢喜。也记得那天从巷子里走过时，我高昂着头，几乎是蹦着跳着到家门口的。婶子们都开玩笑说：从城里回来，假小子变成亲女子了。还记得晚上睡觉时，我是小心翼翼地趴着睡，害怕弄乱了头发，又乱七八糟成鸡窝。结果早晨起来，还是那么好看。从那以后，母亲理发时就是照那样子剪短一点就行了。

（16）我成了彻彻底底的女孩子。

（17）又突然想起昨天的事。大街上，我看到一个小男孩脑袋后面垂着长长的小辫子，男孩还骄傲地晃着脑袋——很是滑稽。

（18）此刻，我想说的是：让女孩子像女孩子一样地成长吧，委屈了小小的头发，就委屈了女孩柔软易感的心；让男孩子像男孩子一样地去成长吧，娇惯了头发，就遮掩了男孩固有的挺拔与阳刚。

阅读训练：

1. 第（6）段画线句子，连用三个“一如既往”，表达了“我”怎样的感情？

2. 第（12）段画线句子表现了“我”怎样的心理？

3. 第（14）段在“从镜子里，我也看到了母亲满脸羞涩的笑……”中，如何理解母亲的“羞涩”？

4. 第（17）段出现的“小男孩”可不可以删去，为什么？

5. 读完全文，作者想要告诉给读者什么？

《白面馍馍藏往事》参考答案：

1. (1) 作者回忆往事，从姥姥的麦面馍馍，说到父亲的麦面馍馍，其中的心酸、甜蜜和感动都和“白面馍馍”有关。(2) 不管是姥姥还是父亲，通过“白面馍馍”，让“我”感受到了浓浓的亲情。

2. 作者在这里欲扬先抑，先叙述父亲在工地可以尽情吃白面馍馍，然后多年后才告诉“我”真相，表现了父亲对“我”的疼爱之情。

3. “人往下亲”说明父母对孩子的爱远远胜过给自己父母的爱。但是这并不代表父亲不孝敬姥姥，这从“说得他都不好意思了”可以看出。父亲是一个疼爱孩子的好父亲，父亲的爱，每一点，每一滴都值得我们细细品味。

《雪的盛宴》参考答案：

1. 画线句子说“雪”是“独舞者”，“阳光”充当了“道具”，紧扣题目“雪的盛宴”，以“雪”为主要描写对象。同时，也表现了“阳光”在本文的重要性，用“阳光”来表现“雪”。

2. 略。

3. 不矛盾。“冷得令人恼火”是事实，而“有期盼”则是心里对雪的渴望。

4. 两部分。描写阳光下的积雪，孩子们玩雪融化成的冰。

5. 或美丽或动人或启迪均可。

《水果的香味》参考答案：

1. 借助拟人、比喻、夸张的修辞，通过苹果香味散发的过程及“我”的种种表现来写苹果的香。那时物质极为匮乏，一切感觉都带着强烈的想象意识，那时的苹果，对“我”，就真那么香了。

2. 天热，人更热，母亲却将草帽盖到笼上，怕瓜晒皮软了，可见瓜在母亲心里的地位及卖瓜的钱对母亲的重要性，表现了家里经济的拮据。“我”故意跟母亲对着干，故意让自己难受，就是为了吃到母亲笼里的香瓜，表现了“我”为了吃到香瓜不罢不休甚至不择手段。

3. “笑”是觉得“孩子时做的事真的幼稚可笑”，笑出了“泪花花”是因为那时真的太贫穷了，母亲愧疚自己不能让孩子吃好而落泪，孩子自己也因为觉得贫穷而心酸。

4. 第（3）段的嘴馋心理，第（5）段我的喜欢与贪婪，第（10）段我的小心眼，第（12）（13）段的固执与任性，第（17）段的委屈，都可以选。交流的语言要真挚，要理解。

《因为你，我开始热爱这个世界》参考答案：

1. 不能，通过对比，看起来展示的是“我”的变化，实则表现的是“你”对“我”的巨大影响。而且，第（2）段与后面的第（6）段照应。

2. 设问，排比，对比，通过“珠宝堆积成山也不及你耀眼”“我宁可没有眼珠子也要让你看得更远”“我宁可自己缺心少肝郁闷多病也要让你快乐健康”极端到发毒誓式的抒情展示了对孩子的深爱。

3. 会耐心而正确地引导你，能柔软而温情地包容你，最终可以滋养你健康而幸福地生活。

4. “我”曾是个“自私冷漠”的女人，由于孩子的到来，变成了一个“努力改变，包容他人，深爱世界”的妈妈。

《与书的一段“孽缘”》参考答案：

1. 首段中照应题目“一段孽缘”的话语是“没皮没脸看书的事多得去了。”

那段孽缘里发生的事有：

想成为书摊老人的孙女——看别人家针线笸里的书——赖在别人家不走看书——理想都与书有关——徇私舞弊为看书——咬牙留住书——组团蹭书——交换看书

2. 画线句子以“我”看书摊老人孙子的心理描写为主，觉得他“可笑可怜”，加之对书摊老人的孙子吃状的描写，表现了“我”对其“书摊老人孙子”这一身份的极度羡慕，又对其只知吃的无比恼怒，侧面写出了“我”对书的渴望。

3. 作者已经想明白了，她认为家家户户妇女的针线笸里都有书是告诉人们：无论如何，家里都离不开书。这也正是她想告诉读者的意思。

4. 第（9）段赖在别人家看书，第（14）段利用班长身份徇私舞弊，第（17）段组团蹭书，第（18）段交换看书，都可以表现孩子的小狡猾，分析略。

5. 最后一段不可以删去，用孩子的生日来幽默表现“我”爱书影响之大。最后一段可以删去，孽缘已经结束，孩子的生日是美好的象征。(两种答案均可)

《理发琐忆》参考答案：

1. 第（6）段画线句子连用三个“一如既往”，表达了对母亲所理的发的无奈及理发这件事对“我”造成的伤害，从未减轻过。

2. 第（12）段画线句子表现了忍受母亲理发带给“我”的无奈、痛苦、迁怒的心理。

3. 羞涩的原因是母亲既高兴又不好意思：原来女儿这么漂亮啊，自己却因为理那样的头发将她变成“假小子”。

4. 第（17）段出现的“小男孩”不可以删去，为最后一段中心思想的提取做铺垫。

5. 作者想要告诉给读者的是：让女孩子像女孩子一样地成长吧，委屈了小小的头发，就委屈了女孩柔软易感的心；让男孩子像男孩子一样地去成长吧，娇惯了头发，就遮掩了男孩固有的挺拔与阳刚。

小隐散文阅读

小 隐 著

非卖品

目　录

九　月

（1）九月是含着香的，一抬头就闻见了，空气中都是香。我肆意的在这样的香甜中，做着关于桂花的梦。连梦里都是软软的美意。

（2）江南的九月，沁淫在桂花香中。我居住小区的附近有一座小公园，就叫桂花公园呀。记得我刚到江南的时候，去的第一个公园就是这里。去年还听同事说：桂花开的时候呀，公园两旁细细碎碎的小黄花舒展着，香着呢。

（3）起初我并不喜欢桂花，觉得不似别的花美丽。在我的心里，花儿应该有着娇媚的容颜，哪像桂花呀，就是一小撮一小撮的黄，而且名字也俗的要命。桂花，桂花，真像是唤一个乡野丫头。喜欢上桂花应该是到了江南之后。人就是这个样子，喜欢了看着哪儿都是美，不喜欢的时候哪里都是毛病。当我开始接受那一缕香甜的时候，觉得名字也真好，桂花，桂花，多么质朴的名字，叫起来满嘴生香，欢喜极了。

（4）去年工作的楼下有两颗桂树。九月里，阳光不再烦热，透过百叶窗折射出好看的光芒，恰好落在我的水杯上，杯中的水泛着光泽。窗子微微开着，突然闯入一抹香，那香真特别呀，蠕蠕的让人有种醉意。哦，是桂花开了，于是在心里默默的想着。约个时间去赏桂花吧，不需要月圆，不需要玉兔或者广寒宫的传说，就邀上三两知己，趁着秋露还没那么浓，趁着阳光还暖时光还慢，听一朵桂花对另一朵桂花的低语，心里真欢喜。

（5）我是到了苏州后才真正见到桂树，江南与桂花，读出来更有诗意。每次去平江路上闲逛，也总能看到小店橱窗里售卖的桂花茶，用了玻璃杯子盛着，小黄花风干了，很静美的躺在瓶子里，光是看看就觉得开心。

（6）苏州人喜桂花，桂花亦是苏州的市花。我想这和他们的性情是否相关呢？温婉儒雅的苏州人，不是正和那桂花的蠕香相得益彰吗！喜食甜点的苏州人把桂花写进食谱，桂花栗子糖藕、桂花糖芋艿、桂花丸子、桂花糕、桂花酒等。我至今都没喝过桂花酒，我想用花蕊酿制的酒一定特别软吧，何况还是桂花呀。如果到了吃大闸蟹的时节，一壶老酒，一树桂花，品蟹赏桂，岂不妙哉？

（7）后来也听人说：苏州这里的风俗到了冬天要喝冬酿酒，酒是桂花酿的。听的我心里痒痒，大雪铺满园子的时候，哪儿也不去，就在自家的园子里，取来一瓶桂花冬酿酒，围炉夜话，这时候如果有皎洁的月光，恰好洒落在满园的白雪上，枯枝、亭台、溪流，都染上了清辉，不需作诗，不需填词，这样的风景本身就是一首诗词呀。

（8）对冬酿酒的习俗，据说苏州自古就有冬至大如年的说法，而冬至那天就要喝冬酿酒，桂花香郁，甘甜爽口。我记得上次和叶贞姑娘相见，在平江路上，我们去品芳小吃店，我要了一碗桂花糖芋艿，刚一端上来，还没开始拿起勺子品尝一口，仿佛就已经闻到了桂花香，甜而不腻，真让人馋呢。汤粘稠的很，芋头圆润饱满，浮着点点桂花。轻轻的舀上一勺送到嘴里，这是满嘴生香。这桂花，这生活，竟是这般烟火着、美好着。

（9）九月是初秋时节，秋是一个带着伤怀的词，自古有词人伤春悲秋，填下许多离愁别绪。我最爱的一首秋词是宋代吴文英的唐多令·惜别，最爱里面那句“何处合成愁，离人心上秋”。秋天是有多伤感呢，离人呀，要说怎样忧愁，那是离人心尖上的薄秋不是吗？下面一句是：纵芭蕉，不雨也飕飕。芭蕉江南，高楼望远，这江南，这烟雨，这雨打芭蕉声声慢，这离人心上秋。好一副别离秋景图。

（10）秋也是充满喜悦的呀，你看，那金灿灿的玉米棒子呵，农人开心的笑着、忙着，等了一季，盼了一季，付出总有收获，秋就是见证。

（11）一场一场的秋雨淅淅沥沥，桂花香在秋雨中飘散。我倚着窗帘听雨声，滴答滴答，不似夏天的雨来的很急，她就这样，缓缓的，缓缓的敲打着你的小窗，像情人之间的低语，密密的让人欢喜。

（12）江南的九月，桂花树下桂花梦，桂花梦里江南情。在这初秋的时节里，添一件薄衣衫，听一枚叶子对树的甜言蜜语。光阴里走过的日子，处处是好。

题目：

1. 苏州的九月，是怎样的？

2. 苏州人对桂花有怎样的妙用？

3. 一场秋雨一场寒，请说说你眼里秋天是怎样的情景？

4. 看诗填句。

A. 落霞与孤鹜齐飞（　　　　　　）

B. （　　　　　　）巴山夜雨涨秋池。

C. 秋风起兮白云飞，（　　　　　　）

D. （　　　　　　）山远天高烟水寒，相思枫叶丹。

5. 简要概述本文的中心思想。

答案：

1. 是含着香的。沁淫在桂花香中，含着软软的美意。

2. 喜食甜点的苏州人把桂花写进食谱，桂花栗子糖藕、桂花糖芋艿、桂花丸子、桂花糕、桂花酒，桂花茶，冬酿酒等。

3. 我眼里的秋天，是浪漫多情的，亦带着几分伤感。枫

叶红了，银杏黄了。我眼里的秋天，还是收获的，是明净的，天高云远，金灿灿的玉米棒，还有中秋月圆的浓浓思念（意对即可）

4. A：秋水共长天一色。B：君问归期未有期。C：草木黄落兮雁南归。D：一重山，两重山。

5. 本文通过对九月所见事物的描写，向读者徐徐展开一副江南秋景图，主要描写了作者生活的城市里秋天的景象。

锦绣锦溪

（1）犹如我和锦溪的相遇，隔了四季轮回，在某个梅雨季节，深深对望。是那逝去妃子的香魂召唤也好，是云水禅心的一池清莲相邀也罢，没有早一步，也没有晚一步，遇见了，搁置心底，温暖一片流年。

（2）江南古镇众多，锦溪算不得有名气，就如她的名字吧，清婉素心，安静的存在于江南的某一个角落，不相扰，不谈聚散别离。昆山市西南隅，一片烟雨苍茫之地，便是锦溪小镇。它距离周庄很近，去年冬日去周庄的时候，曾路过锦溪，却未曾停下脚步执手相看，只是匆匆忙忙的打马而过，心中便留下了念想。

（3）折了三次公交车，才缓缓的抵达小镇。在我来江南之前，霜儿姑娘曾给我拍摄过古镇的照片，一座是角直，来江南的第一周霜儿带我去过，另外一座便是锦溪了。当地人叫锦溪为陈墓，相传宋孝宗最宠爱的妃子陈妃偏爱锦溪山水，离世后依然对那片山水念念不忘，于是便水葬于此地，锦溪便更名陈墓 800 余年。至今在锦溪古镇，一眼望去便是陈妃的水冢，一代帝王的宠妃，竟也是偏爱山水之女儿，想必定是一生清雅，才令帝王集万千宠爱于一身吧。

（4）锦溪是因一溪得名，古镇原一溪，夹岸桃李纷飞，早晨的霞光和傍晚的余晖洒在水面上，满溪跃金，灿烂若锦带，因此便有了锦溪的得名。也真是好听的呢，相比陈墓我更喜欢叫它锦溪，我叫它锦上添花的锦，潺潺溪流的溪，多妙。

（5）古镇的入口处便是一片碧波荡漾，池中的莲荷映着廊桥，真江南呀。莲荷旁便是一座寺庙，而入口的这座寺庙也是当年宋孝宗为怀念陈妃而钦旨建造，为陈妃诉经护坟。一个女子，此生若能得一男子生死相念，想必她也安眠了吧，何况还在那万千佳丽的后宫，何况那男子并非平常人家，而是征服天下民众的帝王。莲荷与寺庙总有着千丝万缕的情怀，佛的一生便是在莲台拈花微笑，寺与佛前的清莲，也染了佛的慈悲。世间花草万千，唯独莲，也只有莲，温婉了江南，渡化着众生。

（6）锦溪素有“中国民间博物馆之乡”之称，我觉得这个称呼中只是“民间”二字便让这座小镇有了味道，民间的东西最烟火，也最珍贵，没有比民间更入心的了，那些属于民间的物什，不论卑贱尊贵，皆是入得了画，填的了诗，它们质朴、低调，却有着说不出的风华。小镇中星罗棋布着各色博物馆：古董馆、张省美术馆、锦溪杰出人物馆、马若特泥禅坊、中国锦溪宣卷艺术馆等，我对馆内陈列的古物并不懂，但并不妨碍我对它们的喜欢，一幅幅古字画，一件件古董器物，都有着历史的烟云风尘。它们沉默、安静的陈列在展馆内，就有一种岁月赋予的气场打动着你，即便是对古物从未研究的人，也会被这种气场折服。

（7）历史最无情也最多情，我们在历史的长河里，穿越唐宋烟雨，明清山水，跌跌撞撞的辗转今生，荣华富贵也好，贫穷无依也罢，都是一种命定，就像陈列在展馆内的古物，它们只是一幅字画或者一把陶壶，只因年岁渐长，被世人赋予了深意，存于橱窗，便有了生命的另一层活法。

（8）在小镇行走，一座座桥，一溪溪水，没有谁知道这里的水打哪里流来，又将流往何处。也没有人在意某一座廊桥始建于何年，又曾发生过怎样的故事。我也只是一个匆匆的过客，来过，风干成记忆里的一片秋叶，填写单薄的生命。

（9）临街的小店内摆放着各色糕点，老远都能闻到香，我在一家老店门口要了几包袜底酥，我最喜欢的江南点心就是袜底酥和青团子，现在不是吃青团子的季节，便只要了袜底酥。霜儿说：锦溪的袜底酥最正宗。于是我贪婪的多拿了几袋。

（10）最后又回到初见的地方，一座古寺，一座水冢，一片莲荷，一汪碧波，一条长廊。锦溪因湖水而有了灵性，湖水因陈墓而多了清雅。“镇为泽国，四面环水，咫尺往来，皆须舟楫”据说是锦溪的写照，现在看来，也的确如此，水是最灵动的存在，有水的地方，孕育出的人文也有着水的清幽和淡泊。

（11）霜儿给我讲起旧时江南，她说：在她妈妈的那一代，陆地还未通，出入基本靠船只。我听了艳羡不已，想起曾学过鲁迅的一篇文章《社戏》，文中便提到了看戏以及戏罢后摇着桨橹返回的场景，如今也真的来到了江南，曾经那书中梦中出现的风景，真真切切的在我的眼前，在我的笔下画中。

（12）锦溪之地，文学大师沈从文曾喻她“睡梦中的少女”，刘海栗则赞誉她是“江南之最”。我想锦溪的江南之最就在于这一片碧波如浪，我想叫它“锦绣锦溪”。

试题：

1. 锦溪位于哪里？

A. 湖州　　B. 杭州　　C. 无锡　　D. 昆山

2. 判断下面句子的对错。

A. 沈从文比喻锦溪是睡梦中的少女

B. 锦溪原叫作陈墓，是因为宋孝宗为怀念陈皇后而钦旨建造的

C. “镇为泽国，四面环水，咫尺往来，皆须舟楫”据说是锦溪的写照

3. 为什么说锦溪素有“中国民间博物馆之乡”之称？

4. 锦溪为何叫陈墓？

5. 结合本文，说说你印象里的江南小镇。

答案：

1. D

2. A 对　B 错（应该是陈妃而不是陈皇后）C 对

3. 因为小镇中星罗棋布着各色博物馆：古董馆、张省美术馆、锦溪杰出人物馆、马若特泥禅坊、中国锦溪宣卷艺术馆等。

4. 相传宋孝宗最宠爱的妃子陈妃偏爱锦溪山水，离世后依然对那片山水念念不忘，于是便水葬于此地，锦溪便更名陈墓800余年。

5. 小桥、流水、人家，灰墙黛瓦，岁月静好的小镇模样（意对即可）

留园，为爱留一座园

（1）周末，江南依旧淅淅沥沥的下着小雨，撑把小伞，随处的走走，就是很美的风景。苏州是园林的故乡，喧嚣的都市里，隐一方净土，外面的纷纷扰扰，搁浅在灰墙白瓦之外，园内静似山林，雅若梦境。这就是苏州的独特美。

（2）留园位于苏州阊门外留园路，如果从山塘街出发，几站路就能到。五月份的园林处处是碧波绿意，放眼望去，盛大的绿盛满你的双眸，住进你的心里，江南梦，大抵就是这样吧。

（3）刚入园子就看到极具江南情怀的风物，琵琶、二胡还有梅花，三者结合，道不尽的姑苏情。留园寻梦几个字入了心，当年游园的杜丽娘惊了柳梦梅的梦，而我只是寻梦，寻久违的江南痴梦，不为惊了谁，只愿不辜负光阴流转，四季变迁。

（4）所有的风景都是因为看风景的人，才会有意义。留园是中国四大名园，所以来这里的中外游客很多，即便是下雨天。大片青绿的植被和碧波流水，假山在前面，走过曲径通幽的回廊，踏过写满岁月的桥面，我叫不出名字的草木在细雨中沉默着，把最真的绿捧给路过的每个游客。绿树的影子落在水中，有风拂过，搅动倒影在水中的枝叶，水的碧，枝叶的青，还有鱼儿的红，不经意的刻画出美丽的鱼趣图。

（5）苏州园林美在灵动，从假山上走过，我以为走到了尽头，却不曾想后面还有大片的园子。这里的布局像个迷宫，所谓的深宅大院大抵便是如此吧。旧时大户人家，在这深深的园子里，是否也怀想过外面的天空，其实各自都有各自的烦恼，大户人家想要市井街巷的烟火，市井小民却想要大户人家的锦绣，不过是因为未曾拥有而已。穿过很多个回廊，走到冠云峰的那个园子。据说这里的冠云峰是太湖石中的绝品，太湖石的“瘦、皱、露、透”都在这块石上体现。冠云峰顶峰而立，确实挺瘦，造型奇特，我并不懂什么太湖石，只觉得这块假山石有气势。

（6）冠云峰前面是座小花园，那里环境宁静清幽，爬山虎铺满整片老墙，石阶小径上泛着潮湿的气息，园内到处是青绿的。当我面对植物的时候，心里总是静的，更何况此刻这里没有游人的惊扰，更何况这是刚下雨的江南庭院，叶子上还留着晶莹的雨珠，岁月里还长满荒芜的青苔，这时候再多纠缠都该放下吧。

（7）若你认真的来过留园，会发现这里的垃圾桶都是青花瓷的设计，处处是风景这句话真的不为过。留园的每处风景都精心布局，恍惚间就会有种隔世的感觉，一个回眸，一个转身，就是一段故事一片绿植。今日这雨下的竟不恼人，反倒添了兴致，只因为这里是江南。

（8）诗中写：山重水复疑无路，柳暗花明又一村。这里和诗无关，又一村只是个盆景园，但里面确实很大，没有辜负又一村的名字。小小盆景，构成园林的另一种美，园艺人的精雕细琢，在小小盆景间展现的淋漓尽致。盆景园内有片映水的假山，人站在那里，宛若画中游，层峦叠峰的山石，犹如天然。很多人站在那里拍照，取留园之美景，留旅途之记忆，这样的记录方式，如此美好。

（9）作为四大名园的留园名副其实，既有山水之灵动，也有田园之趣味，更有山林之静谧和庭园之清幽。这座古老的园林在清代还有个诗意的名字：寒碧山庄。而留园这个名字则因以前这里曾住着姓刘的主人，所以也叫刘园，后改名留园。不论是怎样的名字，园林还是园林，风景还是风景，千百年来宠辱不惊，纵使历史更替，它还是旧时模样。

（10）再美的风景，只有真切的走过，才会感受深刻，留园的美，我用镜头记录，用拙笔续写。留园寻梦，在某个落雨的午后，邂逅，收藏。留园的梦就留在园中吧，若日子宽厚，终会有再寻的那天。

试题：

1. 留园位于哪里？

2. 阅读全文，简述留园的特点。

3. 留园名字的来历。

4. “山重水复疑无路，柳暗花明又一村”。文中又一村与诗中的又一村有何不同，请简述。

5. 请问划横线的句子，作者想要表达怎样的情感。

答案

1. 留园位于苏州阊门外留园路。

2. 既有山水之灵动，也有田园之趣味，更有山林之静谧和庭园之清幽。

3. 留园在清代有个诗意的名字：寒碧山庄。而留园这个名字则因以前这里曾住着姓刘的主人，所以也叫刘园，后改名留园。

4. 作者想要表达一种人对为止的渴望，却不太懂得珍惜拥有的思想，告诉我们要珍惜拥有的，石井有石井的乐趣，大户人家有大户人家的锦绣，不必艳羡，怜惜眼前风景。

油炸鱼块

（1）红烧鱼，酸菜鱼，糖醋鱼，水煮鱼，当各式各样的精美鱼宴诱惑着我的味觉时，最让我怀念的，依旧是妈妈亲手做的油炸鱼块。

（2）上个周末姐姐回了老家，回来的时候带了妈妈做的油炸鱼块。妈妈给我打电话说：给你带去了好吃的。我问是什么，她笑着说，你姐回来我买了两条鱼，给你们炸好了给你带去，等你回来再给你蒸芋头吃。我傻傻的笑了，心底却是感动的。

（3）那个世界上最爱我的女人，我亲爱的妈妈，无论我走的多么远，无论我身在何方，都牵动着她的思念。

（4）姐姐回来后，我看到了那一大袋的油炸鱼块，姐姐说：咱妈说你爱吃，专门给你炸了这些。那又黄又焦又香的油炸鱼块，是一个伟大母亲对她远在异乡女儿的爱呀。晚上姐姐把炸好的鱼块做成了鱼汤，在这样的寒冬喝着暖暖的鱼汤，好像妈妈就在身旁。

（5）把鱼放到油锅里炸是老家的一种吃鱼肉的方法，这种做出的鱼肉或许不能媲美那些名菜，也没有红烧鱼水煮鱼等这些菜名好听，但却仍是我吃过最美味的鱼肉。

（6）每一年的春节，在老家都有炸油锅的习俗，一般是在腊月的最后一天晚上。

（7）不过七八岁的时光，每年的腊月三十晚上都会一家人围着火炉炸油锅，爸爸妈妈炸着，我和姐姐就坐在一旁等着吃。九十年代物质生活还比较匮乏，很多好吃的都会在春节时候才会吃到，所以那时候的小孩最盼望的就是过年。炸油锅会炸很多好吃的，有丸子，有豆腐干，有腐竹，有鸡肉，还有鱼肉，年年不缺的就是鱼肉，我想大抵是“年年有余”的好兆头吧，然我最爱吃妈妈炸的鱼肉，刚出锅，老远都可以闻到诱人的鱼香，一家人围着火炉看着春晚吃着炸好的食物，屋外厚厚的大雪冷冷的北风，屋内却是无限温暖。所以在多年后，我依旧时常梦到这样的场景，天寒地冻的除夕夜，守岁看春晚还有那飘着的鱼香味。

（8）时至今日，老家依然是这样的习俗，春节前夕炸油锅，然如今冬日似乎没有了皑皑白雪和天寒地冻，有很多人家把炸油锅看成了春节前夕的一份工作，尽量及早做好，有的甚至在腊月二十七八就开始把食物炸好，守岁似乎也不再那么重要，而如今物质生活的丰盈，也让很多人对仅仅用油炸的食物没了太多的期待，那些酒店里琳琅满目的精美菜肴，早已充斥着人们的舌尖，谁还记得那些年飘香的美味，旧时光的美好终成了记忆里的一道风景。

（9）妈妈是一个极其节俭的女人，但每次我和姐姐一回到家，她总会做很多好吃的饭菜，走的时候，她又会把我们的包里塞得满满的。每一次与妈妈通电话，她也总在电话那头叮嘱我们在外不要省，多吃些，衣裳该买就买，纵然都是一些家常的叮嘱，却温暖着在外女儿的心，而她自己，却总不舍得为自己添一件新衣裳，不舍得为自己做一顿好饭菜。粗茶淡饭，洗的掉了颜色的布衣，就是她全部的生活呀。

（10）一盘油炸鱼，那是世界上深沉的母爱，那是远方女儿对妈妈深深的依恋。

试题：

1. 油炸鱼块这篇文章的中心思想是什么？作者想要表达怎样的一种情感？

2. 简要概括文中妈妈的性情。

3. 作者在文中写：那个世界上最爱我的女人，我亲爱的妈妈，无论我走的多么远，无论我身在何方，都牵动着她的思念。这句话在本文中起到怎样的作用？

4. 文中加横线的句子的描写，有怎样的妙处？

5. 联系生活实际，谈谈你读完本文后的启发。

答案：

1. 本文中心思想是通过姐姐从老家带回来的油炸鱼块展开回忆描写，表达了对母亲的思念和对故乡的依恋。

2. 本文中妈妈是个极其节俭的女人，但对于女儿，她却愿意付出全部。

3. 起到贯穿本文，承上启下的作用。

4. 加横线句子用专门一次，深刻的描写了妈妈对女儿无微不至的爱。

5. 读完本文后，我想念自己的妈妈，妈妈的爱，浓缩在日常的一粥一饭里，妈妈的爱，是这个世界上最美的珍贵(意对即可)

晨　读

（1）清晨五点醒来，突然怀念那些早读的日子。五点多钟，孩子们揉着惺忪的睡眼不情愿的起床，匆匆忙忙的赶到教室背课文，饱满干净的青春洋溢在阵阵朗读声中，日子春去秋来，感觉总也过不完。

（2）我从小学三年级就开始上早读，直到大二那年结束。小学的时候，在小村，五点多钟天空还未透亮，特别到了冬天，要离开暖暖的被窝需要很大的勇气。妈妈是我早读的闹钟，到了五点多钟，妈妈就摇醒熟睡的我，于是我很不情愿的穿衣洗刷。那时小村里同伴多呀，呼朋唤友结伴去上早读，大胆点儿的男孩子则喜欢在路上讲些鬼故事吓唬女孩子。现在想想，哪有什么鬼怪，可那时还是个孩子，鬼怪的故事听过几次便信以为真。

（3）小学的早读大部分是读报，背很多古诗词和小学生学习报上的作文。早读七点下课，小村在这个时候慢慢苏醒。鸡鸣声此起彼伏，赶早集市的老妇提着自家栽种的菜蔬去变卖银两补贴家用，太阳缓缓升起，露出羞涩的小脑袋，天边开始由月白渐渐红晕，老杨树摇着它的叶子，人家的烟囱里冒着炊烟袅袅，我和小村的同伴走在放学的路上。

（4）我喜欢这个时候的小村，如果是深秋，还会有白霜、露珠，如果是寒冬，小伙伴们则踏着昨夜的积雪吱吱呀呀，偶尔还会有雪球从老树上滚落下来。当我背着小书包回到家里，妈妈已经做好早饭，稀饭馒头，还有家常小菜。童年的光阴，在这一粥一饭里悄然溜走，在每个早读的汉字里成为过去。

（5）中学住校，那时早读就是从宿舍到教室的距离，虽然离开了小村，但我们学校在郊外，宿舍楼后面是大片的田地。麦子成熟的季节，晚上躺在宿舍的床上，听着远处的收割机轰隆声入睡，第二天 5 点多钟，又在收割机的声音中醒来去教室晨读。

（6）最辛苦是高中那年的早读，各种需要背诵的知识。英语、语文等等。清晨起床，模模糊糊的走到操场排队，然后是二十分钟的晨跑，再狂奔到教室开始早读。虽然那时很辛苦，但现在想来，还是挺怀念的，青春到底成为过去，回不去的，往往最让人珍惜。

（7）大学早读都在谈笑声中度过，辅导员极少去教室，早晨到了教室就开始拿着手机玩，几个人聚着谈笑，坐等下课飞奔到食堂。有首歌这样写：记得当时年纪小，你爱谈天我爱笑。我的大学便是如此，不知人间冷暖，以为毕业遥遥无期，从不知道珍惜，可蓦然回首，就真的到了离别时刻。同窗天涯各一方，恋人再见如陌路，飘着栀子花香的那个夏季，说着以后常联系。

（8）这世间的草木万物，人间温情，只有失去才会知道珍惜。毕业后再也不用清晨五点不情愿的起床，啃着面包背着课文，咬着笔帽画着天空。小村清凉雾气里的炊烟，校园沾着露珠的花蕊，还有那个提着两个人早餐的少年，都被时光老人偷走。

（9）离开生活了二十几年的河南，我来到江南小城—苏州。最初因刚毕业，从未想过未来会有怎样的生活，直到今年，我突然感到惶恐，原来我已经弄丢了那么多大把的好时光，于是开始重新早起，虽然一日之计在于晨这句话已经说烂，可它说的却是事实。

（10）每当我看到清晨的阳光，心里就有种新生的喜悦。回不到早读的时光，亦不会再有父母老师每天的催促，可如果你也有隐隐的惶恐，我想你就不会再拉着窗帘不问朝夕的消磨掉整个周末和假期。

试题：

1. 文中加横线的词语，表达了一种怎样的思想？
2. 作者为什么会怀念早读时光？
3. 通过阅读，说说你对这篇文章的理解。

4. 这世间的草木万物，人间温情，只有失去才会知道珍惜。请分析这句话在整段中的作用。

5. 本文主要运用了哪种表达方式

答案：

1. 表达了对未来的充满希望，用阳光、新生这样的词，告诉我们黑夜总会过去，黎明总会迎来。

2. 因为作者感到隐隐的惶恐，好日子不该被惶惶然的虚度，应该做些有意义的事情。

3. 这篇文章通过某个早起的清晨，展开回忆，少年时为梦想奋斗的快乐，告诉我们莫要辜负光阴。

4. 承上启下。

5. 本文运用了叙述、描写、抒情这三种方式展开。

扁豆花

（1）时常怀念故乡的花花草草，以及那散发着泥土香的童年旧事。如果这世界上有一种依恋，任你走遍万水千山，任你散落海角天涯，也牵动着你的心，那一定是故乡，一定是和故乡有关的点点滴滴。哪怕是一枚砖瓦，一丛野花。

（2）楼下阿姨阳台上架起的扁豆，这个季节正开花呢，淡紫的小花儿，真好看。我特别喜欢楼下阿姨家的阳台，总是种植很多乡土花蔬，六七月份的时候，她家阳台上凤仙花开的极好，后来我还看到有凉薄荷、美人蕉、紫茉莉，还有我也叫不上名字的青绿菜蔬，这些开花的不开花的植物，在我故乡的老院儿，母亲也会年年栽种，一片空地，一丛篱笆，一抹绿意。

（3）扁豆在我的故乡不叫扁豆，它没有这么洋气的名字，土名叫做“枚豆”。每年到了这个季节，老院儿的砖瓦上便一片葱绿，这种植物的生存能力特别强，想必是因乡野的缘故吧，哪有那么多的娇气，只要你把它的种子随意的丢进泥土里，来年她就为你送上一份惊喜。

（4）老院儿只真正的栽种过一次，后来就再也没管过它，依旧是年年发芽，年年开花，年年结果。

（5）扁豆的花儿很小，但开的浓密。一簇簇的，围着几片叶子，花谢后便是一个个的扁豆了。有时候它们长的茂盛了，就攀爬到院墙外的电线上，红砖绿叶，隐约着簇簇扁豆花，电线上偶有鸟儿停驻，嗅一嗅这抹淡紫，清清嗓子唱着歌飞走了。

（6）童年的时候，我时常搬了一把木凳，坐在小院儿里做作业，初秋的风吹过，凉凉的，有时候会吹落一朵扁豆花，那时候的天空很明净，故事里都是完美的结局，母亲一声长唤：去摘一把枚豆，今天晚上给你清炒。于是欢喜雀跃的跑去，捋一把枚豆，手里都含着香呢，是枚豆的香，是淡紫色小花儿的香。傍晚的斜阳柔柔的，铺洒下一片金辉，安静的村庄里，听得到梦的低语。

（7）我一直觉得那紫色的小花儿有无穷大的力量，仿佛藏着一个个淡紫的梦。

（8）秋季，母亲常常做的一道菜就是清炒扁豆。农家饭菜，没有每日的山珍海味、鲍鱼龙虾，只是一把扁豆、几缕青菜，小时候并不太喜欢吃扁豆，因为几乎每次都有它，要不然就是南瓜或者冬瓜，都是自家种植，母亲常说：自家种的无污染，绿色着呢。可那时终归是年纪小，嫌弃母亲做的菜太过寡淡。后来离开故乡后，极少再吃到家乡菜的清淡，每日的油腻终于让身体发出了警报，于是我开始怀念母亲清炒的扁豆，我知道那是爱的味道。

（9）如今正是吃扁豆的季节，给母亲打电话：妈，国庆节我要回家啊。母亲在电话那头洋溢不住的喜悦：好，好，家里的枚豆今年结的特别多，就等你们回来吃呢。听到母亲在电话那头的絮絮叨叨，眼前，浮现出动人的画面。年迈的母亲伫立扁豆花架下，深深的眺望，女儿离开的方向。那一丛丛的扁豆花，是母亲的思念，亦是漂泊女儿的归途。

（10）在苏州，菜市场也有叫卖扁豆的小贩，我会偶尔的买上一些，回家来自己清炒了吃。我学着母亲的样子，把扁豆清洗干净，切成一小条一小条，然后放上蒜泥、葱花置于油锅中清炒，直至香味扑鼻，盛出来放置青花盘里。我轻轻的夹起一块，满嘴清香。虽然它没有鲍鱼龙虾的美味，却最懂得胃的需求呀。

（11）后来我知道，扁豆不仅仅是一道美味的菜蔬，更是一味药材，具有健脾、养胃的功效。自古也有很多回归田园的诗人为扁豆花作诗填词，纵是平凡之花木，亦有其动人美丽之时。这个世间上的存在，无论花木菜蔬，还是鱼虾虫蚁，都是一种缘法。“一庭春雨瓢儿菜，满架秋风扁豆花”是写扁豆花的名句，多么美的乡野图画，仿佛眼前已经浮现出风中摇曳扁豆花的盛景。

（12）此刻的我探出窗外，那一簇簇淡紫色的花儿又入了眼帘，楼下年迈的阿姨还在侍弄着她的那些菜蔬，她不知道，这一刻，她亦成了一道美丽的风景。秋风吹过，哦，扁豆花，带着我对母亲的思念，对故乡的眷恋，飘摇飘摇，飘到遥远的家乡。

一抹淡紫入眼帘
秋风吹，花亦残
不知该把思念
寄哪边
待到花落随风转
再不说，别离难
只把怀念寄笔端

试题：

1. 阅读全文，说说你印象中的扁豆花？

2. 文中提到扁豆还有一个洋气的名字，叫什么？

3. 文中是通过什么写作手法描述扁豆花，对扁豆花的思念？

4. 作者开篇“时常怀念故乡的花花草草”请分析在全文的作用？

答案：

1. 花很小，浓密，一簇簇，淡紫色。

2. 杖豆

3. 借物喻人

4. 通过开篇时常怀念故乡的花花草草，展开对扁豆花的描述，引出作者对故乡的眷恋。

解开语文阅读的“金钥匙”

彭万香作品阅读训练

提分策略　答题技巧

彭万香　著

非卖品

目　录

大海子：痛没有声音

大海子其实不是海子，她只是堰塞湖。大海子其实并不大，说她大，只是因为当地缺水，缺水的地方能有这么一片湖面，自然稀奇无比，在人们心里其大无比。

——朵行记

1

（1）“大海子干涸了！”我告诉母亲，她无论如何也不相信，重重地拍着桌子说：“咋可能！等大海子都干了，那还了得！”

（2）但事实是：大海子真的干涸了！方圆几百米的湖面皲裂着脸，仅湖心还汪着簸箕大的一泓清水，暗黄的淤泥龇咧着嘴唇，一块挨着一块，用手轻轻一掰，就碎了！鱼儿、贝壳、螺蛳、水马……成群结队地移向湖心，小小的水洼拥挤不堪，一张张饥渴得呷着的嘴唇，虔诚地向着天空。

（3）附近的村民们蜂拥而来，挑着水桶，扛着锄头，拿着撮箕，背着捕鱼器……疯了似的奔向大海子。男人们挽起裤腿，跳进湖心，用撮箕捞，用捕鱼器打，有的高举着锄头，掘出一个又一个的深坑，再从湖心挖出一条条小水沟，将那唯一的水源据为己有。女人们领着孩子，蹲在泥块上，用锄头撬起躲在淤泥深处的大贝壳，巧妙地将壳去掉，把肉装在桶里，带回家去喂猪；淤泥深处还埋着许多野生的菱角，挖起来，洗净，咬开，雪白的果肉，淡淡的清香，只是水分少了，嚼着像干粉。

（4）母亲站在公路边的细叶子桉树下，无比忧愁地看向湖心："干了！真的干了！我活了几十年，从没听说过大海子干涸!"

（5）但是大海子真的干涸了，到最后连一滴水也没有。

（6）人们还在使劲儿地挖，狠劲儿地刨，成群的绿头苍蝇从四面八方飞来，围着大堆死鱼的尸体，嗡嗡地闹着；死去的贝壳真的只剩下了空壳，白花花的，亮堂堂的，一堆挨着一堆，像山丘，像坟头。曾经无比美丽、神秘的大海子，就这样裸露着干瘪的身体，任人们在她曾经神圣不可侵犯的肌肤上蹂躏践踏，制造出无数血淋淋的伤口来。

（7）她痛着，但是没有声音。她哭着，但是流不出眼泪。

2

（8）记忆里，第一次走近大海子是九岁。那年，小姨搬新家，大舅包了辆大卡车载着四五十号亲戚去“进火”（娘家人为出嫁的闺女庆祝乔迁之喜），大海子是必经之路。我们站在车厢里兴奋地向着大海子挥手，清粼粼的湖水碧波荡漾，大片大片的荷叶平铺在水面上，鹭鸶、野鸭、水点雀……扑棱棱地掠过湖面，水花飞溅。人们戴着草帽，划着小船，撒着渔网，唱着山歌，灵巧地穿梭在湖面上……

（9）附近的村民口口相传着一个故事：从前，大海子是一条街，有一天，突然来了一匹白马，吃了人们的庄稼，村民们商议要将它打来吃掉。有一对善良的老夫妻，不忍心吃白马的肉，夜里，白马投梦给老奶奶，告诉她村子要沉，睡到石臼里有三滴水就赶紧跑，千万不要回头。但是两位老人醒来时，石臼里已经有两碗水了。慌乱之中，两人跑向不同的方向，听见身后轰隆隆的水声和人们的哭喊声，二老同时回头挥手呼喊，却瞬间被定在那里，变成了两尊回头的石头……有一年，人们到湖心打鱼，曾从湖底捞起过油坛、箱子，只是打开见着太阳，里面的猪油和衣物立刻就化成灰了。

（10）咀嚼着这些美丽的传说，大海子越发神秘，远远近近的人们慕名而来，划着小船到湖心撒网打鱼，摘菱角，在湖边踩藕，捡贝壳，大海子已然成了人与自然亲密接触的天堂。

（11）后来我工作了，学校就在离大海子不远的镇上，闲暇时，最喜欢领着学生去大海子，捞小鱼，捡贝壳，采荷叶，或寻一块空地，下一盘象棋，打一回扑克，画一幅美丽的风景。远处牛羊悠闲地吃草，日子静谧而又美好。

（12）但是不知从何时起，大海子边沿的菜园、稻田、玉米地越来越多，越围越拢，靠近公路的地方还泊着一艘巨大的船，做的是餐饮，各种美食的香味弥漫在空气里，夜晚还有唱卡拉 OK 的人在嘶吼，周围的矿山上，机器轰鸣，永不停息……大海子的水域越来越小，那些水淹不到的地方，渐渐长满了草，野鸭将家安在靠近水面的草丛里，鹭鸶几乎绝迹了。

3

（13）经历了劫难的大海子，一两年都没有蓄上水，好不容易下了一场大雨，蓄了一点点水，人们又蜂拥而至，挑的挑，抽的抽，要不了几天就又干涸了。野腊柳、飞机草、铁纤草……这些霸道的生物入侵者，很快抢占了领地。人们也不甘示弱，牵着牛，拖着犁铧，将玉米地向湖心又移近了点，有的干脆赶着牛羊在草地上尽情地放牧，牛粪、羊粪、驴粪滋养着野草，越长越茂盛，很快就比人还高了。

（14）连续几年的干旱，加重了当地老百姓生产、生活用水的老大难问题。当干旱再度来临时，人们连人畜饮用水都困难了，有一年甚至要到很远的地方去背水、拉水，那些辛苦开垦出来的玉米地、菜地，渐渐又长满了草。人们苦苦地熬着，像大海子一样干涸，看到天空飘过一朵乌云，就欣喜若狂，渴求着马上就会有一场大雨倾泻下来，但是乌云往往只停留一会儿，就又散了，火辣辣的太阳晃得人睁不开眼。

（15）大海子痛着，但是没有声音。她哭着，但是流不出眼泪。

（16）终于，戴着安全帽的工程师来了，庞大的机械也来了……经过艰苦卓绝的努力，金沙江的水翻山越岭来到了水厂，大海子水利枢纽工程启动了，坝埂一天比一天高，从力马河水库到大海子的主体工程基本完工，从关河田房村到大海子的坡面水全部进入大海子……大海子终于又有水了，渐渐漫过那些水草，向周围的菜园、稻田、玉米地扩展。

（17）湖面上，鹭鸶又零零星星地飞回来了，野鸭又开始钻在草丛里生蛋，只是鱼儿依然很少，水面上荡漾的不是荷叶，而是还没有被完全淹没的野腊柳……

（18）深夜，路经大海子，水波轻轻地拍打着田埂，似在无声地讲述着那匹白马的传说。远处的山上，两尊回头石若隐若现，在朦胧的月光里幻化成老夫妻的模样，正向着大海子的方向挥手呼唤……

阅读训练及参考答案：

1. 文章开头“我”和母亲的对话内容有何作用？（2 分）

参考答案：引起读者好奇，激发读者阅读兴趣，同时也暗示大海子在当地村民生活中的重要地位，进一步为下文大海子被严重破坏的事实做铺垫。

2. 请概括“大海子”干涸的原因。(3分)

参考答案：①连续干旱，蒸发量大；②没有雨水河流的补给；③人们对仅有的水不合理使用；④过度抽调大海子水灌溉，没有合理的保护；⑤人们捕捞、挖掘、放牧等行为，破坏大海子原有生态。

3. “她痛着，但是没有声音。她哭着，但是流不出眼泪。”这句话在文中反复出现，如何理解？(3分)

参考答案：①该句第一次出现，是作者看到人们面对已经干涸的大海子，不但不去保护，反而还肆意进行破坏的无声谴责。②第二次出现，表明了大海子很难得到雨水补给，人们对仅有的水不加珍惜，一如既往地进行破坏，体现了作者内心的无奈。③该句两次出现，前后照应，分别和后面美丽的大海子形成对比，增强了警示意味。

4. 谈谈下列句子在文中的作用？(3分)

清粼粼的湖水碧波荡漾，大片大片的荷叶平铺在水面上，鹭鸶、野鸭、水点雀……

参考答案：运用环境描写，交代了曾经美丽的大海子的样子，与下文被破坏后的大海子形成鲜明的对比，更好地突出了文章的主旨。

5. “大海子”的形成，作者用了一个传说，有什么作

用？（3分）

参考答案：①吸引读者的阅读兴趣；②神奇的传说，与前面大海子美丽的环境描写相得益彰，使文章内容更加充实，更能说明了大海子在作者心目中的印象深刻；③警醒人类，敬畏自然，爱护环境。

6. 为了避免“大海子干涸”的悲剧再次重演，作为文明劝导员的你会怎样去劝诫附近的村民呢？（4分）

参考答案：开头有合理的称呼（1分），劝诫的内容全面，有道理，能说服人。（3分）

有人送我一棵草

（1）一直以来，我都期待着有一天能有人送我一棵草，不为别的，就为了小时候看过的一篇文章——《有人送我一棵草》，具体的内容我记不清了，但是期待着有人能送我一棵草的愿望，却一直萦绕在心头。

（2）我的学生喜欢送东西给我，青青的橄榄，火红的玫瑰，新鲜的蔬菜，饱满的蚕豆，散发着清香的栀子花……可就是没有我期待已久的那棵草！每一次收到学生们精心准备的礼物，我都会很感动，但是感动中却掺杂着一丝丝的遗憾！因为我期待着有一天，有人能送我一棵笔直的、散发着生机的草！

（3）记得很久以前，有一个调皮得不行的男生是送过我一棵狗尾巴草，但那草不是笔直的，他用他的巧手将它编成了精致的“小狗花篮”。

（4）那天晚上停电，教室里漆黑一片，什么事也做不了，我只得组织学生们玩击鼓传花的游戏。农村孩子放不开，鼓声停了，却没有人上台表演节目。烛光一闪一闪地映照着孩子们紧张而又兴奋的脸，我穿了条黑色长裙穿梭在他们中间，鼓励着他们。终于，一个，两个，三个……孩子们纷纷走上了讲台，悦耳的歌声在宁静的夜空中传递着喜悦与梦想。

(5) 突然，我发现坐在最后排的那两个男生在窃窃私语，还不时地看着我发笑。我有些迷惑，以为自己哪里说错了，或者是出了什么洋相，我最大的怀疑是我的衣服没穿好，因为我们老师常有人闹这种笑话。于是我开始仔细地检查自己，但是我什么也没有发现。我有些急了，走过去问他们笑什么，那两个调皮鬼什么也不说，只是不停地笑。我有些生气了，揪住其中一个的耳朵让他告诉我。他红着脸，说得很小声，我只听见他说："老师，他说你!"然后就又笑开了。我的火气一下子上来了，揪着耳朵的那只手稍稍用了一点力，那调皮鬼夸张地叫起来，好像在向他的同桌求救。

(6)"老师，我说你像个天使!"

(7) 电，就在那一刻来了，把教室照得很亮。同学们不约而同地把目光投向了这里，我很尴尬，我没想到我的学生，尤其是这个在别人眼里调皮捣蛋、一无是处的学生，会把这个神圣的称呼用在我的身上。教室里响起了雷鸣般的掌声："说得好，说得好，老师是天使!"孩子们拍着手喊起来!

(8)"嗨，夸我呢，我咋揪你耳朵呢?"我后悔地摇摇头，赶紧跟他说谢谢。不料他却站起来了，双手将那个小狗花篮捧到我的面前，还嬉皮笑脸地说："天使，请笑纳!"我再也忍不住地笑了，无可奈何地拍拍他的脑袋，以表达心中的谢意！

（9）那一届学生是我最早的学生，跟我应该算是患难之交吧，他们很快毕业了，我把那个小狗花篮放在书桌上，就像把他们的欢声笑语放在心里一样。后来，搬宿舍的时候，那个小小的花篮却不慎遗失了，就像学生们长大了，离我越来越远，渐渐淡出了我的生活。

（10）每当我走进茫茫山野，都会想起那两个调皮鬼，想起他们带给我的欢乐，都会不由自主地采一棵翠绿的小草送给自己。我常常把小草带回家，插在玻璃瓶里，让它们在我小小的宿舍里散发出勃勃生机，伴我度过繁忙而又单调的一天。

（11）我的生活因为有了小草的陪伴，多了一些欢乐，也多了一些充实，但是我依然期待着有一天有人能送我一棵草，一棵笔直的充满着生机的草！我一定将那草儿好好珍藏！

阅读训练及参考答案：

1. 概括文中师生之间发生的几件趣事。(3分)

参考答案：①停电玩击鼓传花游戏。②调皮男生的“笑”令我生气。③学生称我为天使。④意外送我小狗花篮。(答出其中三点即可得满分)

2. 文章题目《有人送我一棵草》有什么深刻的含义，请

从文章结构和内容两个方面谈谈你的理解。(4分)

参考答案：①从结构上看“有人送我一棵草”贯穿文章始终，是文章的线索；引出文章内容，为下文有人送我小狗花篮做好铺垫。②从文章内容上看，“草”不仅指“小狗花篮”，还指学生们带给老师的快乐和感动，让作者享受到了职业幸福感。

3. 文章的开头和结尾都写到了作者对“有人送我一棵草”的期待，请问这样安排有什么好处？(4分)

参考答案：①开篇点题，引出下文关于“草”的故事，激发读者的阅读兴趣。(2分) ②首尾呼应，升华主题，表达了作者对浓浓师生情的珍视，以及对已毕业的学生的牵挂之情。(2分)

4. 赏析文章第⑧自然段画波浪线的句子，这个语句应用了哪些描写方法？有什么表达效果？(4分)

参考答案：①应用了动作描写、语言描写、神态描写(答出两点即可得2分)。②“站”“捧”两个动词，准确传神地描绘出学生对老师的尊敬和爱戴。(或者：应用语言和神态描写，生动形象地写出了学生的天真顽皮，以及对老师的喜爱和崇敬。) (选择一个角度答题，表达完整即可得满分)。

根在土地

（1）数九寒天，吃过晚饭，本想缩在家里看电视，母亲却硬要拽我出门，拗不过，只得顺从。母亲穿着皮棉袄，走起路来叽咕叽咕地响，白发绾成一个髻藏在帽子里。

（2）母亲领我去了小区外面的空地，这是一块被征用后暂时闲置的土地，坑坑洼洼，长满了杂草。去年 3 月，随着小区业主陆续入住，一群随子女居住的老人来到这里。起先业主委员会是反对他们在这里种菜的，其间铲过几次，还插了“严禁在此耕种”的牌子。但是勤劳惯了的一代人，见着土地就像丢了魂，三令五申，几次三番，铲了又种，种了又铲，恣意妄为，还形成了共识：如果有一天，公家要用地了，大家都不许胡搅蛮缠，自动停止。在这样的氛围中，渐渐地也就没有人再来干涉，老人们便在这里寻到了乐土。

（3）母亲一边走一边指给我看，哪些是她种的，哪些是别人种的，遇到沟坎，本能地想要扶她一把，结果六十多岁的老太太比我还灵巧，一蹿一蹿地就跳过去了。一路上遇到很多种菜的老人，母亲逐一给我介绍，我像小时候一样恭恭敬敬地和大家打招呼，“张叔叔”“王叔叔”“ 武阿姨”“赵奶奶”。我的谦卑给老人们留下了好印象，他们一个劲儿地夸母亲福气好。母亲满脸的骄傲，自言自语地说：“做人就是要平和，不然人家会说我没家教。”

(4) 我们终于认完了所有的菜地，土堆上，坑洼里；长的，圆的，方的；规则的，不规则的，母亲种了有十来处。白菜、萝卜、青菜、豌豆菜、瓢儿菜、葱葱、蒜苗，应有尽有，嫩汪汪地平铺在冬日的阳光里。

(5) 最规则的一块，母亲种了冬洋芋，齐膝那么高了，叶子鲜活，嫩绿，紫色的洋芋花鲜啵啵地支棱着，跳跃在一片绿色里。我伸手想要掐一朵，母亲扯住我：“掐了花，洋芋长不大!”我只得歇了手。

(6) 母亲麻利地用小锄头将土翻松，刨到洋芋跟脚围起来，顺手将多余的叶子摘掉，撒在地里当肥料，厚厚的棉袄制约着她的行动，咕叽咕叽地欢笑，白发在风里飘飘荡荡。

(7) 回想母亲的一生，悲苦至极，七天痛失两女一子的致命打击，如梦魇一般，纠缠了母亲几十年。父亲去世后，母亲更是患得患失，悲观失落。

(8) 前年，因工作关系，带着母亲来到城里，人生地不熟，母亲成了我的影子，有时忙着爬格子，冷落了母亲，一回头发现母亲站在身后，像做错事的孩子，诚惶诚恐。为了分散母亲的注意力，我曾一度引导她看电视剧，悲的，喜的，励志的，警醒的，我几乎搜遍了网络，只为让她从别人的故事里寻找力量和快乐。每次出差或下乡，我都会搜出她喜欢的电视剧，一遍一遍地教她点鼠标，或暂停，或播放；电视永远调在法制频道，如果她不小心摁错了遥控板，或移动了鼠标的位置，就只能呆坐在家里，有时又因为太入戏，通宵不睡，或忘记了吃饭。

当初鼓励母亲去种菜，不是为了吃，只是为了让她在城里有一个可以消磨时光的地方，不再那么寂寞脆弱，但是母亲却把这当成了事业，勤勤恳恳，一丝不苟。

（9）自从有了菜地，母亲不再成天跟着我，不再怨天尤人，不再迷恋电视剧，每天除了给我做饭，几乎都在菜地里忙碌。我们偶尔去看看，母亲就激动不已，兴高采烈地给我讲解：地是怎么挖出来的，种子是谁给的，豆架是啥时插的，昨天吃的菜是哪里拔的……有时母亲也会掐一些水芹菜、地豇豆之类的野菜，或凉拌，或做泡菜，或清炖小肠。看我们吃得香，母亲就高兴得眉开眼笑，觉得自己有了价值，不再是家里的闲人。

（10）秋天，我们家的阳台最热闹，筛筛簸簸用小板凳支起，红白相衬的萝卜干、四季豆晒起……我喜欢的文艺、浪漫、小清新，被母亲收回来的南瓜、土豆、玉米和四季豆覆盖，“丰收舞”跳得无比欢快。晚秋的时候，母亲从地里摘回来一个大南瓜，有三十多斤重，像金黄的大圆盘，我把它放在蓝色的电视墙前作装饰品。母亲每天回来，都会去摸摸看看，那首熟悉的“唧个哩个唧”时隔多年后又在耳畔响起。

（11）天色渐晚，收工回家的老人越来越多，母亲和大家坐在废弃的水泥板上摆龙门阵。王叔叔找来一个大纸箱，一人一块撕给大家，说是入夜了，地上凉，怕惹恼了谁的风湿病，菜就种不成了。老人们你一言我一语地拉着家常，分享着快乐，互诉着衷肠，还评出了“种菜英雄”，母亲是其中之一。

（12）夜色里，母亲将脸转向我，浑浊的眼眸犹如孩童般闪烁着光芒，我握紧母亲的手，粗糙、瘦弱却无比坚实。

（13）入夜，站在窗前，远处高楼林立，霓虹闪烁，车水马龙，母亲的鼾声传来，我的心不禁一颤：偌大的城市，何处有一方土地，能让农村来的老人真正将根扎在这里？

阅读训练及参考答案：

1.“母亲却硬要拽我出门，拗不过，只得顺从”，如何理解这句话中加点字词？（3分）

参考答案：三个动词，很形象地写出了母亲在家“待不住”，离开了土地，进城后生活不习惯。同时也写出了母亲想急于给“我”展现她的劳动成果，给“我”惊喜的心理。

2. 请自选角度赏析下列句子。(3分)

母亲麻利地用小锄头将土翻松，刨到洋芋跟脚围起来，顺手将多余的叶子摘掉，撒在地里当肥料，厚厚的棉袄制约着她的行动，咕叽咕叽地欢笑，白发在风里飘飘荡荡。

参考答案：厚厚的棉袄制约着她的行动，咕叽咕叽地欢笑，采用了拟人的修辞手法，赋予了棉袄一种人的情态，用了咕叽咕叽这个拟声词，形象生动地表达了母亲对土地的热爱和劳作时幸福喜悦的心情。

3. 第（13）自然段中，作者一方面说母亲的眼眸浑浊，但却闪烁着孩童般的光芒，母亲的手瘦弱，却又坚实。前后是否矛盾，请说说这样写的原因。(5分)

参考答案：不矛盾。(1分）母亲眼眸浑浊是因为母亲已年老，说她闪烁着孩童般的光芒是因为母亲对土地的热爱，对生活的一种执着。(2分）母亲的手瘦弱是指母亲的身体状况，坚实是指作为农民的母亲一生与土地打交道，突然失去与土地的依存关系后无比失落，如今又有地可以种了，母亲的心里感到无比踏实。(2分)

4. 联系上下文，谈谈你怎样理解“根在土地”？(3分)

参考答案：根在土地的含义是指城市与乡村接轨的今天，作为母亲这样的老一辈农民，他们对土地的一种深深的眷恋之情，对故乡的一种依恋，也包含着对生活的热爱之情。母亲对土地的深情，具有典型意义，对母亲而言，土地就是根，离了根生活就失去了乐趣，如何安顿农村老人进城后的“乡愁”，让他们安享晚年，同样是一个值得社会深思的问题。

马鞍山的守望

（1）我们出发的时候，天还没有亮，被暴风雨肆虐的水冬瓜树，横七竖八地倒在路上，那几棵一直开得很盛的杜鹃，只有枝头还耷拉着几片叶子，大洞小眼，像筛子。

（2）我们将车停在垭口，绕过一地狼藉，顺着右边的泥巴路一直往里走，想要看看那个夜夜守候在庄稼地边的老人有事没有。

（3）记得那晚，我们从撒马河边回来，这里还是月光朦胧，花香缕缕。满山的水冬瓜树，枝繁叶茂，常青藤、小木通、鸡屎藤纠结着，缠绕在灌木丛里，攀缘到树梢上。大片大片的庄稼地种满玉米，双胞的玉米棒子挨挨挤挤。丛林里，偶尔会闪出一两棵盛开的杜鹃，雪白的花瓣，鹅黄的花蕊，像展翅的杜鹃鸟翱翔在马鞍山的夜里。

（4）那只突然蹿出来的小兔子，像是马鞍山的精灵，灰色的毛，莹亮的眼，慌慌张张地在车灯里跳着。女儿趴在摩托车的龙头上，手舞足蹈地指挥爸爸玩“撵兔子”的游戏，不远不近，若即若离。

（5）“黑黑的天空低垂，亮亮的繁星相随 ，虫儿飞，虫儿飞，你在思念谁……”山路颠颠簸簸，蛐蛐唧唧唧唧地欢鸣，爷儿俩一唱一和，兴致勃勃。

（6）歌声引来了守夜的老人，戴着护耳帽，穿着羊皮褂，打着手电筒，拄根松柴棍，乐呵呵地站在窝棚前。他引我们进入棚子，搬来石头当凳子，大黑狗趴在地上，竖着耳朵，一脸警惕地盯着玉米地。窝棚是临时搭建的，靠在地埂上，松枝还泛着绿，油布雪白。窝棚里仅有一张简易床，铺着席子，床脚的塑料桶里装着透明的液体，不知是水还是酒。

（7）老人站起来，拿把小锄头，钻进玉米林，一会儿工夫拎出小半袋洋芋，一股脑儿倒进火堆里。他用木棍扒拉着火堆，将火烧得更旺一点，裹一支旱烟栽在烟锅里，凑过去，点燃，吧嗒吧嗒地抽着。火光将他的脸映成古铜色，满脸的皱纹，头发几乎全白，拿烟锅的手不停地抖。

（8）他专注地翻烤着洋芋，手里的棍子没来由地抖掉了好几次，也没在意，仍然有一句没一句地和我们说话。儿子两口子到广州打工去了，留他在家里种庄稼，照看孙子、孙女。孙子 8 岁，上二年级，白天上学，早晚做饭，放牛，成绩差得很。孙女 5 岁，寄养在外婆家，一个月领回来一次。山上有一只巨型野猪，好几年了，一直没有人治得了它，天天晚上都要来祸害庄稼，他要在这里守到玉米成熟……

（9）女儿睁着好奇的眼，静静地听着，“爷爷，野猪那么凶猛，真来了，你不怕吗？”

（10）“咋不怕！那畜生发起怒来，吓得死人！”老人指指远处的松树，“前年，野猪来啃苞谷，还压倒一大片。我炸火炮吓它，火星子溅到身上，估计是疼了，龇牙咧嘴就冲过来，还好我腿脚利索，三下两下爬到松树上，任它在树下转到天亮……”

（11）顺着老人手电筒的方向，我们看见那棵被野猪啃过的松树，树干凹进去差不多三分之一了。狂野的山风摇曳着松枝，嘎吱嘎吱地诉说着那夜的惊恐。

（12）女儿不再说话，抿着嘴唇，揪紧爸爸的衣襟，越偎越紧。老人看了看我们，无奈地说：“快七十岁的人了，不晓得还能活几年，尽我所能，帮他们把娃儿看好，把庄稼种好，万一哪天不打工了，回来也好有个抓拿。”

（13）洋芋烤熟了，老人一个个刨出来，用小树枝将沾在上面的炭灰和烤煳的皮刮掉，才递给我们吃。女儿从来没见过这样的烧烤，偎在爸爸怀里，鼓着腮帮子边吹边吃，一个劲儿嚷嚷：“太香了！太香了！”

（14）老人愣愣地看着欢快的孩子，自言自语：“一家人在一起多好！娘不挂儿，儿不挂娘！穷点又有啥？”

（15）夜深了，我们骑上摩托车要走，老人指着前面说：“那里叫阎王蹁，你们从那里过很危险，要小心。”女儿裹在爸爸的[illegible]，[illegible]向老人挥手：“爷爷，明天晚上我们还来陪你，带上哥哥姐姐吧，他们自己在家会害怕。”老人默默地点头，挥手让我们快走。

（16）天，终于亮了。窝棚早已被风刮走，塑料桶溅满了泥，羊皮袄浸在泥泞里，那棵被野猪啃过的松树扭断成几截，倒挂在树桩上，玉米倒了一地，偶尔还站着几棵，也成了光杆司令……

（17）泥巴路的那头，一对小夫妻戴着红色的头盔，骑着摩托车缓缓驶来。暴雨冲刷过的路面硬滑多水，隔一段就有一个水洼，男的双脚落地，小心翼翼地扶住龙头，深一脚浅一脚地骑摩托车；女的背着双肩包坐在后面，反手扶住车后架上绑着的行李。所到之处，水花飞溅，泥点飞扬。待他们驶到近前，刚想拦下询问，摩托车龙头一歪，连人带车摔了下去。他们将车扶起，一边绑牢行李，一边告诉我：老人和他们是同村，昨天他的孙子到撒马河浮水，正好遇上暴雨，他顶着豆大的冰雹去找，摔下陡坡，跌断了腿，孙子被附近的村民救回家，呛多了水，送到医院去了。

（18）年轻女子回望一眼家的方向，叹了口气：“十几亩地，两个小崽子，光留老人在家，也真是不放心……但趁年轻不出去闯一下，一辈子守着几亩庄稼地，又着实不甘心……听说最近广州工价很高，我们也正准备去呢。”

（19）摩托车突突突地又启动了，红色的头盔渐渐远了。

（20）我愣愣地站在原地：“一家人在一起多好！娘不挂

儿，儿不挂娘！穷点又有啥?”老人的话又在耳畔萦绕。

（21）雨后的马鞍山，鸟雀欢鸣，晨雾迷蒙，几个孩子背着书包走过泥巴路，一个老人远远地跟着，一直送到垭口。孩子们搭上过路的面包车，高高兴兴上学去了，老人在柏油路边站了许久，偏着头，伸长脖颈，虔诚地搜寻着车窗里露出的每一张面孔。希望！失望！失望！希望！如变幻着的光与影掠过他苍老的眼底，无声地诉说着马鞍山老人和孩子的期待。

阅读训练及参考答案：

1. 如何理解文章第一段的叙述?（3分）

参考答案：①“我们出发的时候，天还没有亮”，说明作者心里着急，惦记某事。②“水冬瓜树”“杜鹃花”不成样子，说明昨夜的暴风很大，造成的破坏让人难以估计。③着急的心情，破败的植被，暗示有不好的事情发生，为下文埋下伏笔。④吸引读者的阅读兴趣。

2. 老人愣愣地看着欢快的孩子，自言自语：“一家人在一起多好！娘不挂儿，儿不挂娘！穷点又有啥!”如何理解老人的这句话?（3分）

参考答案：语言描写，从侧面表达了老人心里的期盼——亲情无价，如果年青一代不出去打工，家里的经济也许会拮据一些，日子会过得艰难些，但是孩子们有父母的陪伴和细心教导，会更加健康地成长；老人们也正在逐渐老去，要单独操持好家里的一切，已显得力不从心，他们也需要陪伴和照顾，在他的内心深处无时无刻不期盼着儿女归来，家人团聚，下一代健康成长。

3. 文章第三段的景物描写，有什么作用？（3分）

参考答案：生动的环境描写，写出了昔日马鞍山宁静优美的景色，与下文暴风雨后马鞍山的惨状形成鲜明对比，有力地表现了空巢老人和留守儿童在暴风雨来临时的无助和恐慌，更加突出了“守望”的深刻含义。

4. 文章第5自然段在结构上和内容上分别有什么作用？（2分）

参考答案：内容上：营造优美的意境，烘托出女儿在父母身边的幸福快乐，与下文留守儿童独自在家的孤独形成鲜明对比，引出思念（守望）的主题。结构上：承上启下，引出下文的守夜老人，推动情节的发展。

5. 在市场经济高度发达的今天，越来越多的父母选择了外出打工，留守儿童的成长和教育成为当下的社会热点问题，假如你是文中的孙女或孙子，你想对外出打工的父母说点什么？（50字左右）（4分）

参考答案：情理之中的语言即可！示例：①爸爸！妈妈！您们知道我最快乐的日子是哪段日子吗？我告诉您们吧，我最快乐的日子就是您们过年在家的那段日子。在那几天短暂的日子里，我感受到了您们对我浓浓的爱，让我无比快乐。②亲爱的妈妈：您好！在这几年里，您过得好吗？工作怎样？妈妈我好想您，没有您陪着，我好孤独，妈妈您回家好吗？……我想了许久，觉得我是幸运的，汶川大地震中有许多的孩子都失去了父母，而我只是父母不在身边，相比之下，我觉得我很幸福。失去了父母的儿童，他们还那么坚强，那么勇敢，我太惭愧了。在以后的岁月中我会坚强的。